Sakurai Haruki
櫻井春輝
The Boy Who belongs to Group "B"
Bグループの少年
8

藤本美月《ふじもとみづき》
恵梨花の妹。
14歳。
活発な性格の
中学生。
柔道の黒帯を
持っている。
Group
A
藤本恵梨花《ふじもとえりか》
本編のヒロイン。
16歳。
アイドル並みの
Aグループ美少女。
明るく優しい性格で
ファンが多い。
Group
B
桜木亮《さくらぎりょう》
本編の主人公。16歳。
とある理由で目立つことを避け、
Bグループに紛れ込んでいる。

Main Characters
主な登場人物
藤本《ふじもと》雪奈《せつな》
恵梨花の姉。18歳。
亮に救われた過去を持つ。
近所の大学に通っている。
Group A
鈴木《すずき》梓《あずさ》
Aグループの眼鏡美人。16歳。
人間観察&分析が趣味。
特技は合気道と恵梨花の撮影。
Group A
山岡《やまおか》咲《さき》
無口なAグループ少女。17歳。
親しい相手以外には基本無表情。
負けず嫌いな一面もある。

「着替えた。静、行くぞ――」
入ってきた亮に反応して、恵梨花と雪菜が亮に目を向ける。

亮は黒のスーツを身に纏って、
精悍さ、男ぶり、魅力が
二段、三段と上がっていた。
つまりどういうことかと言うと――
「やだ、格好いい――‼」
恵梨花と雪菜が揃って絶叫したのである。

CONTENTS

Bグループの少年8

第一章　藤本家《ふじもと》の雪月花《せつげっか》

恵梨花《えりか》の誘いで藤本家を訪れた桜木亮《さくらぎりょう》。そこで待ち受けていたのは、恵梨花達姉妹の父と、「超」がつくほどシスコンの兄、純貴《じゅんき》だった。二人は、純貴と亮を試合させ、亮を脅《おど》かそうとしていた。

しかしいくら純貴が空手の全国大会出場者といっても、亮に勝てる訳もなく、亮が圧倒的な実力差を見せつけ、恵梨花との交際を認めてもらったところで、藤本家の長女、雪奈《せつな》が帰ってきた。

今はそんな父と兄の蛮行《ばんこう》を、雪奈が咎《とが》めているところだった。


「信じられない……本当に信じられない！　いきなり不意打ちで帰ってきて、亮さんに圧迫面接のような真似して？　それもお兄ちゃんは本音《ほんね》もろくに隠さずほとんど喧嘩腰《けんかごし》で？　それで亮さんの力を見るとか言って試合して？　しかもお兄ちゃんはただ殴《なぐ》りたいだけみたいに寸止めを全くしないで……？　私の恩人だって知らなかったからにしても本っ当に信じられない！」

亮の隣に座る雪奈が、プリプリと不満を吐き出している。

母親の華恵《かえ》と恵梨花から、今日雪奈が帰ってくるまでに何があったかを聞いて、怒っているのだ。

話を聞けば聞くほど、雪奈は不機嫌さを増していき、終《しま》いには感情を失くしたような顔になって、父と兄へ静かに正座を命じた。そして二人は反論することなく、いや、雪奈の迫力に押されて反論出来ず、神妙《しんみょう》にその命令を受け入れざるを得なかった。なので、亮、恵梨花、華恵、雪奈が四人でテーブルを囲んで座っているその脇《わき》で、父と純貴は床で正座をしている。

ちなみに、そんな二人が亮の視界に入らないようにと雪奈が気を使って、亮の背後になる位置取りで座らせていた。

だが、背後にいようと気配を感じ取れる亮からしたら、むしろ背後にいる方が気になるという面もあったりするが、言ってもきりがないと思って黙っていた。実際、目に見える位置で正座されるのも痛々しくて仕方ない。

「私も最初はね、お父さんは目が厳しいだけで、ちゃんと会話して亮くんを知ろうとしてるのかなって思って少し安心してたんだよ。なのに急に『なら、見せてもらおうか』なんて言って、そしたらお兄ちゃんも流れるように席立って着替えて亮くんの靴まで持って庭にいるんだよ？　ひどくない？」

「ひどい！　ひど過ぎる！　初めて彼女の家に来て不意打ちで始まった圧迫面接の時点で、普通の男の子なら泣きたくなりそうなものなのに、その上ハメるようにして、そんなことするなんて!!」

恵梨花の言葉でグサグサと何かが刺さるように呻《うめ》く父と純貴は、続く雪奈の言葉にとどめを刺されて項垂《うなだ》れている。

そんな二人の気配を背後に感じながら、亮も雪奈の言葉によって流れ弾を受けて、少しグサッときていた。雪奈の言葉では、遠回しに亮を『普通の男の子』でないと言っているからだ。

「亮さん、本当にごめんなさい。うちの娘バカな愚《おろ》かな父と、どうしようもないシスコン兄が、本当にご迷惑をおかけして……」

「ごめんね、亮くん？　改めて思うと本当に今日の亮くんはずっと驚かされっぱなしだったよね？ごめんなさい……」

右隣の雪奈と左隣の恵梨花に挟まれ、亮は今日何度目かわからない謝罪を受けている。

美少女から美女に羽化《うか》しかけているような、ほんの少し未来の恵梨花を思い浮かばせる美貌《びぼう》の雪奈と、慣れてきたがそれでも時折、いや、しょっちゅうハッとさせられるほど美しく可愛い自分の彼女である恵梨花。

そんな二人に至近距離で挟まれている亮は、微妙に居心地が悪い思いをしていた。

ちなみに華恵は亮の正面に座って、アイスコーヒーを手に娘達と亮を微笑《ほほえ》ましそうに眺めている。

「いや、まあ、雪奈さんのこと以外は不可抗力なのはわかってるから、気にしなくていいって」

「そんな、亮さん！　私のことはどうか雪奈と呼び捨てでいいです！　あ、ユキでもかまいません！」

「あ、あー、うーん、じゃあ、ユキで」

「はい――！　では、ユキでお願いします！」

恵梨花そっくりの顔で、輝《かがや》くように喜ばれると、もう弱い。仕方ないと思った亮の口から苦笑が零《こぼ》れる。

それに、呼び名を受け入れた理由はもう一つある。恵梨花は『ユキ姉』と呼び、他の家族は『ユキ』と呼んでいるのだ、その呼称に亮が慣れるのも時間の問題と思われたからだ。

「……ユキ姉？」

「ん？　どうしたの、ハナ？」

「……ウウン、ナンデモナイヨ……」

微妙に居心地の悪い理由がこれだ。この家ではハナと呼ばれている恵梨花の目から時折、光が消えるようになるのだ。

自分は鈍感ではない――と亮本人は思っている。

亮の勘違いでなければ、当初の雪奈は亮に好意のようなものがあったが、妹の彼氏なら仕方ないと一歩引いた態度を見せた。かのように見えたが、今の雪奈はグイグイと来る。今も座っている距離が恵梨花と変わらず近く、当たり前のように隣にいた。

ただ、雪奈はどうにも無自覚のようで、だから恵梨花も強く文句を言えないように見える。

（……もしかしてこれが無自覚の天然たらしというやつか？）

亮が恵梨花と付き合っていなければ、たらしこまれるのは時間の問題だっただろう。

実際、雪奈は恵梨花と髪の色が違うだけで、容姿はかなり似ている。亮は恵梨花が好みのどストライクであるから、そんな恵梨花にそっくりな雪奈も必然的にどストライクなのだ。

不良チーム『シルバー』を潰したあの日、亮が雪奈にジャケットをかけたのは、彼女の服が破られていたからだった。しかしそれ以上に、好みどストライクも良いところの女の子が下着を露《あら》わにして半裸だったという理由が大きい。

目に毒過ぎて、シリアスなテンションが吹き飛びそうだったので、亮は自分のためにも雪奈にジャケットをかけたという……ちょっと、いやかなり、人には言い辛い事情があったりする。

そんなことを考えている間に、華恵が悪戯《いたずら》っぽく笑って会話に入ってきた。

「そういえば、ユキ。亮くんね、今日初めて見た私をハナの姉と――ユキだと勘違いしてたのよ？」

「ええ⁉　そんな、亮さん、私、お母さんほど歳とってませんよ⁉」

「……ユキ？　その言い方はあんまりじゃないかしら」

ニッコリとしながら、妙な迫力を出して長女を窘《たしな》める母に、雪奈が焦った声を出す。

「お、お母さん！　えっと、そういう意味じゃ⁉」

「じゃあ、どういう意味なのかしらね……？」

そうやって母娘《おやこ》が言い争いをしているのを苦笑しながら聞き流していると、ふと背後から、父と兄ではない気配が庭の方でうろついているのに気づいた。亮が振り返って見ると、それは大きな犬だった。

「恵梨花、庭で犬がなんかウロウロしてるぞ」

「え？　ああ、ジロー？　お母さん、ジローにエサってあげた？」

「え？　あら、そう言えば、まだだったかしら。ちょっとやってくるわね」

そう言って華恵が立ち上がってから、亮はふと思って呼び止める。

「あ、お母さん。エサやるの俺がやってもいいですか？」

「え？　でも、ジローは……ああ、そういえば……」

亮がジローを撫《な》でているところを思い出したのだろう。

「え？　亮さん、ダメですよ。ジローは、うちの家族以外には……男の人には危ないんですよ？」

そのことを知らない雪奈が止めてくると、華恵は頬《ほほ》に手をやりながら首を横に振る。

「それがユキ、信じられないことに、亮くん、ジローを撫でてたのよ」

「え!?　ど、どうやって!?　なんで!?　信じられない!?」

「そうなのよね。お母さんはそこしか見てなかったのだけど……どうやったの、亮くん？」

華恵と雪奈が疑問の目を向けてくる中、恵梨花は何となく予想がついているようで、静かにアイスティーを口にしている。

「どうやったって……ちょっと睨《にら》んでやっただけです」

「……え、それだけ？」

「ええ、ずっと吠えてきて余りにうるさかったもんですから……ああ、すみません」

「いえ、いいのよ。でも睨むだけ……？　それでジローが大人しく？」

「ああ、簡単に説明すると『誰に喧嘩売ってんだ』って気を――意味を込めて睨んだんですよ。それで脅かしちゃったもんですから、エサやって仲直りしておこうかと思って」

「……な、なるほど？」

納得したようなしてないような二人であるが、華恵はエサを用意して、亮に手渡した。

「じゃあ、これをお願いね、亮くん」

受け取ってから亮は父と純貴となるべく目を合わせないようにしながら、恵梨花と雪奈と華恵まで後に続いて一緒にリビングを横切る。そして亮が窓を開けた途端だ。

「あらまあ……」

「うっそー……」

「えー…」

美しい母娘三人が驚いた声を出す。何故なら、窓を開けた亮とジローの目が合った瞬間、ジローがゴロンと寝転がって腹を見せたからだ。それだけでなく、少し小刻みに震えてもいる。

「ははっ、そうビビらなくても、何もしねえよ。無闇《むやみ》に吠えねえならな。立っていいぞ」

ジローに向かって亮が言うと、ジローは恐る恐るといったように起き上がる。

「ほら、お前のご主人様が用意してくれたもんだ」

そして、エサを前に置いてやるが、ジローは食べずにジッと亮を見上げるだけだ。

「……よし、食っていいぞ」

「ワン――!」

返事をするように吠えてから、尻尾《しっぽ》を揺らしながらガツガツと食べ始めるジロー。

そして食べているジローの頭を、亮はガシガシと撫でる。

「よしよし、美味《うま》いか?」

「ワン――!」

さらに強く尻尾を振るジローに、亮は満足して窓を閉めた。

「……」

美女三人、だけでなくその後ろにいる父と兄も唖然《あぜん》として、そんな亮とジローを見ていた。

「ねえ、なんで？　なんでジロー、亮くんの言うことわかってるの？　ていうか、亮くんとジロー会話してなかった⁉」

恵梨花の疑問には他の面々も同意のようで、揃《そろ》って不可解な目を向けられる。

「いや、会話はしてねえだろ。俺はジローが何言ってるかなんて、わかんねえし」

「でもでも、ジローは亮くんの言うことわかってたよ⁉」

「そりゃあ、意味が伝わるように俺は話したつもりだし」

「え？　そんなことできるの⁉」

「まあ……簡単な命令ならな。動物は人間より本能が強いし、それで力の差がわかって屈服《くっぷく》すると、その相手の言うことを聞こうとなんとなくだろうが理解しようとするからな。現に俺は『立っていい』と『食っていい』ぐらいしか伝えたつもりねえし、ジローだって、それ以外はなんとなくでしか返事してねえんじゃねえか？」

「……言われてみれば確かにそうだったかも」

「亮さんは……動物に命令が出来るってことですか？」

「んー……知能がそれなりにあって、俺との力の差がわかる動物なら？　でも簡単な命令だけな」

「はあ……つまり、ジローは亮さんに完全降伏してたんですね……言われてみれば、そうなるのも仕方ないのかも……？　あのゴールドクラッシャーですものね……」

呆けたような雪奈の横では、華恵がどこかおかしそうに笑っている。

「そう……じゃあ、ジローは亮くんとの力の差を感じて降伏しておとなしくなったというのに、お兄ちゃんは、あれほどしつこく亮くんに……」

その言葉に純貴はあんぐりと口を開いた。

「つまり、お兄ちゃんはジローより馬鹿……？」

「なるほど、確かにそうかも……いえ、間違いなくそうだわ、ハナ」

愛する妹二人にそこまで言われて、純貴は焦った声で抗議する。

「待て待て、本能の部分が劣ってるだけだ！　知能が劣ってるなんて訳ないだろ！」

ここでふと亮は、これぐらいの嫌がらせはしてもいいだろうと思って言った。

「いや、兄《あに》さん。俺との力の差を感じる力――本能は持ってるじゃないですか？　途中で俺が兄《あに》さんの師範《しはん》より強いって気づいたじゃないですか？」

その時の純貴の顔はなかなかの見ものだった、とここに記しておく。

「じゃあ、つまり――」

「そうよ、ハナ。お兄ちゃんの知能は――」

「ジロー以下!!」

仲の良い美人姉妹の声が、揃って藤本家に響いたのであった。

ひとしきり藤本家の美女三人が長男を笑った後、ブツブツと「俺はジロー以下……」と繰り返し呟いている純貴を横目にテーブルへ戻る際、父が懇願《こんがん》するように雪奈を見上げる。

「ユキ、そろそろ勘弁《かんべん》してもらえないだろうか……」

「えー、聞こえなーい」

「む、むう……」

父も亮が雪奈の恩人だとは知らなかったとはいえ、反省してるからこそおとなしく正座しているのだと思われる。

そして雪奈に拒否され項垂れた時の父の体のぎこちなさが目に入って、亮はふと思い出した。

(……あ、そういや……)

恵梨花達の父の腰はなかなかにひどい状態で、正座は短い時間であればそれほど負担にならないのだが、長時間座っていた際はその後が不味《まず》いのではと思って、亮は少し逡巡《しゅんじゅん》してから言うことにした。

「なあ、恵梨花」

「んー？　なに？」

「親父さん、もう椅子に座ってもらった方がいいかも」

「！　桜木くん……」

父が感動した目を向けてくるのを居心地悪く感じていると、雪奈が先に返事をしてきた。

「え、そんな、亮さん、こんな愚かな父に気を使わなくても構いませんよ」

「うん、もうちょっと反省しててもいいと思うけど」

姉妹揃ってけんもほろろだ。

「いや、まあ、なんだ、親父さん、腰悪いだろ？　足が痺《しび》れる前に正座はやめさせた方がいいと思うぞ」

「あー……ユキ姉？」

「……亮さんがそう言うなら」

恵梨花に判断を促された雪奈が渋々《しぶしぶ》頷いた。

そうして、雪奈から許可をもらった父が立ち上がろうとした時だ。

「あれ？　亮くん、お父さんの腰が悪いって何で知ってるの？　私言ったっけ？」

「いや、そんなの見てりゃ――それよか、親父さん、歩く時は気をつけた方が――」

亮が言っている途中で、父はやはり足が痺れていたのかカクンと体が揺れて――

「くっ……」

と、腰に手を当てて痛みを堪《こら》え始める。

「――って、言わんこっちゃない」

ため息を吐《つ》いて、父の体を見るが、先の動きが致命的なダメージを与えたようには思えない。単に変な動きをしたから痛んだだけのように見える。

「父さん、大丈夫かよ？」

「もー、お父さん、病院行かないから」

「今日こんなこと企《たくら》んでないで、病院に行けばよかったのに」

正座を解《ほど》く許可をもらっていない純貴はともかく、姉妹は何だかんだ文句言っても、父の手を引いて椅子まで連れてってやっている。やはり優しい二人である。

（……流石《さすが》にもう見てらんねえな……）

ゴールドクラッシャーのことを抜きにしても、恵梨花との付き合いを許してもらえたことは嬉しかったので、亮はもうひと仕事するかと苦笑を浮かべた。

「親父さん、背もたれを横にして座ってもらえますか？　恵梨花、えっと——ユキ、椅子の向き変えてやってくれ」

雪奈が「ユキ——！」と真っ先に亮の言葉に反応して感動している横で、父が訝《いぶか》しむ。

「——なに？　どうしてだ？」

ともあれ、恵梨花と雪奈は亮の言う通りに椅子の向きを変え、亮は父の背中に歩みを進める。

「ちょっと、応急処置的なもんをやろうと思いまして」

「なんだと？　君がそのような気を使う必要はない。痛みなら放っておけばよくなるから、構わなくともいい……そもそも、そんなこと君に出来るのかね？　下手に素人《しろうと》が何かする方が不味いだろう……君の気持ちは嬉しく思うが——」

「もう、お父さん！　こんな時に亮くんが適当なこと言うと思ってんの!?」

「いや、しかしだな、ハナ」

「亮くんが言うなら大丈夫だよ！　それに私が足を捻《ひね》った時だって、丁寧に手当てしてくれて、すぐ良くなったよ？」

「あの時のか……あれは、桜木くんにやってもらったのか……？」

父が驚いたように目を丸くすると、恵梨花がニンマリと頷く。

「だ、だが、足でなく腰なのだぞ……？」

「大丈夫だよ！　……大丈夫なんだよね、亮くん？」

確認するように聞いてくる恵梨花に、亮は自信のある笑みを浮かべる。

「ああ……まあ、親父さん、ちょっと騙《だま》されたと思って俺に任せてもらえませんか？　一応、これでも仕込まれてるんで」

「そ、そこまで言うのなら……」

父は若干不安そうにしながらも頷いた。亮に任せてくれるようだ。

「本当に大丈夫なの？　亮くん、無理しなくても構わないのよ？」

華恵も心配そうだが、亮は安心させるように笑う。

「ご心配はもっともでしょうが、今はもう土曜の午後だし、明日は日曜で、病院はもう行けないじゃないですか。これでも心得《こころえ》はあるんで任せてくれませんか」

「お母さん、言ったでしょ！　亮くんは出来ないことなんて言わないって！」

「そう……だったわね。じゃ、じゃあ……お願いできる？」

亮は「はい」と返事をしてから、背もたれを横に腰かけた父の背中を眺める。

「ふむ……親父さん、ちょいと失礼――」

そう言って、亮は父の背中を指で触れて上から下までそっと走らせた。

「――っ」

ゾワリと感覚が走ったのだろう、父は変な声が出そうになるのをなんとか抑えたようだった。

「あーあ……」

「ねえ、亮くん、何なの？」

「うん……親父さん、最後に病院に行ったのは……いや、もう長いこと行ってないですよね？」

「!?　わ、わかるのかね？」

「そりゃ、わかりますよ……靴下《くつした》もまともに一人ではけないんじゃ？」

「何故、それを――!?」

「いや、簡単に予想つきますよ……恵梨花、綺麗なタオル持ってきてくれるか？」

「え？　うん、わかった。洗濯したやつでいいんだよね？」

「ああ、それでいい」

恵梨花がリビングから出ていくのを横目に、亮は父の背中をあちこち触って、触診《しょくしん》を終える。

「やっぱりか……」

「……何かわかったのかね？」

「何かわかったの？　亮くん」

「何がわかったんですか？　亮さん」

亮が思いの外まともに見える診察をしたからか、藤本家一同が真剣な目になっている中、亮は軽く答えた。

「ええ、ヘルニアですね」

「ええ――!?」

家族が絶叫《ぜっきょう》する。

「いやあ……何で病院行かずにここまで放っておいたんですか」

「じ、時間がなくてだな――」

「いや、今日行けたんじゃないんですか？」

「そ、それを言われると……だが、ヘルニアというのは本当かね？」

「ええ、間違いないと思いますよ。同じ状態の腰の人を見たことありますから」

「大変、それが本当なら……ヘルニアって手術が必要なんじゃなかったかしら？」

「そうだったと思うよ。漫画かドラマでそんなこと言ってた気がする」

家族が慌ただしくなる中、亮が割って入る。

「ああ、すみません。ちょっと言葉が足りませんでした」

「……どういうこと、亮くん？」

華恵の心配そうな声に、亮は苦笑を浮かべる。

「このままだと確実にヘルニアになるってことで、まだ完全にはなってないって言おうとしてたんですよ」

「そ、そうなの……よかったわ」

「まあ、でも、それも放っておけばあと数日の話ですけど」

「数日――なら今から病院手配したら間に合うかしら……？」

「お母さん、今日土曜だよ」

「ああ、そうだったわ――」

「ちょっと、お母さん。落ち着いてください、このまま放っておけば手術が必要なヘルニアになるのであって、今はまだ、なんですよ」

「……つまり？」

「今から処置すれば、手術しなくても大丈夫かと」

「それって本当なの？」

「ええ」

「なら、どこか今日もやってる病院を――」

「いや、だから落ち着いてくださいよ、お母さん。俺はまだ診《み》ただけで、何の処置もしてないんですから、させてくださいよ」

「ええっと――任せて大丈夫なの？」

「ええ。でなければ、自分から言いませんよ」

「そ、そう――でも、無理そうならすぐに言ってちょうだいね？　ヘルニアかもってわかっただけでもこちらは十分なんだから」

亮は苦笑しながら頷いた。高校生がヘルニアの処置をしたいなどと言えば、心配されるのも当たり前だ。だから華恵の遠慮《えんりょ》の言葉は気にならない。

「亮くーん、タオル持ってきたよ、ハンドタオルでよかった？　……なんか騒がしかったけど、何かわかったの？」

亮はタオルを受け取ると、姉から亮の話を聞く恵梨花を横目に、父の背中にタオルを当てた。

「そんじゃ、親父さん。ちょっとだけ痛むとは思いますけど、しばらくの間、我慢《がまん》してもらいますよ」

「う、うむ……わかった」

どこか覚悟を決めたような声で父が頷くと、亮は父の背骨に沿って上から下へとタオル越しに親指を強く押し当てていく。

「くっ――ぐっ――むうっ――くうっ――け、けっこう痛いのだが……？　さ、桜木くん？」

「ええ、言ったじゃないですか。まあ、もうちょっと我慢してください」

「むうっ――こ、これも罰の内か。わかった……」

亮の厚意での治療に対し、父がそんな失礼なことを宣《のたま》いつつ痛みから呻く声を無視しながら、亮は淡々と同じことを進める。

「……ねえ、亮くん、今って何やってるの？」

黙って地味なことを繰り返している亮に、恵梨花が耐えかねたように聞いてきた。

「うん？　ああ、簡単に言えばな、骨の位置を修正してんだよ」

「その――指で押してるだけで？」

「ああ。ここなんだけどな、素人目にはわかりにくいかもしれねえが、背骨が緩《ゆる》くカーブしてんだよ」

押しているのとは反対の左手で亮が示すと、美女三人がのぞき込んでくる。恵梨花は当然だが、雪奈まで同じように距離が近い。恵梨花一人でもドキドキするというのに、ほとんど同じ美貌に並ばれて思わず目が泳ぎそうになる亮。

ともあれ、三人はやはりわからないようで、揃って小首を傾《かし》げた。

「ううん……全然わかんない。素人目って言うけど、亮くんはそうじゃないんだね？」

「そりゃあな」

「おじいさんから習ったたって言ってたよね？　素人じゃないって言うぐらい、そんなに長く習ってるの？」

「うん？　ああ——ただ、何もじじいから習った整体の技術だけでやってる訳じゃねえぞ？」

「？　……どういうこと？」

「武術ってのは、如何《いか》に効率よく急所を破壊するかって面があってだな、それはつまり、急所を見抜く目がないとダメってことになり、見る目が自然と養われるってことになる」

「ああ……うん、なるほど」

「そして破壊の方法がわかれば、自《おの》ずと治す方法も見えてくるってことだ」

「あ！　そうか、つまり亮くんの武術の経験が、そのまま整体にも役立つってことなんだね」

「そういうこと。つまり、俺は今親父さんの背中を治すために手を動かしてる訳だが、反対にここ押したら不味《まず》いなってところも見えてる。そこを避けるのに、急所を破壊するために養った目が役立ってるって訳だ」

「わあ——すごいよくわかったよ、亮くん！」

「ああ、だから整骨院とかには柔道経験者の人が多いっていうことなのね？」

華恵の感心したような声に、亮は頷く。

「その通り、お母さん」

「でも、アレだね。今やってることって、すごく地味だよね」

「ハナ、桜木くんは簡単にやってるように見えるかもしれんが、押してる力はかなり強いぞ――くうっ」

「そう言えば、亮くんの握力《あくりょく》って百キロ以上あるんだっけ?」

「はああああああ――!?」

そう絶叫したのは、未だ正座をさせられて、首を伸ばしてこちらの様子を見ていた純貴だ。

「握力が百キロ以上だとお――!?」

「確か中学校の時の話だから、今もっとあるよね?」

「純貴を軽くあしらった姿を見たら、そんなに不思議に思えないわね」

「私もシルバーと戦ってる時の亮さんの姿覚えてるから、不思議に思えない」

「中学の時に握力が百キロ以上だとお――!?」

「だって、亮くんだよ?」

「純貴を相手にして本当に手加減して無傷にしてもらえてよかったと思うわ」

「お兄ちゃん、忘れてるかもしれないけど、亮さんは中学の時にシルバーと戦って、ゴールドクラッシャーって呼ばれるようになったんだよ?」

どうやら藤本家の美女三人は長男の驚きを共有する気は無いようだ。

純貴は何を言っても、ろくに反応が返ってこないとわかって、無言で頭を抱えて首を横に振る。

そうして三人の美女と雑談しつつ、亮の地味な作業が始まって二十分が過ぎた。父が痛みを耐えて嫌な汗を顔中に浮かばせている中、亮はふと不味いことに気づいた。

「恵梨花……大変なことになった」

「え？　どうしたの、亮くん？　お父さんに何かあったの？」

「いや、親父さんじゃない……俺だ」

「亮くんが……？　一体どうし――」

恵梨花がそう口にしている途中で、亮の腹から「ギュルルルル――」と大きな音が鳴る。

「あーうん、わかった。お腹が空いたんだね？」

「その通りだ……気張らないと力が抜けてくる」

「うーん、それは確かに大変？　だね……何か作ろうか？　サンドイッチなんかどう？　早く作れるし。お母さん、食パンある？」

「あるわよ。確か亮くんって大食漢《たいしょくかん》だったわね。私も手伝うわ」

「あ、私も手伝うー。亮さんに食べてもらえる……ふふっ」

美女三人が腕まくりをして姦《かしま》しくワイワイとキッチンに向かう様《さま》から、もうそれだけで料理への期待値が限界突破しているように感じ、絶対に美味いものが出てくると確信させられた。何より、亮は恵梨花の料理の腕前を知っているのだから。

「……親父さんって幸せ者ですよね……」

つい、しみじみと亮が呟くと、父が痛みを堪えながら振り向かずに声を返す。

「……そうだな、それについては自信を持って言える」

「でしょうね。あんなに若くて超美人な奥さんに、あんなに気立てのよく優しい娘二人――いや、三人いるんでしたっけ」

「うむ。末の子は、どうも上の三人がしっかりしてるせいか、お調子者で少しわがままな子になったが……」

「へえ。でも、そこが可愛いんでしょう？」

「ふっ、確かにな。それにそれでも自慢の娘だ。ユキも、ハナもな。だからこそ、いずれ嫁に行く時のことを考えると――な。どうも冷静になれん」

「まあ、確かに親父さんからしたら娘に近寄る男が憎らしいかもしれませんが、今日のは俺じゃなかったらキツいと思いますよ」

「む……ユキの恩人たる君に、騙し討《う》ちのような真似をしたのはすまないと思っている。だが、私の言ったことがそれほど間違ってないと――君にも覚えがあるからこそ試合を受けたのでは？」

「そいつは否定しませんよ」

「まあ、我々の目が節穴《ふしあな》で、要《い》らぬ試合だったのだと今はわかるが」

「お眼鏡《めがね》に叶《かな》ってよかったと思ってますよ。本当に」

「それに君は最初から我々と歩み寄ろうとしていてくれてたな、純貴の態度に怒りもせず、試合でも君は手加減をして、本当に怪我もさせなかった。ハナのことを大事に思ってるからこそなんだとわからされたよ」

「……もしかして、兄《あに》さんにどう対応するかも見てたってことですか？」

「ハナと付き合うのなら……長く付き合うつもりがあるのなら、アレとの衝突は避けられんだろう？」

「……なるほど」

思っていた以上に、父は自分のことを真摯《しんし》に見極めようとしていたのだと亮はわかった。

「……まあ、まったく寸止めをしようとしなかったのはこちらも予想していなかったがな。どさくさに紛《まぎ》れて一発殴るぐらいは見逃そうと思ったが、アレのシスコンぶりを甘く見ていたようだ。君でなければ大怪我させて大変なことになっていた」

「いや、それ。本当にそれですよ」

「君が純貴より強くてよかったことの一つだな……言っておくが、その強さも確かにそうであるが、それだけでハナとの付き合いを認めようと思った訳ではない。心根が真っ直ぐでハナを大事にしている、これからもしてくれるだろうと思ったから認めたのだ」

「……それについては心から嬉しく思いますが、やっぱり今日のは不意打ち過ぎますよ……」

つい亮が愚痴《ぐち》っぽく言うと、何が受けたのか父は肩を震わせた。

「ふっふ、ようやく高校生らしい面を見た気がするな。それについては本当にすまなかった。それより、今のこれはまだ続くのかね？　もう長いことやってるように思うが……」

父が言っているのは背骨周りをグリグリ押していることで、時間的に見ても長くやっているので父がそう言うのも無理はない。

「あーちょっと、待ってください……よし、頃合いだな。親父さん、腕を上げてもらえますか」

亮は背中から手を離すと、立ち上がって父の両腕を取り、それを天井へ向けて突き上げる。

「くっ――」

なかなか強く引っ張っているので、父の口から声が漏《も》れる。

力を緩めて、また引っ張ってを数回繰り返した末に、亮は父の両手を放した。

「次に親父さん、立ってくれますか」

「うむ――うん？」

立ち上がる際に違和感を覚えているようで、首を傾げている。

「何か――変な感じ？　がするな」

「曲がっていた背骨を真っ直ぐにしましたからね。長いこと曲がったままなのが普通に感じていたんですから、そのせいでしょう」

「さっきので――そんなことが可能なのかね？」

指で押し続けることで骨の位置をズラすことが出来るなど、考えに及ばないのだろう。

「案外出来るものなんですよ。それに驚くのはこれからですよ。腰の痛みはそのままですよね？」

「う、うむ、そうだな」

腰からの痛みを気にするように手を当てている父。

「それじゃ、失礼――」

これからすることは画的《え》に非常に見苦しくなるから、あまりやりたくないのだが、仕方ないと亮は中腰になって、父の腰回りにタオルを当てて、そこから、父の腹に手を回した。つまり、亮は立っている父に後ろから、中腰の姿勢で抱きついているような状態になったのだ。

「それじゃ、親父さん、足を曲げずに、手を床につけるように前に屈んでください」

「う、うむ？　いや、だが私は——」

亮が変な姿勢で後ろから抱きついているのに戸惑った様子ながら、指示されたことに逡巡する父。

「わかってますよ、その体勢が痛くなることぐらい。だから俺がこうして支えてるんですよ。そしたら痛くないんで、いいから思い切ってやってください。俺だってこの体勢は辛いんですから」

「う、うむ、わかった——」

そうして父は言われた通り、足を曲げずに前に屈んでググッと床へ両手を伸ばす。

「——っ!?　本当に、痛くないの、だな」

「でしょう？　じゃあ体起こして息吸って——はい、吐きながら前に屈んで——」

これも数回繰り返してから、亮は父の腰から離れた。

「はあ、終わった——じゃあ、座ってください」

「うむ……——っ!?」

座る際に父は驚いた顔で振り返ってきて、亮はついついドヤ顔になる。

「痛みがなかったんでしょ？」

「あ、ああ——全くないとは言わんが、今までとはまるで違うことは確かだ！」

「ふっふ、そうでしょう。さあ、続きをするので前向いてください」

ここに来て父は亮の腕を完全に信頼したようだ。少し興奮しているようにも見える。

「さっきの前屈が原因かね？　何故あんなので痛みがなくなったのだ？」

亮は父の背中の筋肉をほぐすようにマッサージをしながら答える。

「細かい説明を省くと、親父さんの腰痛の原因は、背骨と背骨の間隔《かんかく》が狭まっていたからなんですよ」

「ふむ……？」

「その上、その背骨が曲がっていましてね。まずはそれを力技で真っ直ぐにしました」

「なるほど……」

「そして真っ直ぐにした後は、狭まっている間隔を広げるために、腕を伸ばし、仕上げにさっきの前屈みです。あれで、グッと腰から背中が伸びて——」

「それで骨と骨の間隔が広がったということか!?」

「そうです。よし、じゃあ、もっかいだけさっきの前屈やりますよ」

父は「うむ！」と、もうノリノリで亮の言う通りに動き、先ほどと同じように前屈を済ませた。

「よっし、これで終わりか。親父さん、無理のない範囲で体動かしてみてください」

頷いた父はゆっくり一人で軽く前に屈んでみて、すぐに驚愕《きょうがく》に染まった顔で体を起こす。

そして椅子に座って立ってを何度も繰り返し、その度に亮へ驚きの目を向け、そして興奮した様子で、床にじかに座ると、曲げた足の指先に手を伸ばし、靴下《くつした》を脱いだ。そして、靴下をはき直す。

「は、はけた……」

感慨深く呟《つぶや》く父に、亮は苦笑を浮かべる。

そして、そこから立ち上がる際にもまた顔を驚きに染めると、ガシッと亮の両手をとった。

「ありがとう、ありがとう、桜木くん！　こんなに体が軽いと感じたのはいつ以来だろうか——！」

「はは、助けになれてよかったですよ。でも、今日ほどでなくとも、治療のための施術はあと、二、三回必要ですよ。そうすれば手術もしなくてよくなるでしょう。痛みはほとんど減ったとは思いますが、完全にじゃないでしょう？」

「あと、二、三回!?　それでこの痛みがなくなるのかね!?　さらに手術も必要なくなるのか!?」

「ええ、そうですよ。それでほぼ完治と見ていいです。あくまでもこの腰痛の原因については、ですが。施術は学校帰りでよければ、俺がまたやってもいいんですが……時間、合わないですよね？」

「む、確かにそうだな」

「なので親父さんが知ってる整体のとこに行くか、それか俺のじじい——じいさんのとこ行きますか？　行くなら連絡先教えますけど」

「君に整体の技術を教授した御祖父《ごそふ》かね!?　では、是非頼む！」

「ええ、じゃあ、後で連絡先教えます。俺からも後で連絡しときますよ」

「おお……よろしく頼む！」

父が晴れやかな顔で、亮の両手を握ってブンブンと振る。

腰痛から解放されるのがよほど嬉しいのだということがよくわかる。

「あ、でも、あれですよ。痛みがなくなってから油断してると、またすぐに何かしらが原因で腰痛が来る可能性は高いんで、近いところでマッサージだけでも毎週通うようにした方がいいですよ」

「む、そうか……そうだな。これからは時間をちゃんと空けるように考えなくてはいかんな……もう、あの痛みはごめんだしな」

そう言ってしみじみと首を横に振る父に、亮は苦笑する。

「はーい、お待ちどー！　あれ？　何やってんの、お父さんと亮くん……もう終わったの？」

そこで恵梨花がサンドイッチを載せた皿を持ってきた。後ろには同じように、雪奈と華恵も皿を持っていた。

未だ父が亮の両手をガッシリ掴んでいるのを見て、揃って小首を傾げている。

「む、ハナ、ユキ、母さんも、見てくれ――」

父はそう言って、床へ手を伸ばすように前に屈んでみせる。さらに片足立ちになって、足の指先に手を伸ばしたりもする。

「まあ……もう痛くないの？　もしかして、手術の心配もなくなって？」

華恵が目を丸くして問いかけると、父が機嫌よさそうに答える。

「うむ。まったく痛みがない訳ではないが、楽に体が動かせるようになった。手術も必要なさそうだ」

「信じられない……よかったわね、あなた」

「嘘、ここまで劇的に良くなるものなの……？　お父さんのこんな機嫌良さそうな顔は久しぶりに見たわ……亮さんって強くて優しいだけでなく、こんな……もう、本当に素敵」

「うわー、本当にすごい。良かったね、お父さん。ありがとう、亮くん！　あ、これ食べて？」

恵梨花に言われるまでもなく、亮の目はサンドイッチに釘付《くぎづ》けで、もう椅子に座り直している。

「これが私の作ったタマゴサンドで、これがユキ姉が作ったＢＬＴチーズのホットサンド、それでこれがお母さんが作ったカツサンド。全部食べていいからね、亮くん」

「じゃあ、遠慮なく――いただきます」

まずはと恵梨花が用意した、テレビで見たことあるような大きな卵焼きというかオムレツみたいなものを挟んだサンドイッチに手を伸ばして、大口で頬張る。

「うっま」

口の中にこれでもかと卵の旨味が広がって、亮の頬が盛大に緩む。

「美味《おい》しい？」

恵梨花の問いかけに亮は無言でコクコクと首を縦に振る。そして亮が飲むようにサンドイッチを食べ続ける姿を、恵梨花は満足そうに眺めた。

「わっ、もうハナの作ったタマゴサンドがなくなってる……あ、亮さん、私はハナほど料理上手でなくて、ほとんどカットしたのを挟んだだけなんですけど、どうぞ、食べてください。あ、お父さんの治療、わざわざありがとうございました」

雪奈がはにかむようにして勧めてくれたＢＬＴチーズのサンドもやはり美味かった。カリカリのベーコンに酸味のあるトマト、シャキッとしたレタスにチーズ。マヨネーズもいい具合に塗られたそれは文句なしに美味く、無言で瞬《またた》く間に食べた亮を、雪奈も幸せそうに眺めていた。

「亮くん、本当に何て言うか、ここまで主人の腰が良くなるとは思ってもみなくて……手術が必要だったかもしれないって考えると、言葉に言い表せないほど感謝してるわ。本当にありがとう――って言ってるそばからハナとユキが作ったサンドイッチが消えてる⁉　あ、亮くん、カツは揚げたてだから気をつけて――大丈夫みたいね。それにしても、本当に大した食べっぷりね……」

華恵の感謝の言葉にも、モグモグしながら頷きで返し、亮はカツサンドを豪快《ごうかい》に頬張った。恵梨花の母だけあって、その味にはやはり文句の付け所がなく、ソースが塗られ、千切りキャベツも挟まれた揚げたてのカツサンドは、ボリュームがあって非常に美味かった。

「はあー、美味かった」

瞬《また》く間にサンドイッチ全てを食べ終え、アイスコーヒーをすすっている亮を、雪奈と華恵が唖然としながら見ている。

「あれ……？　もしかして三分もかかってない……？　食パン一斤《いっきん》使ったサンドイッチが……？」

「大食漢なのはわかってるつもりだったけど……すごいわね」

「もう、亮くん、いつも言ってるけど、ちゃんと噛《か》んでるの⁉」

「噛んでる噛んでる。ちゃんと噛んでる。すげえ美味かったぞ――あ、ご馳走《ちそう》さまでした」

華恵と雪奈の方にも向いて亮が頭を下げると、三人を代表するように華恵が言う。

「あ、ええ、お粗末様……うーん、作り甲斐《がい》があるわね。ああ、そうだ亮くん、今日って元々は主人と純貴が帰ってくる前の夕方に帰る予定だったのだろうけど、夜って予定は入ってるのかしら？」

「夜ですか？　特に予定は入れてませんけど」

「よかった。なら、夕飯食べていかない？　さっきハナとユキともそう話してたのよ」

「ふむ、それはいいな。桜木くん、遠慮《えんりょ》せずに食べていきなさい」

父が真っ先に朗《ほが》らかな顔で賛成してくれた。数時間前に初めて会った時の顔と同じとはとても思えないほどだ。

「いや、そんな、急にお邪魔するのも——」

いきなりの話だったので、ついそんな風に口から出るが——

「遠慮しなくていいのよ。すき焼きしようと思ってるのよ、好きかしら？」

「す、すき焼——そこまで言われて固辞《こじ》するのは却《かえ》って失礼ですね。是非《ぜひ》、いただきます」

すき焼きと聞いてすぐさま意見を翻《ひるがえ》し、キリッとした顔で亮が承諾すると、華恵は噴き出した。

「ふふっ、よかったわ——ならそれまでの間、ハナの部屋にでもいたらどうかしら？　いいわよね？」

「む、むう……そう、だな。桜木くん、ハナの部屋でゆっくりしてくるといい」

父が渋面《じゅうめん》ながらに頷いた。

「やった！　さあ、亮くん、私の部屋に行こう？」

父の返答に驚き戸惑っていた亮の手を恵梨花が取ると——

「反対反対！　ハナと部屋に二人っきりなど、父さんが認めてもこの兄は認めない!!」

当然のように純貴が反対してきた。が——

「純貴？　あなたには誰も聞いてないわよ？」

「お兄ちゃんに発言権なんてあると思ってんの？　黙って正座してて」

「純貴……もう諦《あきら》めろ」

母、長女、父にそう言われて、兄はこの世の終わりのような顔をして項垂れた。

「ああ、純貴、ちょっと車で遠くのデパ地下まで行って、高級そうなお肉たくさん買ってきてくれる？　亮くんはいっぱい食べるみたいだし。ああ、あなたのお小遣いでね」

「あ、それなら一個で百円とか二百円ぐらいしそうな卵とかも買ってきて、お兄ちゃん」

「あ、なら高そうな椎茸《しいたけ》も!!」

母、長女、次女に追い打ちをかけられて、純貴は泣きそうな顔で父を見上げた。

「……私も出してやる。いや、一緒に行ってやるから行くぞ、純貴」

父は仕方なさそうにため息を吐いて、長男にそう促した。

「さ、これでシスコン兄はいなくなったから、ゆっくりしなさい、ハナ」

亮が恵梨花に連れられて部屋に向かう際に、華恵がウィンクしながら恵梨花にそっと囁《ささや》いた。

「……ありがとう、お母さん」

恵梨花は顔を真っ赤にしてお礼を返したのであった。


「はい、亮くん、どうぞ」

自室の扉を開いて、少し恥ずかしそうにしながら促す恵梨花に従って、亮は恵梨花の部屋に足を踏み入れた。

途端に鼻に広がるいい匂いに、亮は少し動揺しかけた。

（恵梨花の匂い……だな、これは）

当たり前かもしれないが、いつも恵梨花から伝わるいい匂いが、この部屋には充満していた。

いつも思うが、どうして女の子は男と違ってこんなにいい匂いがするのか、不思議で仕方ない。

特に恵梨花の匂いは亮にとって格別で、安らぐような、でも胸を高鳴らせるような、そんな相反した二つの匂いが見事に矛盾《むじゅん》なく同居しているのだ。一層不思議で仕方がない。それは単に恵梨花が匂いに至るまで亮の好みのどストライクが故《ゆえ》なのだが、亮がそこまで深く考えたことがなかった。

ともあれ部屋に入った亮は、特に何か意識するでもなく、部屋の中に目を走らせる。

白のレースと花柄のカーテンに覆われた窓の手前にベッド、横に学習机、その手前には小さなローテーブルとクッションが置かれていた。その脇にある小さなタンスの上にはぬいぐるみがあり、入り口から横に向かうとクローゼットだと思われる扉があった。本棚にはところどころ亮にはよくわからない可愛らしい小物があったりと、ごく普通の女の子の部屋と思われた。

(都《みやこ》の部屋となんか雰囲気似てるな……)

やはり恵梨花ほどのとびきりの美少女といえども、自室はやはり他の女の子と同じようになるのか、という感想を亮は抱いた。だが、亮は忘れている。無意識に比べてしまった中学の時の同級生である都も、読者モデルなんてやってるとびきりの美少女だということを。

(あいつの部屋もいい匂いしたな、そういえば……)

中学の時のことをふと懐かしく思っていると、後ろから恵梨花に声をかけられる。

「ほら、亮くん、もっと中に入って？　あっ、あんまりジロジロ見ないでね！」

「あ、ああ」

我に返った亮が一歩足を動かすと、恵梨花はさっと脇を通って、部屋の中心まで入り亮の方を振り返る。

「亮くん、今日は本当に色々とごめんね？　驚かせるのわかっててユキ姉のことを話さずに来たんだけど、それだって私の我儘《わがまま》で……ごめんなさい」

「いや、だから気にしなくていいって……恵梨花からしたら、それだけが俺を驚かせることだって思ってたのはわかってるから」

「うん……まさか、お父さんとお兄ちゃんがいきなり帰ってくるなんて……」

「まあ、それはな、本当に驚いたけど。でも、それだって、親父さんとも兄《あに》さんともそれなりに打ち解けられたとは思うし、結果オーライじゃねえか。いいよ、もう。気にすんな」

そう言って、俯いている恵梨花の頭に手を置いてポンポンと撫でる。

「うん……ありがとう、亮くん」

上目遣《うわめづか》いで嬉しそうにはにかむ恵梨花に、亮は心臓を跳《は》ねさせながら、手を下ろす。少し名残惜《なごり》しそうにその手に目をやった恵梨花だが、すぐニコッと顔を上げた。

「でも、今日は本当にありがとう。お兄ちゃんあんなだったのに、手加減して相手してくれたり……別に少しぐらい怪我させてもよかったんだけど……あと、お父さんの腰もあんなに良くしてくれて！　お母さんもすごく喜んでたよ！」

「ははっ、ならよかったよ」

「あと、やっぱり……そうだ、私、言ってなかった」

「何を？」

亮が問い返すと、恵梨花は深く頭を下げた。

「亮くん、ユキ姉を助けてくれて……本当に、ありがとう」

「あー、うん。わかったから。頭上げてくれって恵梨花」

感謝の言葉は今日何度も言われて食傷《しょくしょう》気味で、気持ちはわかるが恵梨花にまで頭を下げられるのはいい気分ではない。それは恵梨花もわかっているのだろう、亮が言うとすぐに頭を上げた。

「ユキ姉ね、亮くんに助けられて、そして事件のことから立ち直ってきたら、それから時間を空けては毎日のように、泉座《せんくら》の駅に自分を助けてくれた人――ゴールドクラッシャーって呼ばれてる人を探してたんだ」

「……そうだったのか」

「うん……ユキ姉のそんな姿いつまでも見てられなくてね、だから私も自分に出来る範囲で噂《うわさ》されてるゴールドクラッシャーを探してみようと思ったら――」

そう言うと、恵梨花は苦笑して亮を見上げた。

「隣にいるんだもん。滅茶苦茶《めちゃくちゃ》驚いたよ」

さもありなん。亮は少しばかり気まずくなりながら同じように苦笑を浮かべる。

「俺だって、まさか、あの時のあの子が恵梨花のお姉さんだなんてな」

「ふふっ、本当だね」

恵梨花が顔を綻《ほころ》ばすと、亮はふと疑問に思った。

「それにしても、毎日のように泉座に行ってた割に？　俺は見かけたことねえんだけどな」

「……そう言えば、そうなるんだよね？　亮くんもしょっちゅうって訳でなくても、たまに行ってたんだよね？」

「そうなんだよな……うん？　そういや、駅で探してたって言ってたな。どっちの駅だ？」

「え、どっちって——あ……表の方だ」

「ああ、やっぱりか。俺が泉座行く時は基本裏の方使ってたからな」

「確かに亮くんそう言ってたね、現に先週はそっちで待ち合わせしたし……」

恵梨花が姉の不運を思いやったのか無念そうにため息を吐《つ》く。

「まあ、お姉さんには悪いが、あの駅でいきなり声をかけられるよりは、今日ここでの方が——とも思えるかな、俺は」

「あー、どっちも亮くんには驚きだけど、駅でよりはってこと？」

「そうだな、あんなとこでゴールドクラッシャーだとか言われたら隠しようがねえ。どうにか誤魔《ごま》化《か》そうとするぞ、俺は」

「た、確かに」

人が集まる泉座の駅は噂の中心地そのものだ。そんなところでゴールドクラッシャーの話をすれば、あっという間に広がってしまうだろう。

「なら、亮くんにとっても、ユキ姉にとってもこの方が良かったたってことか……」

「そういうことだな、まさに結果オーライじゃねえか」

亮がそう言って笑いかけると、恵梨花もつられるように微笑む。

「ふふっ、そうだね」

「あー、でも、何で俺にまで内緒にしたんだ？　お姉さんのこと。ああ、別に問い詰めるつもりじゃねえから」

「ああ、うん。ごめんね、本当に。理由はお母さんやユキ姉に事前に教えなかったのと同じ、かな」

「……つまり？」

「うん。事前に亮くんにユキ姉のこと話してたら、亮くんにとって今日初めて会うユキ姉は私の『姉』というより、あの日亮くんが助けた『あの子』になっちゃうかな？　って思って」

「……ああ、なるほどな」

「それに、知らない方が亮くんも気負わなくて済むし会いやすいんじゃないかと思って」

「それは……そうだな。ああ、確かにそうだ」

非常に納得した。前に助けたことのある自分に非常に感謝している女の子に会いに行くより、恵梨花の姉に会う方が亮にとっては気が楽だ。

「まあ、でも亮くんからしたら驚かされる訳だしね……ごめんね？」

「もういいって……ああ、もうこの件で謝るのもお礼言ってくるのもなし、な？」

散々聞き飽きてげんなりした亮がそう言うと、恵梨花は目を丸くしてから微笑ましいような、慈《じ》愛《あい》溢《あふ》れるような笑みを亮に向けた。

「ふふっ、うん。じゃあ――今日は本当にお疲れ様、亮くん」

恵梨花の、恐らく恵梨花の本質そのものだと思わされるその笑みに、亮は息を呑んで目が離せなくなった。それでいて、亮はこの家に来てから抜けきれなかった最低限の緊張が体から抜けていくのを自覚し、代わりに何か別の満足感が体を満たすのを心地好《よ》く感じた。だが、それは同時に、今日起きたことに対する疲労感を覚えさせるものでもあった。つまり、ここに来て亮は、考えないようにしていた緊張からの疲れが、ドッと押し寄せてきたのを覚えたのである。

「……亮くん？」

少し呆けて恵梨花の顔を眺めていた亮に恵梨花が小首を傾げる。そこで亮は何となくそうしたくなって、体から力を抜きながら、恵梨花の顔に近づくように体を前に傾け――

「え、亮くん？」

戸惑う恵梨花の声を耳にしながら亮はもたれるように、恵梨花の肩に顎《あご》を乗せた。

「――ああ、疲れた」

そう言いながら亮は鼻にかかる恵梨花の髪から伝わる匂いを胸に吸い、恵梨花が立っていられる程度に、自分を支えられる程度までさらに体から力を抜いた。

恵梨花はそんな風に自分に体重を預けた亮に目をパチパチとさせてから、恥ずかしそうに顔を赤らめた。そして慈愛のこもった笑みを浮かべ、亮の背中へ手を回し、抱き込むように亮の頭へ手を伸ばした。

「うん――本当にお疲れ様だったよね、今日の亮くんは――よしよし」

そう言って恵梨花は優しく慈《いつく》しむように亮の後頭部を撫でた。

（……頭撫でられるのって、気持ちいいんだな）

目を閉じながら亮は、己を撫でる恵梨花の柔らかい手の心地好さに、体が弛緩《しかん》してくるのを感じた。

そうやって疲労感が少しずつ抜けていくと同時に、亮は物足りなさを感じて、恵梨花の背に手を回して力一杯――は不味いので、ほどほどの強さで恵梨花を抱きしめた。

「!?　――んんっ……」

突然の動きで一瞬驚いてビクッとした恵梨花だったが、すぐに体から力を抜いて亮に身を任せた。その際にどこか気持ち良さそうな満足そうな声が聞こえて、亮はドキリとする。だが、それよりもさらに香ってくる恵梨花の匂いと、抱きしめて伝わってくる心地好い柔らかさに、亮は夢中になった。

無意識の内に徐々に手に力が入っていくが、恵梨花は文句を言わず受け入れ、どころかまだ亮の頭を撫で続けている。そして手の動きが止むと恵梨花は少し顔を傾けて、亮の頬にチュッと音を立てた。

驚いて亮が恵梨花の肩から顔を上げると、恵梨花が得意気に、でも少し恥ずかしそうに笑みを浮かべていた。

「お礼も謝るのもダメなんだよね？」

その言葉の意味することを理解するのに、亮は少しの時間をかけた。

（……つまり、今のはお礼代わりのキスってことか）

亮の顔に理解の色が浮かぶと、恵梨花はクスリと微笑んだ。

「今日は本当に――」

そこまで言って今度は先ほどとは反対の頬にキスをして――

「ユキ姉を助けてくれて――、お父さんの腰治してくれて――、色々驚かせて――」

言いながら『ありがとう』や『ごめんなさい』が来ると思われるところの度に頬に口づけされる。

亮の頭がクラクラしてきたところで、恵梨花が頬から離れた。

「――ふふっ、こんなお礼されるのは嫌じゃない？」

その時の恵梨花の、慈愛いっぱいでありながら、妖艶《ようえん》さも含んだ矛盾したような笑みに、亮は目を見開いて息を呑んだ。

「――いや、まったく嫌にならねえな。けど――」

なんとか口を開いて出た言葉は本音だが、亮が無意識に感じていた物足りなさも出たのだろう。

それを察した様子の恵梨花が、さらに妖艶さを増した笑みを浮かべると、目を閉じて背伸びし、今度は頬でなく唇《くちびる》へキスをした。数秒してから呆気に取られた亮から恵梨花が唇を離す。

「――けど、物足りなかった？」

悪戯っぽく問いかける恵梨花の魅力に、亮は吸い込まれるような感覚を覚えた。

「あ、ああ……」

「じゃあ、今のは？」

「そ、そりゃあ……ま、満足しました」

亮が口ごもりつつ何故か丁寧に答えると、恵梨花はクスリと微笑んで、亮の後頭部に回していた手を亮の両頬に添えて、また背伸びして亮の唇にそっと口づけした。それからまた数秒して離れた恵梨花は、顔を赤らめて瞳《ひとみ》は熱っぽく潤《うる》ませた状態で、亮の好きな満面の笑みを浮かべた。

「ふふっ、だーい好きっ、亮くんっ」

この至近距離で、それは反則だ。

亮の脳裏に浮かんだのはそんな文字で、そして亮はなんとか口を開いて「俺も――」と返そうとした。したのだが、亮はフラフラと目の前にある恵梨花の唇に吸い寄せられるようになって、気づけば自分の唇を恵梨花のそれに強く押し当てていた。

「んん――！　っふ……」

そんな亮の逆襲に恵梨花は少し驚いたが、すぐに落ち着いたように亮の唇を受け入れた。

体を抱きしめる手にさらに力が入っていきそうになったが、無意識のうちにセーブをかけるように止まる。代わりに、唇に当てる強さが強くなった。

「んん――っ、ん――」

恵梨花の口から声にならない声が漏れる。決して嫌がっていないそれが耳に入って、亮の意識がわずかに浮上する。そして名残惜しく、ゆっくり離れる。

「はあっ……」

恵梨花も名残惜しそうに、息継ぎも含んだ声を出す。その時に出された甘い、いや甘過ぎる吐息はモロに亮の鼻にかかって、浮上しかけていた亮の意識を底まで沈み込ませ――

「んん!?　――んんっ……」

気づけば亮は再び恵梨花の唇に自分の唇を強く押し当てていた。

恵梨花は一瞬だけ目を丸くしたが、すぐに閉じて、再び亮に身を委ねる。

そして亮は一分は経ってないと思われるタイミングでまた離れるが、恵梨花の潤んだ瞳が見えたから、鼻にまた甘い吐息がかかったから、真っ赤になった恵梨花が可愛かったから、漏れ出た声が耳に痺れたから、至近距離で見た恵梨花が可愛過ぎたから——とそのような様々な理由のため、離れてもすぐにキスを再開してしまうというループを何度もしてしまった。恵梨花の唇の柔らかさと、そこからダイレクトに伝う甘い吐息にはまるで中毒性があるように感じて、止められず、やめることが出来なかった。

互いの口から漏れ出る吐息に混じって、身じろぎした際の衣擦れの音が、時計の時を刻む音と共に部屋に静かに響く。その間、恵梨花はまったく抵抗せず受け入れていたが、次第に自分で立っていられる自信がなくなってきたからなのか、亮の頬に当てていた手を首に回してしがみつくように抱きついてきた。そのため——

——ムギュッ。

と、亮の厚い胸板に触れたその質量に、柔らかさに、亮は『理性』と書かれたゼッケンをつけた天使が飛び去っていくのを幻視した。ちなみに天使は何故か咲《さき》——恵梨花の親友の一人——だった。

(あ、ヤバい)

そう思った瞬間である。

——コンコン。

「――っ⁉」

扉からノックの音が聞こえて、二人は目を見開いて飛び上がらんばかりに驚きながら、お互いの体からバッと離れた。

「ハナー？　お茶持ってきたわ。入るわよー」

そんな雪奈の声が扉越しに聞こえてきて、数秒の時間が経ってから扉が開かれる。

「それとお母さんが、亮さんが物足りなさそうだったからって、追加のサンドイッチも――」

そして入ってきた雪奈が見たのは、未だ座ることもなく立ったままで顔を赤くして、微妙に距離をとって焦ったような様子の二人だった。

「……もしかして、お邪魔だった……？　ごめんね」

「そ、そんなことないから！　ねえ、亮くん⁉」

「あ、ああ、そうだな」

どう見ても何かあった二人に、雪奈は少し気まずそうにしている。

「う、うん、そっか……えーっと、と、とりあえず、入るね？」

「ど、どうぞ、入って……あ！　亮くんはこっちに座って？」

「あ、ああ。ここに座るんだな？」

一々言わなくてもいいことを確認するように口にして、亮は恵梨花が指し示したクッションの上に座った。恵梨花と雪奈もローテーブルを囲むように腰を落とす。

「えーっと、亮さんはまたアイスコーヒーでよかったですか？　アイスティーか麦茶がいいなら、持ってきますけど」

「いや、いい。ありがとう」

亮は差し出されたコップを受け取ると、頭を冷やすために早速とばかりにストローを口に含んだ。その際に、先ほどまで自分の唇にあった感触を思い出しそうになって、慌てて頭を振ってそれを追い出した。

「……どうしたんですか、亮さん」

「いや、何でもない……」

「？　そうですか……」

雪奈に答えた亮が恵梨花を見てみれば、彼女もアイスティーのストローを口に含んで顔を赤くしている。亮と同じようなことを想起したのではないだろうか。

「それとさっきも言いましたけど、まだお腹に入るならこのサンドイッチとお菓子《かし》もどうぞ……さっきの量じゃやっぱり足りてなかったんですか？」

「ははっ、バレてたのか。美味かったから、もっと食べたいと思っていたんだ」

「んー、なるほど。あの量が瞬《また》く間に消えたことが、信じられなかったから、わかりませんでした」

うんうんと頷く雪奈の前にも、恵梨花のとは別のアイスティーがあり、恵梨花は今それに気づいたようだ。

「ん？　ユキ姉の分もあるの？」

「あはは、せっかくだし、お邪魔させてもらいたいなーって思って。ダメ？」

両手を合わせ片目を瞑《つむ》って可愛らしくお願いしてくる姉に、恵梨花は複雑そうな顔をしているが、亮は理性のストッパー的な役割を期待して賛成した。今はちょっと頭を冷やしたかったのである。

「俺は構わねえよ。いてもらおうぜ、恵梨花」

「ん、亮くんがそう言うなら」

恵梨花も亮の言葉から意味することを察したようだ。

「やったあ。ありがとう、ハナ、亮さん」

そうやって心から嬉しそうにする雪奈に、恵梨花は仕方なさそうに苦笑する。

亮も苦笑してから、目の前にある美味しそうなハムサンドに手を伸ばして齧《かじ》る。

(さっきも思ったけど、本当やたらと口に合うんだよな……恵梨花の弁当を食べ慣れたせいか？)

内心で首を傾げながら、亮は夕飯までの繫《つな》ぎとして、たっぷりあるサンドイッチを次々と頰張るのであった。

「あれ、もうこんな時間か。これ以上は二人の邪魔しちゃ悪いし、この辺で私は失礼するね」

三人で談笑し少し時間が経ったところで、雪奈が名残惜しそうにしながらそう言って、恵梨花の部屋から退室した。

姉を含んだ三人での会話は、主に亮のことを聞きたがった雪奈の希望によって、亮が話題になった。

恵梨花も、亮が学校では素《す》を出さず、亮について色々と話せる友人は少ないため、姉の調子に乗せられて次々と、亮本人を前にしながらも、亮のことを話題に大いに盛り上がった。話している内に、雪奈が徐々に亮との距離を詰めていき、終いにはピッタリと肩がくっついていた。恵梨花も負けじと亮にくっつき、そうやって姉妹に挟まれた亮は非常に居心地が悪そうであったが、話自体は盛り上がったのである。

亮と話している時の雪奈は非常に嬉しそうで幸せそうで、ボディタッチも多かったが、妹である恵梨花にはわかる。わかってしまう。あれは無自覚天然でやっていることを。

（だから――だから――！　文句が言えない!!）

恵梨花は思わず頭を抱えそうになった。牽制《けんせい》しても多分無意味であろう。何でそういうことを言ってくるのだろうと雪奈が不思議がるだけで終わる未来が見えて仕方ない。

思わずため息を吐くと、どこかホッとしたような亮がアイスコーヒーをすすっていた。そんな亮を思わずジト目で見てしまい、気づいた亮が動揺したように肩を揺らした。

「ど、どうした、恵梨花？」

「……亮くん、ユキ姉にくっつかれて、鼻の下伸ばしてたよね」

「ぶほっ」

亮が口に咥えていたストローが逆噴射した。

「ユキ姉、美人だもんね。仕方ないよね」

姉に言っても仕方ない、言えない不満がつい亮に対して向かってしまった。亮は悪くないとわかっているのにだ。

自己嫌悪に陥っていると、口元を拭《ぬぐ》った亮が困ったように眉《まゆ》をひそめた。

「いや、そう言われてもな……仕方ねえだろ」

「何が仕方ないの――!?」

嫉妬《しっと》から思わず声が荒くなった恵梨花に、亮は頭をガシガシと掻きながら言ったのである。

「いや、だって、あんなに恵梨花そっくりじゃ仕方ねえだろ。恵梨花じゃないとわかっててもな……笑ってる時だって、恵梨花に似てて可愛いって思っちまうし……」

「あ……」

亮の言葉の意味することがわかって恵梨花は顔を赤くして、俯いた。

自分にそっくりだから無下《むげ》になんて出来ないし、自分にそっくりだから鼻の下が伸びる。自分の笑顔と似ているから思わず見てしまうと、亮はそう言っているのである。

つまり、つい、ではあるが責めたつもりだった恵梨花は盛大に自爆したのだ。

「やっぱり同じ家に住んでて姉妹だからか？　いい匂いなのも同じだし、恵梨花と一緒に横に並ばれたら恵梨花が二人並んだように錯覚してしまう時だってあるし、二年後の恵梨花はこうなるのかなんて――」

「も、もういいから！　ごめんさない！　私が悪かったから！」

パタパタと両手を振って亮の追撃を止めると、亮は首を傾げながら口を動かすのをやめる。

「ご、ごめんね、本当に。亮くんは悪くないってわかってたんだけど――」

「いや、まあ、わかってくれたなら」

ホッとした亮が気を取り直すようにアイスコーヒーを飲み干すと、「くあ」っと欠伸《あくび》をした。それを見て、ふと思いついた恵梨花は時計に目をやって、夕飯までまだ時間があるのを確認した。

「眠くなった？　ご飯までまだ時間あるし、ちょっとお昼寝する？」

そう提案すると、亮は少し悩むように眉根を寄せる。

「んー、でも、そうすると恵梨花はどうするんだ？　あ、恵梨花の家だし、別にすることなんていくらでもあるか」

亮の自分を気遣うそんな言葉に恵梨花はクスリとして、立ち上がる。

「ふふっ、私はね――」

言いながら、恵梨花はベッドに横向きに腰をかけ足を伸ばした。そして、自分の太腿《ふともも》をポンポンと叩いて亮を膝枕に誘う。

「――どうぞ？　亮くん」

「……いいのか？」

ポカンとしてからすぐに立ち上がった亮は恵梨花の太腿に釘付けになって、フラフラと吸い寄せられるようにやって来る。

「――おいで？」

恵梨花がニコッと再度誘いをかけると、亮はベッドに足を乗せてマットを揺らし、少し躊躇《ためら》いながら恵梨花の太腿に頭を乗せて寝転んだ。

「――はあああー……」

すると亮が目を閉じて風呂に入った時のような声を出したので、恵梨花は思わず噴き出してしまった。

「ふふっ、何なの、その声」

「いや、これはヤバい。人を堕落《だらく》させるのに十分なやつだ」

「それは大変。亮くんを堕落させちゃったら、私がしっかり面倒見ないと」

「そこは堕落させないじゃねえのかよ」

「だって、亮くん、面倒くさがりだけど、ここぞという時はしっかりしてるし、たまには私がお世話いっぱいしたいな」

言いながら恵梨花は亮の髪を梳《す》くように撫でる。

「……そうやって男は、女にダメにされていくんだな……」

気持ち良さそうにしている亮を見て、恵梨花は嬉しくなって微笑んだ。

「亮くんがダメになったら、私がちゃんとお世話してあげるから安心して？」

「くっははは、そうか」

愉快そうに亮が笑う。その勇ましく勝ち気で男気を感じさせる笑みを見て、亮が自らダメになるようなことは絶対にしないだろうと、不意に確信させられた。それがどこか残念でもあり、嬉しくもあった。

「ふふっ——本当に、大好きだよ、亮くん」

そこで亮は閉じていた目を開いて、恵梨花と目を合わせた。

「——知ってる」

それを言った時の亮は、一瞬不敵な笑みを浮かべていたが、言ってから恥ずかしくなったようで、顔を赤くさせた。

「あははは！」

思わず声を上げて笑ってしまった恵梨花に、亮は身の置き所がないような顔になったが、やがて噴き出して恵梨花と一緒に声を立てて笑ったのである。

「ふふっ、もう——本当に大好きっ、亮くんっ」

「ははっ——ああ、俺も」

そしてお互いに笑い合う。

恵梨花はそんな亮が愛おしくて仕方なかった。付き合い始めた時も、昨日も、これ以上その気持ちが強くなるなんて思えなかったのに、日が経つ毎に裏切られ続けている。それがまた嬉しくて仕方ない。

亮もそうなんだろうか、いや、きっと同じだと思える自分が何て幸せなんだろうと思う時がある。こんなに幸せでいいんだろうか、とも思う。

「ずっと一緒にいようね——亮くん」

気持ちが募るままに動いた口から出た言葉に、亮は眉をひそめた。

「何当たり前のこと言ってんだ、逃がしゃしねえから覚悟してろ」

「ふふっ——うん……亮くんの方こそ逃がさないから覚悟してね？」

そう恵梨花が言い返すと、亮はまた愉快そうに笑い、恵梨花も一緒になって声を上げて笑う。

それからは二人は無理に口を開かず、緩やかに心地の好い時間が流れるのを楽しんだ。そして亮の目が眠そうにトロンとした時、ベッドの枕脇に置いていた恵梨花のスマホが着信音を鳴らした。

「あっ、電話だ。亮くん、ちょっとごめん――」

言いながら恵梨花は亮の頭の向こうにある携帯へと、腰を折って手を伸ばした。

「――っ!!」

すると亮の肩がビクッと揺れたが、恵梨花は手に取ったスマホの液晶に表示された発信者の名前に気をとられて、小首を傾げていた。

「香《かおり》……なんだろ。ごめん、亮くん。ちょっと電話取るね？　――もしもし、香？」

電話相手は中学の時に仲の良かった友達だった。最近はたまにしかメッセージのやり取りをしておらず、いきなり電話がかかってきたのが意外だったのだ。

『もしもし、恵梨花ー？　今、大丈夫ー？』

「うん……大丈夫だよ」

言いながらチラッと亮に目をやると、亮は何故か赤くなった顔を両手で押さえていたが、それでも恵梨花の視線に気づいたのだろう、無言でコクコクと頷いていた。

『お邪魔だったら、ごめんねー？　今、彼氏と一緒なんでしょ？』

「え、何で知って――」

『あははっ、実は今日の昼頃、駅前で見かけてさあ』

「あ、そうなんだ。えーと、一緒だけど、どうしたの？」

『うん、恵梨花がついに付き合いを決めた彼氏が気になってさー、今度一緒に遊ばない？』

「うーんと、それって私と亮く──私の彼と香とでって言ってるの？」

『あははっ、それじゃ私完全にお邪魔虫じゃーん。だから私の彼と、四人で！　つまりダブルデートしない？　ってこと！　どう？』

「だ、ダブルデート……？」

『うんうん、いいじゃん、やろうよ！　ねえ、恵梨花の彼そこにいるんでしょ？　聞いてみてよ』

「うーん、わかった。聞いてみるけど、彼が嫌がったら諦めてね？」

『えー、私久しぶりに恵梨花とも遊びたいし、恵梨花の彼にも会ってみたいしー何とか説得してよー』

「無理。彼忙しい人だから、無理って言われたら諦めて」

香と遊びに行くのは構わないのだが、亮も一緒となると話は違う。それに恵梨花の勘《かん》だと、亮はこういうことは嫌がるというか、面倒くさがるに違いない。

『んーじゃあ、とりあえず聞いてみてよ、恵梨花の彼に』

「はあ、はいはい、わかったから、ちょっと待ってて──」

そう言って恵梨花はスマホの下部のマイクに当たる部分に手を当てて、駄目元《だめ》というか、無理なのを確認するために聞いてみた。

「ねえ、亮くん、私の中学の時の友達がダブルデートしたいって言ってるんだけど──？」

すると亮は目に手を当てたまま、どこか上の空で答えた。

「え？　あ、ああ、いいんじゃや、ねえか？」

「うん、やっぱり嫌だよね……――え？　いいの⁉　ダブルデートだよ⁉」

余りにも意外だったことに驚いて恵梨花は聞き直した。

「お、おう、任せろ。どんと来いだ」

「そ、そうなの？　えーと、じゃあ、いいって返事するよ……？」

「オールオッケーだ。何も問題ない」

「う、うん？　じゃあ――もしもし、香？」

何か亮の様子がおかしい気がしたが、二度聞き返しても返事はＯＫだったのだ。なら、構わないのだろう。それならそれで恵梨花の心は弾んだ。素の亮を知っている友人は学校では限られている。中学の友達なら素の亮を紹介して自慢できる。こちらも自慢されるだろうが、それはおあいこだ。

『はいはーい、あなたの香ちゃんですよー』

「はいはい。あのね、彼が構わないって」

『おおー‼　やった。じゃあ、またメッセ送るから、それで日程決めよ！』

「うん、わかった。それじゃあね」

『はーい、バイバーイ』

明るい声が聞こえなくなってから恵梨花は耳からスマホを下ろしてその画面を消した。

「ごめんね、亮くん。寝そうになってた時に――」

そこまで言ってから恵梨花は口を閉じた。何故なら、亮が寝息を立てているのに気づいたからだ。

「――ふふっ。初めてのデートの時思い出すな」

亮のあどけない寝顔を目にして、恵梨花の口から思わず微笑が零れた。

こうしていると普通の、いや、普通に格好いい男の子である。

（さっきは何か様子がおかしかったような気がしたけど、何だったんだろう……？）

恵梨花は自分の胸部にある重量兵器が亮の顔にクリティカルヒットしたことに気づいていない。

「まあ、いいか……今日は本当にお疲れ様、亮くん」

そっと呟いて、亮の頭を優しく撫でる。

そう、亮は本当に疲れていたのだろう。何せ、母と姉という、事前に聞いていた限りでは自分に友好的な人とだけ会うつもりが、会ってはいけないと言われていた父と兄にまで遭遇したのだから。

その後に起こったことはもう余り考えたくない。それを亮は緊張しながらも、正面から向き合って対応してくれたのだ。それも相手に気を使う形でだ。いくら亮が超人的な体力を持っていても、これはまた種類が違う。疲れるのは当たり前だ。だからだろう――

『――ああ、疲れた』

この部屋に入って、亮が零した言葉が脳裏に蘇《よみがえ》る。

途端に恵梨花は身悶《みもだ》えしそうになった――亮が寝てるから、する訳にはいかないが。

肩にもたれてきてそう言った亮に自覚はないと思うが、あれは紛れもなく亮が恵梨花に甘えてきたのだ。いつもいつも守ってもらってばかりの恵梨花からしたら、そうやって亮に甘えてもらえることの嬉しさときたら、もう頭が沸騰《ふっとう》し過ぎて爆発するんじゃないかと思ったほどだった。同時に亮が愛おしくて、可愛くて仕方なくなって、何度もキスをしてしまった……もっともそのせいで、亮が暴走状態になってしまったようだったが。

（……あの時は体全部食べられるんじゃないかと思った……）

これが恵梨花の率直な感想である。が、別段怖いとも思わなかった。どころか、求められてるのが嬉しかったぐらいかもしれない。

付き合って一ヶ月ほどだが、自分は求められたら、どれだけ応えられるのだろうかと恵梨花は自問する。すると、どこまでも応えてしまいそうな自分がいるのに気付いた。実際のところ、いざという時には怖くなって拒んだりするかもしれないが、それが恵梨花の今の偽らざる心情である。それに亮だったら恵梨花が本気で嫌がれば、止まってくれるだろうという信頼もある。

「まあ、おいおい、かな……」

今は先ほど膝枕を始めた時のような、ゆったり出来る時間をもっと楽しみたい。亮もきっとそうだろうと思う。大事にしようと考えてくれているのがよく伝わってくるからだ。

「……本当に幸せ者だな、私って……」

しみじみと呟いてから、年寄り臭かったかな、なんて苦笑してしまう。

「そうだ、それよりもカメラカメラ……」

再びスマホに手を伸ばす。こんな時のために、シャッター音が小さいカメラのアプリを前からインストールしていたのだ。

「ふっふーん」

この後、恵梨花は亮の寝顔を撮《と》りまくった。もちろん、自撮りで二人が入る写真もだ。そして、その時に、そんな写真をもっと撮るべく、恵梨花は自撮り棒を買う決意もしたのであった。

――亮、もう起きなさい。早くしないと、また朝ご飯食べる時間なくなるわよ――

「――あ、起きた？　亮くん」

女神か聖母か、そんな尊さを感じさせる何かに、うっすらと母の影が重なって見える。

――まったく、朝稽古《あさげいこ》がないといつもこれなんだから。ほら、早くしなさい。また達也くんに置いてかれるわよ。中学生になったんだから、もっとシャンとしないと――

「お母さんがもうちょっとしたら降りてきて欲しいって――」

亮の耳には二つの声が重なって聞こえたのだが、片方だけが頭に直接響くようになって、亮の寝惚けた意識はそちらに向いていた。

「――わかったって、もう起きるから、かあさ――……？」

口を動かす毎に違和感を覚え、それは覚醒に繋《つな》がっていく。

「？　……亮くん？」

だから、その不思議そうな声はハッキリと亮の耳に届いてハッとする。

「――！　恵梨花、か？」

「うん……あ、寝惚《ねぼけ》けてたんだ、亮くん？」

「あー…………そうだったかも」

思わず亮は誤魔化すようにそう口にして、こめかみに手の甲を当てて目を隠す。

「そうだよ、どんな夢見てたの？」

「……もう忘れた」

「嘘ー？　本当にー？」

恵梨花が面白がるように、亮を覗き込んでくる。

「本当本当、もう思い出せねえ」

（言える訳ねえだろ!!　恵梨花を母さんと見間違えたなんて——!!）

そういう訳で、亮は今かつてないほどの羞恥《しゅうち》に悶《もだ》えている。もう、そろそろ亮は自分を誤魔化せなくなってきた。ふとした時の恵梨花の笑みに母の面影《おもかげ》が見えてしまうことを。

「本当かなー？」

からかうように言いながら恵梨花が亮の頬を指でウリウリと突いてくる。

亮は恵梨花の顔をまともに見れず、手は自分の目に当てたままで、なすがままにされている。

「あー……どれぐらい寝てた？　俺」

相も変わらず恵梨花に突かれながら亮が尋ねると、恵梨花が身じろぎして答える。

「一時間半ぐらいかな……？」

「そうか……？　恵梨花ずっと起きて、そこにいてくれたのか？」

「そうだよ？　私が動いたら亮くん、流石に起きちゃうじゃない」

「そりゃ、そうだが……いや、ありがとうな」

「どういたしまして——ふふっ。よく寝れた？」

「ああ、そんなに経ってると思わなかったぐらいな」

「ふふっ、なら良かった」

少し落ち着いてきた亮は手を下ろして、恵梨花を見上げて思わず呆然としてしまった。

自分に向けられている、恵梨花の母性と慈愛に溢れた微笑みに、目が釘付けになったのだ——その手前にある双丘《そうきゅう》が目に入らないほどに。

「……どうしたの、亮くん？」

「あ、ああ……いや、何でもねえ」

答えながら、亮は腹筋だけでゆっくり体を起こした。途端に後頭部の温もりと柔らかさが消えて、それがすさまじく名残惜しくなって、亮はスーッと巻き戻るように再び恵梨花の太腿に頭を乗せた。

「え、あれ？　起きるんじゃなかったの？」

戸惑う恵梨花に、亮は戻ってきた幸福感に浸りながら答える。

「いや、もうちょっと——」

言いながら、首を軽く伸ばして太腿の沈むような弾むような感触をこれでもかと堪能する亮。

「はー……柔らかい、気持ちいい、家に欲しい、持って帰りたい……」

そんな風に衝動のままに口が動いて、そこで亮はハッとした。

（いや、何言ってんだ、俺は——!?）

自分の言ったことを自覚し顔を赤くして、恐る恐る見上げると、同じく真っ赤な恵梨花が。

「ああ、いや、えっとだな……」

亮は起き上がりながら、体の位置を恵梨花の正面になるようずらした。

「そのだな、つい口から出ただけで深い意味はなくてだな……」

「うん……あのね？」

未だ赤い顔の恵梨花が俯きがちに窺《うかが》うように口を開く。

「亮くんがしたいなら私はいつでもいいから……ね？」

その言葉に亮がフリーズし、頭の中で恵梨花の言葉がリフレインする。

――亮くんがしたいなら私はいつでもいい――亮くんがしたいなら私はいつでもいい――

突然固まった亮に恵梨花が不思議そうにする。そして、自分が何を言ったのか遅まきながら気づいたようで、かあっと再び赤面する。

「――ひ、膝枕のことだからね!!」

パタパタと手を振る恵梨花を前に、亮が再起動する。

「あ、ああ。そ、そうだよな。いや、うん、膝枕いつでもしてくれるのか、そりゃ嬉しいな、はは」

亮は乾いた笑いと共にそれだけ言うと、恵梨花も同じような笑い声を立てる。

「あはは……うん、喜んでくれるなら、私も嬉しい」

そこでふっと降りてきた沈黙。さっきまではまったく気にならなかったそれが、今はどこか焦燥感が募るものになっていた。

「あっと……そ、そういや、お母さんが何だって？」

「あ、そうだった。そろそろ下に降りてきて欲しいって」

「そっか。じゃあ……降りるか」

「うん……」

恵梨花のその返事にどうして名残惜しそうな響きがあるのかは、聞かなくても亮にはわかった。

(誰にも見られることなく部屋で気兼ねなく二人過ごせるってのはけっこういいもんだな……気をつけねえと、歯止めがきかなくなるのがアレだが……というか恵梨花が可愛過ぎるんだよ、人の理性これでもかと削りやがって、ちくしょうめ)

思わず亮がため息を吐くと、恵梨花が小首を傾げる。

「どうしたの、亮くん？」

亮は苦笑しながら首を横に振って「何でもねえよ」と、誤魔化したのであった。

◇◆◇◆◇◆◇

「もういいじゃーん！　どっちみち、いつかはお父さんお兄ちゃんに会うことになったんだしさあ！」

「そういうことじゃないの！　何事にも段取りってものがあるのよ。まずはお母さんに会って、お母さんに味方になってもらってから、お父さんお兄ちゃんに会った方がいいってことぐらい、ツキだってわかるでしょ!?」

リビングへの扉を開くと、何やら美味しそうな良い匂いと共に、聞いたことのない声と雪奈が言い争っているのが耳に入ってきた。

この家で亮が知らない存在となると、もう一人しか残っていないだろう。

(恵梨花の妹の美月《みづき》……だったか)

その女の子は体操服らしき格好で、こちらには背を向けて正座をして、雪奈と向き合っていた。長い黒髪をツインテールにしていて、それは雪奈に何か言う度に体と一緒に大きく揺れている。

「それはそうかもしんないけどさあ……でも、お父さんとお兄ちゃんも家族じゃん。その家族を除《の》け者にして、コッソリ隠れてそういうことするのよくないなーって、ツキは思うんだけどー」

「もう、ツキ！　心にもないこと言って言い訳しないの!!」

雪奈が中々にひどいことを言ってるように思われるが、その前の美月の言い方にまったく心がこもっておらず棒読みだったので、雪奈がひどいとは一概に言えないだろう。

「もう、そんなに怒んなくてもいいじゃん！　ハナ姉にも謝るからさあ！」

「ハナに謝るのは当たり前でしょ！　それよりもツキのせいで本当に大変——あ、亮さん！」

ぷんすか怒っていた雪奈がそこで亮に気づいて、コロッと表情を変えて輝くような笑顔になった。

「——うん？　亮さん？」

同時に美月が訝しげな声と共に振り返る。そして亮と目が合うと意外そうに目を丸くした。

雪奈と恵梨花は母に似ている。兄の純貴は父と母の両方に似ているところがある。美月はと言うと、兄に一番似ているように亮は思った。この家族の一員で、雪奈、恵梨花の妹だけあって、やはり文句なしの美少女だった。だが、系統が姉二人と異なる。姉二人が優しげな美少女、美女であるなら、こちらは勝ち気で活発な美少女といったところか。動く度によく跳ねるツインテールもまたその印象を強くする要因に思われる。

「ああ、亮くん、ハナから昼寝してるって聞いてたけど、ゆっくり休めた？」

キッチンに立って何やら作業をしていた華恵が、見るだけで安らぐような笑みを向けてきた。

「ええ、たっぷりと」

「そう、ならよかったわ。もうすぐで晩ご飯なんだけど、お腹空いてきたかしら？　あの量のサンドイッチじゃあ、流石にまだかし――」

「いえ、もう全部消化済ですので」

華恵の言葉の途中で亮が答えると、華恵の頬が僅《わず》かに引き攣《つ》った。

「――そ、そう……なら、いつでもいいかしらね？　それじゃ、男二人が帰ってくるまで、奥のソファーの方でゆっくり待っててもらえる？」

華恵は「お米を追加で炊《た》いた方がよさそうね……」と呟きつつ、作業に戻った。

華恵に示された場所は、リビング奥にあるテレビの前にあるソファーセットで、そのすぐ脇に雪奈が立って、その正面で末妹は正座している。

「亮さん、睡眠不足だったんですか？　あの後、すぐに寝たってハナからメッセージ受け取ったんですけど。それなのに、長々とお話に付き合ってもらって……申し訳ありません」

そう言って頭を下げようとする雪奈を、亮はすぐに止める。

「いや、別に無理して話してたとかじゃねえから。普通に楽しかったから気にしなくていいって」

「本当ですか……？」

そろそろと窺うような雪奈に亮は苦笑する。

「本当だって、ユキがいて楽しかったから、自分の眠気に気づかなかったんじゃねえかな」

「そうですか――！　なら、よかったです！」

（本当、恵梨花の笑顔に似てて可愛いな、ったく……）

つい見惚れそうになる。だが隣から不機嫌な気配を感じ始めたので、亮は早々と視線を動かすと、正座で目を丸くしていたまま亮を見上げる美月と目が合った。

「え、な、なんで⁉　ハナ姉の彼氏さんなんだよね⁉　まだいたの――⁉」

その言葉は亮の存在を嫌がっているから出たというのではなく、ただ驚いているということが美月の表情からよくわかった。

「こらっ！　ツキ！　そんな言い方失礼でしょ！　まずは挨拶《あいさつ》しなさい！」

雪奈に怒鳴《どな》られて、美月はビクッとしてからおずおずと口を開いた。

「ご、ごめんなさい……えっと、えっと初めまして。ユキ姉とハナ姉の妹の藤本美月です。中学三年です」

「初めまして、桜木亮だ」

「わかってると思うけど、私の彼の亮くんね」

「うん、この人が……」

呟きながら、美月は亮と恵梨花を交互に見比べるように眺めた。

「……なんか、割と普通な感じの人だね？」

その遠慮のない物言いに、母と長女と次女が怒りを露わにした。

「こら！　ツキ！　だから失礼なことを言わない！」

美月は「うひぃ」なんて声を出して、たじろいでいる。

「もう、本当に、あんたって子は――」

と、雪奈の説教が再燃しそうになって、亮がそれを止める。

「まあまあ、いいじゃねえか、ユキ」

「いえ、でも、亮さん。さっきからこの子ってば失礼なことばっかり――」

「いや、俺は気にしてねえよ。どころか見る目がある子じゃねえか」

亮が朗らかに言うと、藤本家の美女、美少女全員が「え!?」と驚いている。

「俺が普通に見えるなんて――うんうん、よくわかってる子じゃねえか。うん、いい目をしている」

普通っぽいと言われて喜ぶ亮に美月は「あ、この人、変な人だ」という顔をし、それ以外の亮を知る、あるいは今日知った美女達は亮のことを考え、「いや、むしろ節穴の目では」という目を美月に向けている。

「あー、えっと、ハナ姉？　さっきは普通な感じとは言ったけど、普通に格好いいとも思ったよ？」

何か妙な空気を察し、それを変えようとしたのか美月がとりあえずのように言うと、恵梨花は機嫌良く頷いて言った。

「そうでしょう、そうでしょう」

その機嫌良く頷いた恵梨花の横で雪奈もウンウンと頷いている。それに気づいた美月が小首を傾げる。

「それで、さっきから気になってたんだけど、えーと、ハナ姉の彼氏さんなんですよね？　えーと——お兄さん？」

どう呼ぼうか迷ったが、そこに落ち着いたようで、慣れない呼びかけに亮はむず痒《がゆ》さを覚えた。

「ああ、そうだが——美月ちゃん？」

「ちゃんはいいです。美月でいいですよ、それかツキでも」

「あー、じゃあ、ツキで。俺もまあ好きに呼んでくれたら」

雪奈と同じく、他の家族がそう呼んでいるのだから、呼び方がうつるのは時間の問題と思えた。

「はい、じゃあ、お兄さん。ハナ姉の彼氏なんですよね？　んで、ハナ姉と同い年……なんだよね？」

最後の問いかけは恵梨花に向けられたもので、恵梨花は「そうだよ？」と答えると、美月は顔中に疑問符を浮かべたようになった。

「？　じゃあ、なんでさっきからユキ姉がお兄さんに敬語で、逆にお兄さんがユキ姉に気安い口調なの？　逆じゃないの？」

美月の疑問はもっともなものだ。だがこの疑問が出る辺り、どうやら美月はまだ亮についてよく教えられてないことが、亮と恵梨花にはわかった。

「それはね——」

恵梨花が説明しようとすると、美月は閃《ひらめ》いたような顔になって遮《さえぎ》った。

「あ！　わかった！　お兄さん、ユキ姉の元彼なんでしょ⁉　それで、ユキ姉のこと忘れられず、そっくりのハナ姉と出会って付き合ったんじゃ⁉」

中々の迷推理っぷりだった。亮は恵梨花と華恵と一緒にあんぐりと口を開けてしまった。そうならなかった残り一名はと言うと――

「も、もうツキったら！　私と亮さんがラブラブカップルだったなんて何言ってるのよ！」

雪奈は顔を赤らめ、照れっ照れになって、パタパタと手を振っている。

「あ、あれ――？　違うの……？　ていうか、そこまで言ってない――」

「違うわよ！　私なんかが亮さんとなんて……ああ、だったらなんて素敵なの――」

否定しながら雪奈は遠い目になって、一人の世界に入ったようにブツブツと言い始めた。

「えー……あー、そう……」

そんな姉の痴態《ちたい》を見て少し引いた様子の美月は、ついでもう一人の姉に「いいの？　ハナ姉の彼氏なんじゃないの？」といった目を向けた。恵梨花は何を言っても無駄だと言いたげに、黙って横に首を振った。美月は非常に不可解そうな顔になると、改めて亮と恵梨花を交互に眺めた。

「さっきも言ったけどさ、ハナ姉。お兄さん、普通に格好いいと思うし、こうやってよく見ると、ハナ姉とお兄さんってすごくお似合いだねえ」

「そ、そう？　ふふっ」

嬉しそうな恵梨花に、美月がニヤリとする。

「本当だって！　お兄さん優しそうだしさあ」

「あ、わかる？　すごく優しいのよ、亮くん」

「うんうん、やっぱりねー。ハナ姉はやっぱりこういう感じの人が合ってると思うよ！　すごく素敵な組み合わせだと思う！」

「も、もうツキったら。世界一素敵な組み合わせだなんて――」

雪奈と同じく照れっ照れになって、手を振る恵梨花に、美月の口角がニンマリと吊り上がる。

「うんうん、ところでさあ、ユキ姉、ハナ姉――もう正座やめていい？」

その問いにニコニコとご機嫌な雪奈と恵梨花が揃って首肯《しゅこう》する。

「もう仕方ないわ――」

二人が言い切る前に、母が割って入る。

「――ツキ？　晩ご飯まで正座してなさいって、お母さん言ったわよね？」

その鋭さを感じさせる声に、美月が「うぐっ」と呻いて項垂れる。

「うう……あと、ちょっとだったのに……」

「もう、本当にこの子は……ユキもハナも、妹にそんな簡単に煽《おだ》てられるんじゃありません」

雪奈と恵梨花のそっくり姉妹がハッとなる。

「まったくこの子は……本当に油断ならないわ。ツキ、夕飯後も正座ね」

「ほんとに……姉を引っかけるなんて……もう、今日一日正座にした方がいいかも」

雪奈と恵梨花は恥ずかしそうにそう言うと、美月へと厳しい目を向けた。

「ええー、ハナ姉はともかく、ユキ姉はツキちょっと納得いかないなあ……」

「黙りなさい！」

二人の怒鳴り声が揃って美月に向かう。

（女三人揃えば姦しいとはよく言うが、それが美少女三姉妹だとまた何か、すげえ迫力だな……）

怒っている方も、怒られている方も顔が似ているせいか、非常に画になっており、亮は少しテレビで芸能人を観ているような気分になって眺めていた。

「ほら、あなた達、いつまで亮くんを立たせたままでいるの。皆座って、ツキは三人と話しやすい位置で正座してなさい」

そうして華恵の言う通りに、亮と三姉妹が動く。亮が恵梨花に示されたソファに腰を落とすと、当然のように恵梨花がその隣に腰かけ、流れるように反対の隣に雪奈も腰かけた。その正面で末妹がぶつくさ言いながら正座をする。これで今日で三度、亮はこのそっくり姉妹に挟まれて座ることになった。

（……なんだ、この状況）

両隣に美姉妹が肩が触れ合う距離に座り、正面では活発な美少女である末妹が正座している。

この配置をおかしく思ったのは亮だけでなく、美月もだったようで、亮とその両隣を目をパチパチと瞬《しばたた》かせて見ている。

「えーと、お兄さん、シャンパン持ってきますか？」

「キャバクラか」

すかさず亮は突っ込んでしまった。

「え、だって、この状況は——え、何でお兄さんが真ん中なんですか」

「いや、俺に聞かれてもな……」

亮が心の底から言うと、恵梨花が美月に少し不機嫌そうに窘める。

「もう、ツキ、変なこと言わないの。亮くんがキャバクラなんて行く訳ないじゃない。行ける歳でもないし」

実は何度かそういった店に連れられて行った経験はあると知れば、三人はどんな顔をするだろうか。

亮は動揺《どうよう》をまったく表に出さなかった自分を褒めた。

「そうよ、ツキ、亮さんに変なこと言わないの。もし行くなら私がイブニングドレス着て亮さんのお相手するわ」

雪奈の言葉に亮は「ゲホゴホッ」と咽《む》せた。そして恵梨花の方から不穏な気配を感じる。

「ユキ姉……？」

「ハナ？　もう、やだ、冗談に決まってるでしょ？」

「ふーん……」

ジト目の恵梨花を横目に、亮はキャバ嬢姿の雪奈を想像してしまった。恐らく、シャレにならないレベルで指名が入ることだろう。貢《みつ》ぐ男達も後を絶たないのは間違いない。

「……亮くん？　変なこと考えてない……？」

「イイエ、ナニモ」

「そう……？」

亮はぎこちなく答えた。そして恵梨花が不満そうに唇を尖らせていると、華恵が割って入ってきた。

「ほら、ツキ。お父さんとお兄ちゃんに今日のことを話してしまったの、亮くんとハナに謝りなさい」

「ええー？　でも、結局、お父さんとお兄ちゃんは帰ってこなかったんでしょ？　だったらいいじゃん」

今度は美月がそう言って、唇を尖らせた。

「何言ってんの、帰ってきたわよ。おかげで亮くん、大変だったんだからね！」

「え？　嘘だー、だって、お父さんとお兄ちゃんが帰ってきてたんなら、お兄さん追い出されて、今も家にいるはずないじゃん」

今日最初に亮を見て驚いたのはそのためだったようだ。

「ツキ……あなた、その予想が出来て、何でお父さんとお兄ちゃんに話したの……？」

恵梨花が妙な迫力を漂《ただよ》わせながら言うと、美月はしまったと言わんばかりに、口を両手で押さえた。

「そうね、ツキ、どうしてあの時、私達の話をあの二人に言っちゃったのかしら？」

雪奈と恵梨花に睨まれた末妹は、正座のままダラダラと汗を流した末に――

「テヘッ」

片目を瞑り舌までペロっと出して、見事なテヘペロを披露した。

それを無言で見た恵梨花と雪奈は、亮越しに視線を交わして頷き合うと、華恵へと振り返った。

「お母さーん、ツキ、今日の晩ご飯いらないってー！」

「来月のお小遣いもいらないってー！」

雪奈と恵梨花のその声に、美月はムンクの『叫び』のような顔になった。

「ギャー！　いやー！　やめてやめてー！　すき焼きー！　お小遣いー!!」

「だったら、さっさと話す!!」

ハモる雪奈と恵梨花の声に、美月は項垂れつつ、おずおずと窺うように二人の姉を見上げた。

「え、えっとね……？」

「うん、なに？」

「学校の近くに美味しいデザートが出るカフェが出来たって聞いてね……？」

「……だから？」

亮は両隣から伝わる怒りの気配に、自分も怒られてるような錯覚を抱いた。

「フワッフワのパンケーキなんだって、すっごく美味しいんだって！　で、それで……行ってみたいなーって思ったら……」

美月の声が尻すぼみに小さくなっていき、次第《しだい》に目が盛大に泳ぎだした。

「お小遣いなくて……それで、その……お父さんとお兄ちゃんに……」

「ハナの彼氏が家に来る情報を言う代わりにって……そういうこと？」

「え、えーっと……は、はい……」

亮は自分の視界の広さを呪った。横を向かずとも、雪奈と恵梨花の美貌が恐ろしく迫力のある般若《はんにゃ》になっているのが見えたからだ。

その後に起こったことを簡潔《かんけつ》に述べると、雪奈と恵梨花が恐ろしい形相で、美月を徹底的に怒鳴り、美月は半泣きになりながら「ごめんさないいい‼」とペコペコと頭を下げた。正座だったので、ほとんど土下座だった。そんなところであろう。それが一段落すると、美月はやっぱり来月のお小遣い無しの処分を母に進言され、華恵はもっともだと頷き、美月は地に伏して泣いた。

（ユキ……ハナ……ツキ……）

亮は美三姉妹をやはりテレビを観るように現実逃避気味に眺めながら、飛び交う呼び名がどうしてそうなったのかが改めて気になって考えていた。

（雪《ユキ》……花《ハナ》……月《ツキ》……いや……雪、月、花……──！）

「雪月花か──！」

いきなり声を出した亮に、末妹への説教が終わって、改めて腰かけたばかりのそっくり姉妹がビクッと驚いた。

「ど、どうしたの、亮くん？」

「どうしたんですか、亮さん？」

「ああ、いや、恵梨花が何でハナって呼ばれて、雪奈はユキで、美月はツキなのかって考えててな」

「ああ──気づいちゃった？」

恵梨花は何故か、苦笑気味だ。

「ああ、雪月花から来てたんだな……いや、上手いもんだな」

四季の自然美を表す言葉は、この美しい三姉妹なら名前負けしてないように思える。

亮が感心していると、恵梨花が言い訳するように言ってきた。

「言っとくけど、亮くん。それ、私達が言い始めたんじゃないからね？」

「うん……？　まあ、そりゃ、そうか。いや、親父さんの発案じゃねえのか？」

確かに自分達から三姉妹揃って雪月花だ、なんて言うことなんてないかと納得する。それなら名をつけた親が言い始めたと考えるのが自然だろう。だが、恵梨花は首を横に振った。

「ううん、違うの。というか、私達家族が言い始めたことでもないの」

「じゃあ……誰が言い始めたんだ？」

そこで華恵が苦笑しながら入ってきた。

「ご近所さんからなのよ。私も主人も、狙って名前をつけた訳でもないの」

「え？　狙ってつけた訳じゃないってんですか？　偶然だったたってことですか？」

「そうなの。その証拠に、狙ってつけたのなら、順番的にハナの名前には美月のように月の字が名に入ってるはずでしょ？　それに娘が三人続くなんて予想もしてなかったしね」

「あー、確かに」

「本当に私も主人もまったく気づかなくってね。ツキがそこそこ大きくなってきたら、親の私が言うのもなんだけど、美少女三姉妹だって近所で話題になってね。そこで、誰かが気付いたのよ。『雪月花が揃ってる』ってね。そしたら、娘を見かけた近所の人達が次々とユキちゃん、ハナちゃん、ツキちゃんって呼び始めるもんだから、家族の私達にもそれがすっかりうつっちゃったの」

肩を竦《すく》めてそう締めた華恵の言葉に、亮は納得した。

そこで地に伏して泣いていた美月がガバッと顔を上げた。

「そう――藤本家の美少女三姉妹、藤本家の雪月花とはツキ達のこと！」

そのように時代劇っぽく名乗りを上げる妹に、姉二人が少し恥ずかしそうにしながら訝しんだ。

「近所でも評判の美少女三姉妹で！　――そして、仲良し三姉妹とも大評判!!」

「私はもう少女って年齢でもないけど……それで、何なのツキ？」

恥ずかしそうにしながら雪奈が問いかける。

「仲良し美少女三姉妹と評判!!　――だから、許して、ユキ姉、ハナ姉ー!!　来月から夏休みなのに、お小遣いなしなんてえええ!!」

おうおうと泣く末っ子に、姉二人が仕方なさそうに顔を見合わせる。

「はあ、もう……ツキ、とりあえず、亮くんに謝りなさい。ツキのせいで大変だったのは亮くんなんだから」

「そうね、亮さんに許しを請《こ》いなさい。話はそれからね」

すると美月は亮に改めて向かい合うと姿勢を正し、深々と頭を下げた。

「ごめんなさい、お兄さん――!!　ツキを許してええ!!」

亮は何故、年下の美少女から土下座で許しを請われているのかと、気が遠くなりそうだった。

「あー、なんだ。今日のことはまあ、結果オーライになった訳だし、元々俺はそんなに気にしてねえし……」

「じゃ、じゃあ許してくれるの、ツキのこと――!?」

「まあ、年下のしたことだし。それに元々怒ってた訳でもねえしな」

「お兄さん――！」

感激した様子の美月に亮は苦笑する。

「じゃあ、来月のお小遣いは――」

恐る恐る美月が母へ振り返ると、華恵はため息を吐いた。

「とりあえずなしではなく、保留にしておきます」

「ほ、保留……」

「不満ならなしにするわよ」

「保留でいいです!!」

へへーっとペコペコと頭を下げる美月。

（そうか……これが残念な美少女ってやつか……）

亮は末妹に対し、的確な結論を下した。

「もう、亮くん本当に女の子には甘いんだから……」

「やっぱり亮さんって優しいのね……」

恵梨花と雪奈が仕方なさそうに首を横に振っている。

「ツキ、亮くんに感謝するのよ。お父さんとお兄ちゃんにいきなり対面して大変だったのに」

「本当にそう。お兄ちゃんはともかく、お父さんもひどかったんだから」

それを聞いて美月は不思議そうに小首を傾げた。

「さっきから気になってたんだけど、お父さんお兄ちゃんとお兄さん会ったの？　なら、どうして、家でのんびりしてるの？　てっきり追い出されたのかと思ってたんだけど……」

「ツキ、さっきも言ったけどその予想ができるのに、本当にどうして……」

「そ、それはもう謝ったじゃん、ハナ姉！　許してよお!!」

「はあ、そうね、話も進まないことだし……今日起こったことを話してあげるわ。自分がお小遣い欲しさに何をしたのかしっかり聞きなさい」

「は、はい……」

そうして恵梨花は、時々華恵からの補足も交じえて美月に今日のことを話す。

圧迫面接に関しては特に驚いた様子がなかったことから、予想していた通りだったのだろう。だが、純貴がただ殴りたいがための試合がいきなり始まったことを聞いて、顔が引き攣り始めた。

「え!?　寸止めって言ってたのに、まったく寸止めする様子なかったの!?」

「そうよ。お兄ちゃんから寸止めって言ってたのに、最初っからしてなかったのよ」

「ええ!?　大変じゃん!?　お兄ちゃん空手の段持ちなのに――？」

言いながら亮が怪我ひとつないように見えることに気づいて、美月は大きく首を傾げた。

「？　あれ、お兄さん怪我してるように見えないけど……もしかして、お腹とかばっかりやられちゃったの？　お兄ちゃん、その状況なら顔面にストレートでやりそうなのに」

「呆れることに本当にそうだったわ。けど亮くんの方がずっと強かったから、そうならなかったの」

恵梨花が自慢するように言うと、美月は目を真ん丸にして亮を見た。

「え、本当に？　近所じゃお兄ちゃん、シスコンの代名詞をほしいままにしてるけど、空手は本当に強いんだよ？　歳だって、お兄さんより、ええと……四つも年上だし……」

信じられないような美月に、華恵も言う。

「それが本当なのよ、ツキ。お母さん、お兄ちゃんの空手の試合見てもよくわからないけど、亮くんがお兄ちゃんよりずっと強いことはよくわかったのよ？　どころか、亮くんは手加減して、お兄ちゃんが怪我しないようにまで気を遣ってくれたほどなのよ？」

「ええ……？　本当に……？」

母が嘘を言うとも思えないが、内容的にはとても信じられないと言いたげな顔をして、胡散臭《うさん》そうにジロジロと亮を見る美月。

そんな視線を亮が苦笑しながら受け止めていると、隣で雪奈が明るい笑顔で言った。

「本当よ！　何て言ったって、亮さんはゴールドクラッシャーなのよ！」

その言葉を聞いて、美月は目をパチパチとさせた。

「——え、今なんて、ユキ姉？」

「だから！　亮さんがあのゴールドクラッシャーなのよ！」

すると美月は、雪奈から視線をスライドさせて亮をマジマジと見た。

「ははっ、何言ってんの、ユキ姉？　このお兄さん、ハナ姉と同い年の高校生でしょ？　そんな訳ないじゃん」

笑い声を出しているが、実際にはまるで笑っておらず、ほとんど真顔だった。到底、雪奈の言っていることを信じているように見えず、反対の隣で様子を見ていた恵梨花はさもありなんと頷いている。

「なあに、ツキ？　この私が言ってるのよ？　直接ゴールドクラッシャーに助けられた、この私が言ってるのに信じられないの？」

真剣な顔をして、真剣な声でそう言う姉に、美月は少し怯んだ様子になりながらも、亮を一瞥《いちべつ》して言い返した。

「そ、そう言ったって、信じられる訳ないじゃん！　ツキの学校でも散々噂になってるんだよ、ゴールドクラッシャーって！　その人が潰したシルバーってグループは、メンバー全員がそこらのギャングより強いのが集まってたって聞くし、ヤクザにまで襲いかかったとか聞くし——そんなのが二十人とか三十人いて、それをほとんど一人でやっつけてたって、ツキ達はユキ姉が見たから聞いてたけど、そんな人がこのお兄さんみたいな——お兄ちゃんより背が低い訳ないじゃん！　歳だって全然合わないじゃん！　皆の予想じゃ、低く見積もっても二十歳とかなのに……二年前じゃ、このお兄さん中学生じゃん——今の私と同い年⁉　信じられる訳ないよ！　ユキ姉、騙されてるって！　ハナ姉と付き合っておいて、ユキ姉を騙して、お兄さん何のつもりなの⁉」

散々な言われようだが、亮は苦笑して受け止めるしかなかった。美月の目がさっきまでと違う感情で、赤く濡れていたからだ。姉を心配し、熱くなったがためなのだろう。

キッチンから華恵のため息が聞こえる。

「ハナが事前に話さなかった理由がよくわかるわ……」

恵梨花がそれを聞いて、亮と同じように苦笑を浮かべると、美月に茶目っ気を込めて問いかける。

「それも私の付き合った人が、それだった――なんて、余計に信じられない？」

「そ、そうだよ！　なんで、ユキ姉がずっと探してた人が、ユキ姉の恩人が、よりにもよって、ハナ姉と同じ学校にいて、そして付き合ってるの!?　そんな偶然ある訳ないじゃん!!」

美月の言うことはもっともなことで、美月と同じことを言ってたかもしれなかった華恵が額に手を当てて、先ほどより重いため息を吐いた。

だが、それも姉の雪奈のことを思って言っているとわかるため、雪奈は優しく笑いかけた。

「ふふっ、私が騙されてないか心配してくれてるのね、ツキは」

「あ、当たり前じゃん。あんなこと……あったんだしさ……」

悔しそうに唇を噛んで俯く美月に、雪奈が一層優しい笑みで微笑んだ。

「ありがとう、ツキ。でも、お姉ちゃん言ったと思うんだけどな？　ゴールドクラッシャーの背は私より少し高いぐらいだったって？」

「そ、それは……ユキ姉も気が動転してただろうし、見間違えか記憶違いかもって思ってて……」

「もう……」

雪奈が不満そうに零すと、ソファから立ち上がって、部屋の壁に沿うように置かれていた紙袋を手にとって戻ると、その中身を――ジャケットを取り出して手で広げた。

「ほら、ツキ、これを見て？」

「それ……は……」

「うん、私を助けてくれた人が着てたもの――亮さん、ちょっと立ってもらっていいですか？」

その意図がわからないはずもなく、亮は黙って立ち上がると「ちょっと失礼しますね」と、背に回った雪奈にされるがままに、ジャケットを羽織った。

その様子を美月は、徐々に見開いていく目で見上げていた。そして雪奈は亮の正面に回って、袖を伸ばしたり、ジャケットの形を整えると、ほうっと満足そうに、感動するように亮を眺めた。

「――ふふっ、まだ全然着れますね、亮さん？」

「あの時より、数センチは身長伸びてるけど……まあ、着れるな」

「ええ、とてもお似合いです……ほら、ツキ。ピッタリでしょ？」

呆然としていた美月に振り返った雪奈に、美月は口をアワアワとさせ、キッと亮を睨みつけた。

「そ、そのジャケットって男性の平均的な体格のやつだし、サイズが合ってもおかしくないし！」

雪奈がやれやれとため息を吐く。

「そうじゃないでしょ？　体格はお姉ちゃんが言ってた通りだって、これで証明になったでしょ？」

「そ、そうかもしれないけど――！　じゃ、じゃあ、証拠は!?　何か証拠はないの!?」

雪奈が大事にしていたジャケットを亮に着せたことで、美月は心のどこかで信じ始めているように見えた。が、頭の方が追いつかないのだろう。自分で言っていた年齢などの矛盾点を突くのを忘れて、そんなことを言い始めたのがその証左《しょうさ》とも言える。

「いや、証拠って言ってもな……」

元々、自分がゴールドクラッシャーと呼ばれる存在だと、言い触らす気もなければ、誰にも言うつもりのなかった亮だ。そんな証拠があれば率先して捨てたいと思ってるぐらいで、持っている訳がない。

「ないんだ！　じゃあ、やっぱりツキは信じないからね！」

エアコンが効いていても、この季節に室内でジャケットを着れば暑いため、亮はそれを早々と脱いで雪奈に渡しながらソファーに座る。そして軽く頭を掻きながら、威嚇《いかく》するように見上げてくる美月に口を開く。

「って言っても何をもって証拠にするかだが……」

「はい、私！　私が見たのが証拠！」

同じように座り直した雪奈が、手を挙げてそう主張する。

「ユ、ユキ姉のは却下！　もう二年も前だし、記憶違いかもしれないし!!」

「もう、ツキったら……」

不満そうに零す雪奈を横目に亮は「んー」と唸る。

「……考えたら別に信じてもらわなくても、俺はいいんだけど……」

亮からしたらこの件については黒歴史のようなもので、これが率直な気持ちである。が——

「そ、そんな、亮さん、そんなこと言わないで——」

「ええっと、亮くんの気持ちもわからないでもないけど……」

そっくり姉妹が困ったように見てきて、亮は頭をガシガシと掻く。

「そうなんだよな、恵梨花とユキの妹なんだよな……」

美月がまったくの他人なら「別に信じなくていい」の一言で、亮は終わりにしている。そうではないから亮は困っているのだ。

「というか、よくよく考えたら俺は今まで一度だって、『俺がゴールドクラッシャーだ』なんて言ったこともねえしな……」

そもそも自分がゴールドクラッシャーと呼ばれていることを知ったのが一週間前で、その時は亮がそうだと知っていた、もしくは信じてくれる人ばかりだったので、証拠など必要なかったのだ。

目を丸くしている美月を前に、恵梨花が頷いた。

「そう言えば、そうかも」

「……え、じゃあ、ハナはどうして？　私は覚えていたからわかったんだけど」

「え、えーっと……亮くんの中学時代の親友の人から……」

「まあ、じゃあ、亮さんのそのこと知ってる人って、やっぱり他にもいるのね」

「あーユキ、恵梨花の言ってるそいつは、現場にいたぞ。軽く死にかけてたが」

「え、あの時にいたんですか!?」

「ああ、俺が来るの待たずに、あのクズ共に強襲《きょうしゅう》してな。けど、流石に人数差があったから、すぐやられちまったらしいが……」

亮の言葉が切っ掛けで、当時のことを思い出したらしい雪奈が大声を上げる。

「あああ！　いました！　私があの場所に連れられた後に、確か……二人！　二人の男の人がシルバーと戦ってました！」

「その二人が俺の中学の時の連れでな」

「そ、そうだったんですか……りょ、亮さん。私、あの二人がシルバーと戦ってくれてたから、それが亮さんが来るまでの時間稼ぎになったから、私は多分……」

雪奈は言い淀んだが、言いたいことは聞かずともわかった。二人が時間を稼ぐ形になったから、雪奈は汚されずに済んだということだ。

「……ああ、わかった。今度会った時にそれとなく俺から言っとくから。あいつらからしたら、勇《いさ》んで突入したのに、何もできずにやられちまったって恥じてるから、会ってお礼言われても困るだけだと思うし」

「お、お願いします！　ありがとうございます——!!」

雪奈が目を輝かせて、頭を下げる。亮が頷くと、恵梨花がそっと呟いた。

「そっか、瞬《しゅん》くんと、達也《たつや》くん……だったよね？」

「ああ、瞬と達也な」

「その二人もユキ姉の恩人になるんだね……」

「あの二人からしたら、そう言われても困るだけだと思うぜ。さっき言った理由でな」

「……わかった。じゃあ、心の中でだけ感謝しとくね？」

「ああ、それで間違ってない」

頷くと、雪奈が言い辛そうに聞いてきた。

「亮さん、やっぱり私も会わない方がいいんでしょうか……？」

「そうだな。俺からちゃんと言っておくから、それで満足してくれ」

「……はい。お願いします」

頷いてから、改めて証拠について考えるかと、美月に目を向けると、美月は何かを堪えるように口を一文字に固く引き結んでいた。そして、亮と目が合うと、躊躇《ためら》うようにゆっくりと口を開いた。

「本当に……お兄さんが、ゴールドクラッシャーなんですか……？」

先ほどまでの疑ってかかるような様子はなく、確認するような問い方だった。

「？　まあ、俺のやったことで、そう呼ばれてるらしい……言っても、俺は先週に知ったんだが」

「グスッ……どういうことですか、それって？」

何故か鼻を鳴らしながら美月が聞いてきて、亮がどう答えたもんかと言い淀んでいると、恵梨花が苦笑を浮かべて入ってきた。

「ツキ、亮くんってね、すごく噂とか話題に疎いの。前に私がゴールドクラッシャーって知ってる？　って聞いたら、何て答えたと思う？　『芸能人とかアイドルとかに詳しくないんだけど』なんだよ？」

グスグス鼻を鳴らしていた美月が、目を丸くした。美月だけでなく、華恵と雪奈もだ。

「ツキさっき、学校で噂されてるゴールドクラッシャーがどんなだったか話してたよね？　それって噂集めて、調べようとしてたんだよね？　ユキ姉のために……」

その問いに美月は無言で俯いてから、コクリと頷いた。

「うん、道理で詳しいと思ったよ。私も同じ……私は手始めに噂以外に何か手がかりないか、亮くんに聞いてみたら、さっきの答えなの。馬鹿らしいでしょ、本人に本人のこと聞いて、その本人は知らないって言うんだから」

　思わずといったように噴き出す音がそこらから聞こえてきて、亮は穴に入りたくなった。

「それでね、亮くんがそうだなんて知らずに色々と調べている内に、ちょっとした手がかりが泉座のイベントでわかるって聞いて……それで……その……」

　恵梨花が言い辛そうにしながら、華恵を横目で見ると、華恵がハッとした。

「ハナ、あなた、まさか――!?」

「ごめんなさい!!　先週の週末、亮くんにお願いして、夜の泉座に連れて行ってもらったの！」

「あそこだけは行っちゃダメだっていつも言ってるじゃない！」

「うん、ごめんなさい！　……私は亮くんがすごく強いこと知ってたから、亮くんが一緒なら、亮くんがいいって言うなら、大丈夫だと思って……」

「だからって……確かに亮くんが一緒なら大丈夫なんでしょうね」

　華恵が言いながら亮と目が合うと、まるで掌返《てのひらかえ》しのように納得した様子になり真顔で頷いた。

「うん……何て言うか、うん、本当に亮くんが一緒だと大丈夫だったよ」

「そりゃあ、ゴールドクラッシャーが一緒なら、泉座のどこにいても安全なんでしょうね」

　雪奈の言葉に、雪奈と亮以外が一斉に頷いた。

「問題はゴールドクラッシャーを探しに行ったのに、そのゴールドクラッシャーはずっと私の横にいたことなんだけどね……」

恵梨花が遠い目をして言うのを、亮以外の面々は、何と言ったらいいのかという顔をして見ている。亮は非常に落ち着かない気分で、ソワソワとしている。

「――それで、結局手がかりは空振りだったんだけど、その最中にゴールドクラッシャーが何をした人なのかを亮くんがようやく知って――」

そう言いながら恵梨花が亮を見る。すると恵梨花の顔が何かを堪えるように歪み――決壊し、噴き出した。

「ぷっ、くっ――あっははは!!」

体をくの字にして大笑いする恵梨花。亮は両手で顔を隠して俯いた。

「恵梨花……これは一体何のプレイだ?」

思わずそう聞いてしまった亮である。

「だ――だって、あの時の亮くんって言ったら――!! あははは!!」

何故恵梨花がそう笑い転げているのか、本人と亮以外の面々もなんとなく予想がついたようで、俯いて肩を震わせている。

「と――とにかくね、ふふっ――その後に亮くんの親友の人から、亮くんこそがゴールドクラッシャーだって聞いて、それで私もわかったの……ずっと隣にいてくれた人が探していたゴールドクラッシャーだって――ふふっ」

恵梨花の話を聞いて、華恵は呆れたように首を横に振ったり、雪奈は目を輝かせ、美月は再び口を固く引き結んでいたりと、様々な感情を孕《はら》んだ沈黙が降りた。

少しして亮は顔を上げ、咳払《せきばら》いした。

「ゴホンッ……まあ、それも話だけで、形のある証拠って訳でもねえしな、さて、どうしたもんかな」

何事もなかったように亮が話を再開すると、美月が亮をジッと見つめてから首を横に振る。

「……もういいよ、お兄さん。お兄さんがゴールドクラッシャーだっていうのはわかったから」

「？　……いいのか？　さっきのも話だけで、証拠が出た訳でもねえんだぞ？」

再び首を横に振る美月。

「さっきの話も、その前の話も聞いてたらわかるよ。お兄さんもユキ姉もハナ姉も、あったことを当たり前のように話してた感じだし、嘘言ってるように見えないし」

「ふうん？　まあ、納得したならよかった。証拠も心当たりなんてまったくなかったしな」

亮が苦笑を浮かべてみせると、美月はクスと微笑んで俯いてから、恐る恐る雪奈を見上げた。

「ユキ姉は、じゃあ……やっと会えたんだね……？」

「ええ。帰ってきたら庭にいたのよ……？　驚き過ぎて、そこからちょっと記憶が曖昧《あいまい》なぐらい……気づいたら、このジャケット抱えて階段を降りてたわ」

そう言って明るく優しく笑う雪奈の笑みにつられるように、美月はゆっくりと微笑んだ。

「じゃあ、会って言いたかったこと、全部言えた……？　お礼言いたかったんだよね？　ちゃんと言えた……？　聞いてもらえた……？」

「ええ。全部聞いてもらえたわ。ずっと、ずっと——言いたかったこと、伝えたかったこと……お礼もね」

そう言って、心から満足そうに微笑む雪奈を見上げていた美月は、何かを堪えるように震える唇を強く閉じると、クシャリと顔を歪めた。

「よかっだね、よがっだね……ほ、本当に、本当に……よがっ——よがったねえ、ユギ姉——！」

そしてポタポタと涙を零しながら、美月はヒックヒックと人目も憚《はばか》らず泣き始める。

「もう、ツキったら——ふふっ」

そうやって嬉しそうに笑う雪奈の目からも、一雫の涙が頬を伝う。

そして美月は泣きながら亮へと首の向きを変え、縋《すが》るように祈るように口を開いた。

「あ、ありがどう、ありがどうございまず——ユ、ユギ姉を——ヒック、ユギ姉を助げでくれで、ぼ、ぼんどーに、ありがどうございまず——!!」

まるで持っている感情の全てを感謝の言葉として捧げてくるかのような様子の美月に、亮は少し困ったような気持ちになって眉を寄せながらも、強く、深く頷いて美月の頭にポンと手を置いて答えた。

「ああ、どういたしまして——だ」

すると、美月は亮の手をしっかりと掴み、泣きながら、何度も何度も「ありがどう、ありがどうございまず」と繰り返した。

「まったく、この子は——」

雪奈は仕方なさそうにしながらも優しい笑みを浮かべて、ソファから降りる。そして床に膝をつけて、一向に泣き止まない美月をそっと抱きしめた。

「ほら、もういい加減泣き止みなさい、亮さんが困ってるじゃない？」

「うう、ユキ姉――ユキ姉、よかった、よかったねえ……」

美月は雪奈の大きな胸に顔を埋めて、今度はそう繰り返してやっぱり一向に泣き止まない。

雪奈が「はいはい」と苦笑しながら美月の頭を撫でていると、今度は恵梨花がため息を吐いて、床に膝をつき、後ろから美月を抱きしめる。

「まったく、ツキったら、こういう時だけは本当に可愛いんだから――ほら泣き止みなさい？」

「う、うう、バナ姉、ユギ姉が、ユギ姉が……よかっだ、よがっだよお……」

そして恵梨花も苦笑して、美月の肩をポンポンと叩いてやる。

二人の姉が末の妹を真ん中に挟んで慰《なぐさ》めているのを見て、亮はふと気付いた。

(雪、月、花……)

左にいる雪奈、真ん中にいる美月、右にいる恵梨花。

亮はキッチンで優しく微笑みながら三姉妹を眺めている華恵に振り返った。

「お母さん――」

「？　何かしら――？　あ、ごめんなさいね、うちの娘達が――」

「いや、いいんですよ。それよりも俺、わかりましたよ」

「？　何をかしら？」

「雪月花の並びですよ。三番目の花の字が二人目の恵梨花についたのは、意味があったんですよ」

「？　ふふっ、どういうことかしら」

「この並び見てくださいよ――末の妹の月を挟んで両側から守るために、雪と花が姉になったってことですよ――どうですか？」

亮が手で示すと、華恵は三姉妹をジッと眺めてからハッとし、おかしそうに笑った。

「ふふっ……亮くん、それもやっぱり偶然よ」

「ははっ、まあ、そうなんでしょうけどね」

亮が笑ってヒョイと肩を竦めると、華恵は「でも」と続けた。

「その考えはとても素敵だと思うわ……そして、しっくりくるわね。ありがとう、亮くん」

「でしょう？　どういたしまして」

そう言って、再び亮が肩を竦めて笑うと、華恵は堪《たま》らないように笑い出した。

「あーもう、ふふっ――ねえ、亮くん？」

「？　なんですか？」

「あなた、一体どれだけうちの家族を救うつもり？　ユキから始まって、それを心配していたツキとハナ――ハナのことは他にも――そう、先週の泉座でも助けてくれたんじゃなくて？　あとは主人の腰でしょ？　これだけ助けてくれて一体どういうつもりなのかしら？」

その言葉は問い詰めるようなものではなく、茶目っ気がたっぷりに込められていて、問われた亮はキョトンとして、そういえばそうなるのかと思い至ると、華恵に三本の指を立てて見せて言った。

「そいつはね――お母さん」

小首を傾げる華恵に、亮は三人姉妹と華恵の間に立てた三本の指を振って先ほどの華恵以上に茶目っ気を込めて言ったのである。

「それこそ、偶然の話、ですよ——俺も驚いてんですから」

再び肩を竦めて亮が笑ってみせると、華恵も先ほどの亮のようにキョトンとしてから、また堪え切れないように笑ったのであった。

第二章　亮の両親

「ふむ。まあ、そうなるのも無理ないことか……」

父が納得したように呟いて、手元の麦茶を傾けて一息吐くと、隣に座る純貴が頷いた。

「俺達はあの時のユキを見たからこそ、桜木くんがそうだと疑うこともなかったけど、そうでなかったらやっぱり信じられないか……まあ、改めて考えると、やっぱりそうなるか」

ウンウンと首を縦に振る純貴は父と似たような仕草《しぐさ》で、麦茶の入ったコップを傾けた。

亮と始めて対面した時と同じように二人はダイニングテーブルに並んで座り、その正面には亮と、昼とは違って恵梨花でなく隣に雪奈だけが座っている。

今は華恵に買い出しを任された二人が帰ってきて、藤本家の夕食の準備が始まったところだった。

恵梨花は華恵の手伝いとして、父と純貴が買ってきたものの下処理をするために、一緒にキッチンに立っている。何気に恵梨花のエプロン姿は初めて見るので、亮はつい目で追ってしまいそうになる。

「もう、全然泣き止まなかったのよ、ツキったら」

笑いながらそう言ったのは、こちらに背を向けたまま包丁をトントンと鳴らしている恵梨花だ。

「本当に。きっと今頃お風呂の中で、頭抱えてるんじゃない？」

楽しそうに雪奈が言うと、父と純貴が噴き出し気味に喉《のど》を鳴らして笑う。

「帰ってきた時は何事かと思ったが……」

「まあ、ちょっと考えればすぐわかったよね」

そう、父と純貴が帰ってきた時、二人が見たのはワンワン泣く末っ子を慰めている姉二人に、その前でソファに腰かけて、身の置き所に困っている亮であったのだ。

美月は父と兄を目に入れてから、少しずつ落ち着いていき、それから頭を冷やすため、また部活から帰ってきて着替えてないということもあって、シャワーを浴びに行ったのである。

その間、父と兄は華恵と雪奈、恵梨花から何があったかを簡単に聞いていたという訳だ。

「まあ、あの子のことだから何事もなかったように出てくるわよ」

何か鍋の中のものをかき混ぜながら華恵が言うと、バタンとリビングへの扉が開かれる。

「あー、サッパリした！　お母さん、お腹空いたー！」

華恵が言ったように、美月は先ほどまで泣いていたとは思えないほどスッキリした顔をしていた。

「こら、ツキ！　また、髪の毛乾かさずにこっち来て！」

雪奈が言う通り、美月の髪は傍目《はため》からでも湿っているのがわかる。シャワーを浴びてきたからか、髪はもう結ばれておらず、艶《つや》やかな黒髪が背中に流れていた。こうして見ると純貴より雪奈に似ているように感じるから不思議である。

「いいじゃーん！　もう暑いし、すぐ乾くよ！　寝るまでにも時間けっこうあるしさあ」

「またそんなこと言って――！　それに、亮さんがいるのに何て格好してるの！」

雪奈がそう言うのも無理はない。美月はショートパンツにタンクトップという、非常にラフな格好で、確かに初対面の客がいる前でする姿ではないかもしれない。

「もー、それもいいじゃん！　お兄さんが来る度に家でかしこまった服なんて着てられないしさー。これからはもう、ちょくちょく家に来るんでしょ？」

美月がそう反論すると、雪奈は何か言いかけたが、少し悩んだ風に口に手を当てると、すぐにニッコリと頷いた。

「それもそうね。でもほどほどにしなさいね？」

「はーい……ニシシシ」

しめしめといった風に笑った美月は、今は空いている恵梨花の座っていた席に腰を落とした。

「ねえ、お兄さん。ツキやっぱり、お兄さんのこと亮にいって呼んでいい？」

「？　かまわねえよ」

特に否定する材料もなく、亮は承諾する。

「うん、じゃあ、亮にいね、えへへ」

そうやってあどけなく笑う美月を見て、亮は妹の可愛さというものがなんとなくわかった気がした。

父と純貴が少しばかり複雑そうに眉をひそめたが、すぐに仕方ないといった感じで息を吐く。

「ねえ、お兄ちゃんって亮にいと試合して、手も足も出なかったんだって？」

「ぐふっ――ま、まあ、身も蓋《ふた》もない言い方をすればそうだな」

「へーやっぱりすごいんだね、ツキも観てみたかったなあ」

「ツキ？　誰のせいで亮さんが試合することになったか、よく考えて言いなさいね？」

「ユ、ユキ姉――もう、反省してるって！　それにツキだって、お兄ちゃんとお父さんがそんな形で試合までしかけるなんて思ってもなかったし！」

美月の言い分に、父と純貴が目を泳がせた。

「はあ。まあ、亮さんが気にしてないようだから私はもう言わないけど……」

「ああ、気にしてねえから。そんな、気遣わなくて構わねえよ、ユキ」

「はい、亮さん」

ニコニコと頷く雪奈に、父と純貴がこれまた一層強く複雑そうな顔になる。

「あー、桜木くん――いや、この際だ。私も亮くんと呼ばせてもらっても？」

「あ、ええ、構いませんよ、親父さん」

「うむ。亮くん、私は君とハナの付き合いは認めたが――なんだ、その――」

父が何か言いあぐねているが、亮は何となく察して先に言った。

「ああ、はい――非常に満足しています。ありがとうございます」

『恵梨花一人で』をつけるべきなのかもしれなかったが、これで通じるだろうと思っての言葉だ。

「うむ――ならば、いい」

父は満足したように頷いたので、正解だったのだろう。なのに――

「よかったですね、亮さん」

雪奈が裏のなさそうな笑顔でそう言うので、父は今にも額に手を当てそうな顔になった。

亮が苦笑を零しかけた時、美月が空気を変えるように口を開く。

「にしてもさー、もう疑ってる訳じゃないんだけど、亮にいってユキ姉から聞いたような暴れっぷりをするような人には見えないよね。身長とか体格ってけっこう平均的じゃん？」

それを聞いて、父と兄が改めるように亮を眺める。

「ふむ……まあ、言われてみればそうであるが……今日の純貴の試合を見た後だと、それほど不思議には思わんな……」

「俺は体で体験したからなあ……ん？　なら、ツキには桜木くんがそこまで強そうには見えないと？」

「うーん……何か強いようには思えるけど、そこまで……ってより、聞いた話のようなことができるほどには思えないって感じかなあ？」

首を傾げながらの美月の言葉に、純貴がニヤリとなった。

「ほほう……なら、ツキもジロー以下……という訳か！」

「え、何それ」

「ちょっと、お兄ちゃん！　そこでお兄ちゃんと一緒にしたらツキがかわいそうでしょ！」

「そうよ、それにいくらなんでもツキが亮くんのこと見抜ける訳ないじゃない！」

「お母さんもそれはツキがかわいそうだと思うわよ？」

「確かに純貴とツキでは状況が違うな……」

雪奈、恵梨花、母、父から非難される兄と、その状況に目を白黒させる美月。

そして忙《せわ》しなく言い合いが始まり、その合間に何故ジロー以下なんて言葉が出たのか説明を聞き、憤慨《ふんがい》する美月。誰にも庇《かば》われることなく再び落ち込む純貴に、堪らないように上がる笑い声――そんな藤本家の、明るく眩しい団欒《だんらん》を苦笑と共に眺めていた亮の耳の奥に、ふと記憶が刺激されたのか、かつて当たり前にあった声が飛び交い始めた。


――ああっ、親父、最後の一つ食ってんじゃねえよ！

――はっ、置いてあるものを食っただけだ、何が悪い。

――もう散々食ってただろうが、俺の分残せよ!!

――知るか、食べるのが遅いお前が悪い。

――俺に対して食うの遅いなんて言うの親父ぐらいだぞ！　このクソゴリラ!!

――父親に向かってクソゴリラとはなんだ！　このクソ息子!!

――はいはい、二人とも口が悪いわよ。食事中にクソクソ言い合わないでちょうだい。亮、まだ残ってるから待ってなさい。あなたは、もうご馳走さまでいいわね？

――まだあんのか!?　母さん!?

――バカ言え、まだ食べるに決まってるだろ。

――ざけんな、親父はもういいだろうが！　食器片づけて、もう寝てろ!!

——お前こそもういいだろうが、未熟者は未熟者らしくさっさと道場で体動かしてこい。

——んだと⁉　こないだ、俺の突き必死になって避けてんの知ってんだぞ⁉

——はっ、それはお前が未熟者だからそう見えただけだ。やーい、未熟者ー。

——上等だ、このクソ親父！　道場来やがれ、引導渡してやる‼

——父親に向かって、その口のきき方は何だ！　このクソガキ‼

——もういい加減にしなさい‼　明日の朝食抜きにして欲しいの⁉　……まったく、似た者親子なんだから……

——似てねえよ！　誰がこんなゴリラ親父と！

——誰が似るか、こんな軟弱者《なんじゃくもの》と！

——……ほんと似てるわ、あなた達。


「——亮にい、どうしたの？」

そう美月に声をかけられて、亮はハッとした。気づけば、全員が自分に注目していた。そして気遣わしげにこちらを見ている恵梨花と目が合って、思わず苦笑する。

「何でもねえよ、ちょっとぼーっとしてただけだ」

亮がそう答えると、美月は小首を傾げた。

「そうなの？　あ、何かいいことでも思い出してた？」

「……なんでそう思う？」

「えー？　だって、何か嬉しそうに見えたんだけど。ツキの気のせい？」

「……そう見えたのか？　そうか……ククッ、そうか」

思わず笑いが零れて、亮はなんとなく美月の頭をワシャワシャと撫でた。

「わっ⁉　なになに⁉　ツキ何か変なこと言った⁉」

「いや、別に。手の置きやすいところに頭があったからな」

「もー！　何それー！　ツキの頭は肘《ひじ》掛けじゃないよお‼」

「ははっ」

美月の反応が楽しくなって、亮は乱暴にガシャガシャと撫でた。

「ぎゃー！　やめてやめてー！　ハゲちゃうー⁉」

「くっははは！」

そうやってますます笑う亮につられたのか、美月以外も笑い声を上げる。

その際に亮はチラッと恵梨花に目をやって、軽く頷いてみせた。「心配ない」と。そうしたら恵梨花にその意は伝わったようで、ニコリとして頷き返してきた。

「もーひどい、亮にい！　お兄ちゃんもジロー以下だなんて言うし！」

亮が撫でるのをやめると、美月がぷんすかしている。

「はっは、悪い悪い。もうたまにしかしねえから」

「まだする気だ⁉」

そう言って、ガバッと両手で頭を庇う美月にまた笑い声が上がる。

その際に亮は美月の腕を見て気がついた。

「うん……？　ツキは部活何やってんのかと思ったら、柔道やってんのか」

「そうだよ？　ハナ姉から聞いたの？」

「聞いたっけな……？」

亮が首を傾げると、恵梨花も同じように首を傾げた。

「言ったっけな？　……言ったような気もするけど……」

そんな二人の様子に、雪奈が不思議そうに聞いた。

「それなら亮さんはどうして、ツキが柔道をしていると？」

「柔道やってる人は体見ればすぐわかるとこがあってな」

「まあ、そうなんですか……流石ですね」

そう言ってキラキラした目を向けてくる雪奈に、亮が苦笑すると、純貴が身を乗り出した。

「なあ、桜木くん。ツキだって柔道をして、武道を嗜《たしな》んでいるんだ。君の実力に気づいたっておかしくないだろ？」

「あー！　お兄ちゃんがまだ諦めてない！」

美月の抗議の言葉を耳にしながら、亮は手を振って返した。

「ははっ、何言ってんですか、兄《あに》さん。兄《あに》さんはともかく、ツキには——」

言いながら亮は美月の全身とその中を見透かすように目を動かすと、途中でその目を細めた。

（へえ……これはもしかして……）

知らず知らずの内に、亮の口端が吊り上がる。

「ひいい!?　な、何か今、背筋がゾクッてした!?」

美月が体をブルっと震わせるのを見て、亮は我に返った。

「ああ、すまんすまん」

何事かと目を向けてくる他の家族に苦笑を浮かべて、亮は立ち上がる。

「ツキが俺の実力にどれだけ気づけるかって話だったよな。それに関しちゃ、試した方が早いな――ツキ、ちょっと立ってみろよ」

テーブルとソファの間ぐらいのほんの小さなスペースに立って、ポカンとしている美月を招く。

「ええ？　ちょ、ちょっと亮くん、何する気なの？　もうご飯だよ!?　それにそんなところで……」

「すぐ済むし、怪我させねえから心配するな。ほらツキ、来てみな」

「う、うん……」

躊躇《ため》いがちに椅子から立ち上がって、亮と向かい合う美月。

他の家族はとりあえず見てみようかという気になったようで、興味深そうな目をしている。

「それじゃあ、ツキ。俺は今こんな格好だけど、柔道着を着ていると思って、技をしかけてきてみな。もしくはこの格好の俺でも投げれると思えば投げてみな」

そう言うと、華恵が困ったように頬に手を当てる。

「ええと、亮くん。ここはリビングで食事の用意もしてるし、それにこんな狭いところで、そんな風に体を動かされると――」

言っている途中で、亮は手をかざして遮った。

「わかってます。ホコリが立つような真似はしませんよ。それに――」

亮は目をパチクリとさせている美月と目を合わせて不敵に笑った。

「――どうせ、何もできやしない」

途端に美月がムッと不機嫌さを露わにした。

「今、カッチーンって来たよ！　これでもツキ、黒帯持ってるし道場では天才美少女中学生って言われてるんだからね！」

「そうか、そいつはすげえな」

「あー！　信じてないな!?」

「んなことねえよ。ほらほら俺は何もしねえから、投げてみな」

亮がニヤニヤとからかうように言うと、美月は「ムキーッ！」と言いながら腰を落として構えた。

「後悔させてあげるからね!!」

家族がだんだんとハラハラするように見る中、美月は亮へと一歩間合いを詰めようとして――

「――!?」

ビクッと立ち竦んだ。そしてボケッと口を開いて亮を見上げる。

「ほら、どうした？」

亮がなおもニヤニヤと誘うと、美月は顔をブンブンと横に振り、再び突進するように間合いを詰めようとして――

「――！」

またも立ち竦む。そんな美月の様子を、他の家族達は不思議そうに見るだけだ。

「出来るんなら寝技をしかけたっていいんだぞ？」

亮が腰に手を当て、大きく隙を晒すと、美月は目をキッとさせて真剣な顔になる。

そして横に一歩ズレて亮を見上げると、顔をしかめ、反対の方へと足をズラす。すると、今度は眉をひそめ――諦めるようにため息を吐いて構えるのをやめた。

「んー、無理！」

苦笑気味に、されど清々しい顔で美月はキッパリと言い放つと続けて言う。

「あっははは、無理無理無理、何これ？　え、お兄ちゃん本当に亮にいと試合したの？　信じられない！」

呆れたようにケラケラと笑う美月に、亮は一息吐く。

「それがわかるツキも大したもんだ、才能あるぞ。今の調子で頑張れよ」

「本当⁉　やった！」

小躍《こおど》りしながら喜びを表す美月。振り返れば、ポカンとしている家族達。

「――という訳で、ツキは俺の実力を多少なり見抜き、相対するのを避けたので、ジロー以下ではないでしょう。いや、本当に才能ありますよ、ツキは」

「う、うむ――察するに、対峙《たいじ》したツキは亮くんの実力を感じ取って、動けなかった……ということだろうか」

「そうだよ！　普通にしてる時の亮にいもそれなりに強そうに見えるけど、実際に目の前で構えて動こうとしたら全然違って見えたんだよ！　隙を見つけるどころじゃないよ、近づいたら不味いって勝手に体が止まっちゃうんだから！　……なのに、お兄ちゃんは何度も亮にいに向かって行ったんだね。ツキにはとてもそんなバカな真似できないよ」

「ぐはあっ」

末妹に憐《あわ》れむような目を向けられて、純貴はダメージを受けて幻の吐血をしたように見えた。

「まあ、あの時の兄《あに》さんはな……率直に言うと、目が曇《くも》ってたんだ」

亮はいい加減見てられなくなって擁護《ようご》しようとしたが、それぐらいしかかけられる言葉が見つからなかった。

「まあ、ハナ姉の彼氏だなんて言われたら、そうなるのも無理ないかー」

だが、美月や他の家族までそれで納得してしまった辺り、純貴のシスコンぶりがよくわかる。

「そうだ、ツキ。最後にいいもの見せてやろうか？」

「え、いいもの？　なに!?」

さっき驚かせた罪滅《つみほろ》ぼしに亮が言うと、美月は露骨に嬉しそうな反応を示した。

「言っとくが、物理的なもんじゃねえからな。さっきの続きじゃねえが、俺の手をとってみな――いつでも背負いができるように」

言いながら亮が右手を差し出すと、美月は小首を傾げながら、左手でその手を掴んだ。

「それで、どうするの？」

「投げようとしてみな」

「……この体勢だと流石に投げれると思うよ？」

目をパチクリさせる美月に、亮は不敵に笑んだ。

「さっきも言ったが……出来ると思うならやってみな」

すると美月は今度は不機嫌さを出さず、好戦的な笑みを浮かべた。

「じゃあ、やるからね――！」

そう言って、美月は亮の手を引っ張りながら体を反転させる。

そこで亮は、自分の腕にかかっている力のベクトルを、そっと押して変えてやる。すると、美月の体が横向きに倒れていく。が、美月はそれに気づいた様子もなく、気合いの声を上げながら腰を曲げて投げの態勢に入っている――既に亮の手は美月の手から離れているというのに。

「せえええ――い！　……あれ？」

美月は何かおかしいと声を出したが、今自分がどうなっているのかわかっていない。

「なんで、皆、横向きに立ってるの……？」

右肩が床について倒れている美月に対し、雪奈が不思議そうに言った。

「何言ってるの、ツキ。あなた、亮さん投げようとして自分から床に転がっていったじゃない」

「私にもそう見えた」

「俺も……違うのか？」

恵梨花と純貴だけでなく両親にも頷かれた美月は、ギギギギと首を回して亮を見つける。

「りょ、亮にい……ツキに何したの……？　なんで、ツキが床を横にしてるの……？」

驚愕を顔中に貼りつけたような美月に、亮は人差し指を立てた右手を天井へ向ける。

「ツキがこの先、どれだけ柔道をやるのかわからねえが……ずっと続けていれば、いつかは辿《たど》り着く『高み』からのお手本だ――後でまたじっくり思い出してみな」

すると美月は徐々に目を見開き、思い出したようにピョンっと立ち上がる。

「もう一回！　もう一回だけやって！」

鼻息荒く詰め寄る美月に、亮は苦笑を浮かべて宥める。

「はっは、次はもっとツキが成長してから、だな」

「ええー！　そんなあ!?　もう一回だけ！　後でハナ姉のおっぱい触らせてあげるから!!　柔らかいよ!?　すごく大きいよ!?　好きなだけ揉んでいいからさあ！」

「ぶふっ」

「ツキ――!!」

噴き出す亮に、顔を真っ赤にして叫ぶ恵梨花。

「りょ、亮くんにとはいえ、お姉ちゃんのおっぱ――胸を差し出すなんて、なんて妹なの！　ちょっと、こっちに来なさい！」

「あわわ……」

恵梨花の怒りように我に返って焦りだす美月。

そんな姉妹を見て笑ったり、呆れたりする家族であった。

◇◆◇◆◇◆◇

「それじゃあ、ハナ、そっちのお鍋任せるから亮くんによそってね」

「うん、わかってる」

「鍋の中が出来上がるまで、置いてある小鉢やお皿から適当にとって食べてね、亮くん。本当に遠慮せずにね。いっぱい用意してるから」

華恵がにこやかに告げて、亮がソワソワと待ち切れなさそうに頷く。

「それじゃあ、亮くん、本当に遠慮せずにな――いただきます」

父が言ってから、家族と一緒に亮も手を合わせる。

「いただきます」

恵梨花は先ほどまで美月が座っていた椅子に腰かけている。

すっかり亮に懐いた美月が、恵梨花に席を譲るのを盛大に渋ったが、たくさん食べる亮の世話のためにも、恵梨花は譲らなかった。そして、雪奈に交代を願った美月だったが、無言でニッコリと拒否されたため美月は渋々、純貴と雪奈の間のいわゆるお誕生日席に移った。

テーブルにはすき焼き鍋が二つ並んでいる。一つは食べる量を考慮して亮、恵梨花、雪奈で使うよう華恵から言われて、その鍋は恵梨花が面倒を見ることになったのだ。

そしてすき焼き鍋以外に、漬物や煮物の入った小鉢やお皿がいくつも並んでいる。

たくさんおかずが並んでいるからなのか、亮は非常にご機嫌な様子で、恵梨花も嬉しくなった。

そこでふと、恵梨花は何か大事なことを忘れてるような気がして内心で首を傾げた。

(何か……何か忘れてるような……?)

考えながら、鍋にお肉を載せていく。トクトクと瓶ビールをグラスに注いでいる父に、箸《はし》を手にした亮が気づいたように言った。

「あー、親父さん、今日は酒は控えた方が……」

驚愕に目を見開く父の横で、母が不思議そうに聞いた。

「あら? どうしてかしら」

「え? いや、親父さん、腰ほぐして治したばっかりだから、血の巡りが活性化していて、酒が回るといその血の巡りがどう腰痛に繋がるかわからないので」

「まあ。それじゃ仕方ないわね。あなた、今日はやめときましょう」

亮の言葉を全面的に信じて、父に酒を控えるよう華恵が言うと、父は焦りだした。

「な、そんな——!? 今日という日に酒を控えろというのか!? ユキの念願が叶ったこの日にか!?」

「だって、亮くんが控えた方がいいって言ってるじゃない」

「い、いや、しかしだな——亮くん、本当にダメなのか、今日は!?」

「……寝る前に酔いが醒《さ》める程度なら、いいんじゃないかと」

必死な父に配慮した様子の亮がそう言うと、父は心底ホッとした顔となった。

「あらあら、じゃあ、その一本だけにしときなさいね」

苦笑を浮かべて華恵が言うと、父は「うむ」と頷いて、グラスを傾けて美味しそうにビールを飲み干し、一息吐いた。

何も言わなくても、その満足そうな様子が、全てを物語っていた。先ほど口にした通り、雪奈が長い間気にしていたことが解消されたことが嬉しく、それがビールを美味くしているのだろう。

「さあ、亮くん、お腹空いてるでしょう？　食べてちょうだい――ハナ」

華恵の言葉に頷いてから、恵梨花はまずは野菜からと、山盛りのポテトサラダを別の皿に盛り、亮に渡す。

「はい、どうぞ、亮くん」

「ありがと――いただきます」

恵梨花の知る限り、亮は基本なんでも美味しそうに食べてくれる。ただ、いつもの弁当では野菜が不足しがちだ。だから今日は折角なので、野菜をたっぷり食べてもらうつもりでいる。実際、亮はポテトサラダを嫌がる素振《そぶ》りもなく、上機嫌のまま大きく頬張り――

「……？　………？」

モグモグと口を動かすほど不思議そうになり、呑み込んだ末には大きく首を傾げていた。

「……もしかして口に合わなかったかしら？　合わないのなら無理して食べなくていいのよ」

「あ、いや、そんなことは全く……？」

華恵に向けたその言葉に嘘はなさそうだが、亮自身何か大きく違和感を覚えているようで――

「あ――‼」

恵梨花は思い出した。非常に大事なことを。

（お母さんの教室のこと言うの忘れてた――⁉）

今日一日かかった亮の負担のことを考えたら、もうサプライズは必要ないというのに、亮が家で夕飯を食べると決まった時に後で教えようと思っていたのに、部屋で二人っきりになったというのに、恵梨花はすっかり伝えるのを忘れてしまっていた。

言い訳をするならば、部屋にいた時は幸せになり過ぎたせいとか、降りたら美月がいて騒がしくなったせいとかで、つい失念してしまったというところか。

「どうしたの、ハナ？」

「どうしたんだ、恵梨花？」

「あ、えーっと、その、あの――」

恵梨花がどうしようとまごついている間に、亮は厚揚げと野菜の煮物に箸を伸ばしていて、厚揚げを口に運び入れた途端、ピクッと体が揺れて、亮の動きが止まる。

「…………え？」

呆然《ぼうぜん》としたように声を漏らし、そして静かに噛みしめてから呑み込んだ亮はもう一度――

「え……？」

「ええと、それも口に合わないのかしら……？　どうしましょう、他のも口に合わなかったら――」

母が少し困惑しながらも心配そうに言うのを、亮は無言で片手を上げて止める。

　そして、視線を動かすと、華恵が料理教室でまとめて作っている、自家製の白菜の漬物が入った小鉢に目が留まり、亮はそれに箸を伸ばして口に入れる。最初は呆然としたままだったが、噛む毎に顔が真剣になっていき、呑み込むとすぐにまた目を動かす。そして目当てのものが見つかったように、これも自家製の、ゆずが香る大根の漬物に目を留め、箸を伸ばし、すぐに口に含む。

　この頃になると、皆が亮の様子がおかしいと気づき、不思議そうに亮に注目している。

　その中で亮は次々に小鉢の中身を取っては、無言で口に入れて呑み込んでいく。自家製の漬け物を一通り試すように口にした亮は、目の焦点は合いながらも遠くを見ているようで、口は半開きで見るからにボケッとしている。

「口に……合ってるのかしら……？」

　どうやら不味いと思っているのではないようだと安心した様子の華恵がそう口にすると、亮は表情も姿勢もそのままに問うた。

「これは……お母さんが作ったもので……？」

「ええ。一応、自信のあるものを出したつもりだけど……口に合って？」

「合います――滅茶苦茶、合います。すみません、お母さん、少し不作法しても……？」

「？　何かしら？　目に余るようなことでなければ……ねえ？」

　華恵が父へ目を向けると、父は訝しげながらに頷いた。

「まあ、よほど目に余るようなことでなければ構わんよ。今日の主役は君だからな」

　許可をもらうと、亮は姿勢を正して深々と頭を下げた。

「ありがとうございます。では――」

言うなり、亮は先ほど口にした漬物を中心に、次々と箸を伸ばして、恵梨花がよそった大盛りご飯の上に載せていく。

「悪い、恵梨花、醤油《しょうゆ》くれねえか」

「あ――うん、わかった」

亮が何をしたいのか、恵梨花だけでなく、他の家族も察したようだ。

「あ、ツキもそれ好き。でも、それって最後の一杯とかの時じゃないの？」

醤油を受け取った亮が、ご飯の上の漬物にかけるのを見て美月が言った。

母の教室で漬物を作った際に、母から締めの一杯の話を聞いていたなら、もし亮の家がそれをやっていたのなら、足りないのは後一つ。

「亮くん、麦茶は？」

「半分食ってからでいい」

恵梨花が頷くと、亮はいざと言わんばかりに、茶碗を傾けて勢いよくご飯を食べ始めたのである。

噛まれた漬物から心地好い音が鳴る。それが進む毎に、亮の顔が泣きそうに歪《ゆが》んでいく。

その様子から何やら思っていた以上に大変なことが起きているようだと察し始めた家族が、気遣わしげに亮を見ている。

そして大盛りご飯を半分食べ終えたのか、勢いよく亮は茶碗をテーブルに載せる。

「――っく、ふっ――、美味い――！」

目を赤くし、震えた声で心の底からそう言ってるのがわかる亮に、家族はかける言葉が見つからないようで、声を失っている。そして亮が再び漬物をご飯に載せて醤油をかけると、無言で恵梨花に目が向けられ、頷いてから恵梨花は亮の茶碗に麦茶を注いだ。

そして再び茶碗を傾け、先ほど以上の勢いで茶碗の中身を掻き込んでいく亮。

箸がカッカッカと小気味好い音を鳴らす。それが進むにつれ、亮の目の端に溜まっていく雫を見て、恵梨花は自分も泣きそうになりながら一層申し訳なく思った。

「――っはあ、美味かった……」

タンッと音を鳴らして茶碗を勢いよくテーブルに置いた亮は、万感の思いが込められたような声で満足そうに言って、鼻を鳴らし、今にも零れ落ちそうな涙に気づくと、乱暴にそれを拭った。

そして、皆が自分に注目していることにも気づいて、亮はまた気まずそうになって苦笑した。

「すみません、お見苦しいところを見せました」

亮がペコと頭を下げて、華恵がハッと我に返る。

「い、いいえ、そんなことないのよ。でも、どうして――」

美味しかっただろうことは聞かずともわかる。何故、亮が今みたいなことになったのかわからない。

華恵の表情を読み取るまでもなく、恵梨花にはそれがわかった。

「それなんですけどね……んん？　もしかして、恵梨花さっき……」

先ほどの態度から、亮は恵梨花が何か知っていることに感づいたようだ。

「ごめんなさい――！　今日亮くんが家で食べていくの決まってから話そうと思ってたんだけど、

なんだかんだで言いそびれちゃって……」

「いや、別に怒ってねえから。ということは――」

「あ、うん、あのね……」

「いや、ちょっと待ってくれ。思い出せそう……」

言いながら亮は目を閉じ、額をトントンと指で叩き始める。

「そう、母さんがいつも言ってた――美人で可愛くてお茶目で、本当に面白い先生だ――」

目を開けて、華恵を驚嘆しながら見つめる。

「藤本先生は――だ！」

華恵と恵梨花以外が不思議そうにする中、華恵は小首を傾げてからハッとなる。

「亮くん、苗字は桜木だったわね――!?」

「はい。生前は母さん――母が大変お世話になったようで」

亮は再び姿勢を正して、深々と頭を下げた。

途端に目を見開き驚く家族に、無理もないと恵梨花はため息を吐く。

「じゃ――じゃあ、亮くんは楓《かえで》さんの――？」

「はい、桜木楓は俺の母です」

「そんな――楓さんは確か……」

言い淀《よど》んだ華恵に、亮は微苦笑を浮かべる。

「ええ。父と一緒に亡くなりました」

さらに驚いて絶句する家族に、亮は困ったように眉根を寄せてから皆に向かって告げる。

「もうすぐで二年経つ話なんで、どうかお気遣いなく——それよりも、お母さん」

「え、ええ。何かしら？」

少し涙ぐんでいた華恵が、鼻を鳴らして聞き返す。

「もう食えないと思っていたものが、漬物が、このテーブルにはどっさりと、母さんが出してたのと同じ味だったものでしたから、さっきは驚いて、我を忘れてああなりました」

「ああ、そういうこと。ふふっ、よかったわ。よほど口に合わないのかと思って焦っちゃったわ」

「ははっ、そいつは全くの逆です。口に合い過ぎて驚いたんですよ……また、食えて嬉しかったです。本当に——ありがとうございます」

心の底からの感謝。深々と頭を下げる亮からは真摯《しんし》にその思いが伝わってきた。

「そうなの。それなら……よかったわ」

頭を上げた亮を、優しく微笑んで見つめる母に、恵梨花は僅かながら敗北感を覚えて、自己嫌悪してしまった。

「えっと——つまり、どういうこと？　お母さん、亮にいのお母さん知ってるの？　なんで？」

顔中に疑問符を貼り付けたような美月が、堪らず声を上げた。

「ふふっ、わからない？　お母さんの料理教室に、亮くんのお母さんが来てたのよ」

「うっそー!?」

「こんなこと嘘吐いてどうするの……それにしても、私と言い、ハナと言い、亮さんのお母さんとうちのお母さんと言い、なんて偶然……」

「ここまで来ると、もう必然性を感じてくるな……この家はどうあっても桜木くんと関わる運命としか……いやいや、ハナは嫁にやらんぞ!!」

純貴が大声を出すと、父が呆れたように言った。

「それはお前が決めることではない……が、確かに驚くほど偶然が重なっているな」

家族が口々に言うのを、恵梨花はウンウンと頷きながら聞いていた。

(私も先週はまったく同じように驚いたしなあ……)

「それよりも――ハナ?」

母がにこやかにこちらを見ていて、恵梨花は上の空で返事をする。

「え、なに?」

「ハナはこのことを知っていたみたいだけど――どうして、黙っていて、また亮くんを驚かせるような真似をしたのかしら?」

恵梨花は背に冷や水を浴びたような気分になった。娘だからわかる。母は怒っている。

「え、えっと、それは――さっきも亮くんに言ったんだけど、言いそびれて――」

「ハナ? それでも言う機会はいくらでもあったんじゃなくて? わかってるでしょ? 今日に一体どれだけ亮くんを驚かせて、迷惑をかけてるのかなんて」

「え、えっと、その――」

確かに自分が悪い。だから亮に頭はいくらでも下げられるが、母になんと言うべきかとまごついていると、亮が割って入った。

「はは、お母さん。いいんですよ、本当にこれは……というか、俺がもっと前に気づくべきで、気づく機会ならいくらでもあったことなんですから」

「でもね、亮くん――」

「いえ、本当にそうなんですよ。どうして恵梨花の作る弁当があんなに口に合うのか、不思議で仕方なかったんですよね。そう思った時点で、恵梨花の苗字から、母さんの言っていたこと思い出せたはずなのに、俺が人の名前をよく忘れるせいで、気づかなかったんですから」

肩を竦めて苦笑する亮に、華恵は恵梨花を見て仕方なさそうに息を吐いた。

「でも、恵梨花は気づいてたみたいだけど、いつ知ったんだ？　俺の母さんが、お母さんの教室に行ってたなんてこと」

「ああ、うん。先週に瞬くんから」

「瞬から――？　ああ、そういやあいつも、うちでよく飯食ってたな……その時か」

「うん。亮くんのお母さんが言ってたのを思い出して教えてくれたの」

「ちっ、あいつはだから何で、肝心《かんじん》なことは俺に話さねえんだ……いや、恵梨花と一回しか会ってないあいつが気づいたのが流石で、俺がバカなだけか」

自分に呆れて苦笑する亮に、恵梨花がもう一度謝る。

「その、ごめんね？　先週に知ってから私黙ってて……」

「いや？　元々、今日の予定は夕方前に帰るはずだったたし、それまでに聞いていてもお預け食らうだけになるし……まあ、この話はいいじゃねえか。それより――」

「それより？」

「肉、けっこう煮えてるだろ。食っていいか？」

「え……？　ああっ――火にかけ過ぎ！　お母さん⁉」

「ああ、こっちもだわ。早く上げなさい」

「食っていいなら――あ、恵梨花、おかわりくれ」

「あ、私が入れますね、亮さん」

「ああ、ユキ姉⁉　亮くんのおかわりは私が入れるの――!!」

こうして先ほどまでのしんみりした空気はいつの間にか霧散《むさん》して、賑《にぎ》やかにすき焼きが始まったのである。


「ねえ、亮にい。亮にいのお母さんのこと、お母さんに聞いたりしてもいい？」

亮が五回目のおかわりをした頃に、美月が肉をモグモグさせながら聞いてきた。

ちなみに亮のおかわりを入れたのは、恵梨花が三回に雪奈が二回で僅かに恵梨花がリードしている。途中から二人とも、亮の茶碗が空になり、亮がおかわりを言う前に茶碗を奪うようにとっておかわりを入れるようになった辺り、その競争は熾烈《しれつ》なものだった。勝ったから何かある訳でもないのだが。ちなみにさらに言うと、二回目のおかわりから亮が「もうどんぶりで入れてくれ」と希望したため、亮は今どんぶりで食べている。

「別に構わねえよ。いや、むしろ俺が聞きてえな」

そう答えて、亮と美月の目が華恵に向かう。

「楓さんのこと？　そうね――まず、綺麗でお淑《しと》やかな人だったわね」

途端にどんぶりを掻き込んでいた亮が「ぐふっ」と咽せた。

「あーあー、はい、お茶」

恵梨花がコップを渡してやると、亮は焦ったように受け取った麦茶を飲み干した。

「はあー。えっと、お母さん？　誰がお淑やかですって？」

『綺麗』な部分は聞き返さなかった辺り、そこは亮もそう思っているのだと恵梨花はわかった。

「えっと――もちろん、楓さんのことだけど……」

華恵が目をパチクリさせて答えると、亮は怪訝《けげん》そうに眉を曲げている。

「……そういや、外では猫被ってるとか聞いたの思い出した」

「そう……なの？　とてもそうは思えない上品な方だったけど――」

さらに怪訝に眉を曲げる亮だが、華恵は続ける。

「それと物覚えのいい人だったわね。教えた味付けは完璧に再現していたわ」

それには納得したように頷く亮。

「へー、だから、亮にい、うちのお母さんの料理が美味しく感じるんだね？」

「まあ、そうだな……まさしくお袋の味だし」

「ふふっ、こう言うのもなんだけど、亮くんにお返しできることがあってお母さんはホッとしてるわ。これからはいつでも好きな時に食べに来ていいからね、亮くん？」

「え、いや――いえ、甘えさせてもらっていいですか？」

「もちろん。何か食べたいのあるの？」

「……カツ丼と豚汁ですかね……あ、カレーも」

「なるほど、両方とも家の味がよく出るものね。いいわ、今度来る時に作ってあげる」

「ありがとうございます、お願いします」

「もう、そんなかしこまらないでちょうだい。ねえ、あなた？」

「うん？　そうだな、好きな時に来るといい。本当に遠慮せずにな」

快諾《かいだく》してくれた父に、亮は軽く頭を下げて感謝を示した。

亮のリクエストを聞いた恵梨花は、自分の作ったお弁当のレパートリーを思い返していた。

(確かにお弁当では、カツ丼も豚汁もカレーも用意してないな……)

豚汁は言うまでもなく、カツ丼とカレーも弁当には向いていない。

ともあれ、恵梨花は両方とも既に作れるが、さらに母の作る味を完璧に覚えようと決心した。

「後はそうね……色々お茶目なとこもあって、面白い人って印象があったわ。自然と周りに人が集まっていたわね」

恵梨花も含めて、皆が亮を見て納得したように頷く。

「……？　なんだよ？」

そう不思議そうに言ってくる亮に自覚がないのは明白で、恵梨花はクスリと笑った。

「別に──？」

「亮にいってもしかして、お母さんに似て天然じゃないの？」

「こら、ツキ。ここは素敵なとこが似てる、でいいのよ」

そんなことを言い合っている姉妹に亮は目をパチパチとさせている。

「おいおい、ツキは見る目があると思ってたのに。俺が天然な訳ないだろ？」

「あははははは！」

美月は大笑いで返した。それを見て、雪奈と華恵と父と純貴も恵梨花も、顔を背けて肩を震わせた。

皆のその様子に亮は不貞腐《ふてくさ》れたような顔になって、肉とご飯を掻き込んだ。

「ふふっ、後はそうね──ああ、そうそう小柄な方だったせいもあって、たおやかな印象があって、少ない男性の生徒さんが守ってあげたくなるような方だって──」

「んぐぐっ──!?」

亮が口を手で押さえて、盛大に咽せそうになっているのを防いでいる。

「え、ちょっと、大丈夫、亮くん──？」

恵梨花は口を押さえながらゴホゴホと繰り返す亮の背中をさすってやりながら、再度麦茶の入ったコップを渡してやる。よほどひどい咽せ方をしたのか、亮はちょっと涙目だ。

「お母さん、亮にい、すごい驚いたみたいだけど……」

「おかしいわね、小柄なのは本当なのに……？」

「大丈夫ですか、亮さん。無理せず吐き出してもいいんですよ──？」

亮は雪奈の言葉を断るように、片手を振ると、無理矢理なのがわかる様子で口の中のものを呑み込んで、急いでお茶も飲み干した。

「ゴホッゴホッ……お母さん、驚かせないでくださいよ」

「ええっと、どこで驚いたのかしら？」

「いやいやいやいやいや……守ってあげたくなるって誰の話ですか」

これでもかと首を横に振る亮は、有り得ないことを聞いたと言わんばかりだ。

「誰って……ねえ？　楓さんのことよ。亮くんのお母さんを指して言うのもなんだけど、男性の方からも人気があったのよ？　守ってあげたくなる人だって……」

すると亮は口をあんぐりと開けて、いやいやと首を横に振ると、肘をついて額に手を当てて俯き、考えるポーズをとった。

「……ええと、お母さん？」

「何かしら？」

「母さんはその——もしかして、弱々しい人のように思われてたんですか？」

その問いに、華恵は少し悩んでから頷いた。

「そうね、そういう風に見えなくもないわね……」

「………そうですか……」

すると亮は少し沈黙した後、徐々に肩を震わせて、低い笑い声を漏らしたかと思うと、体をくの字にして大きな声で笑い始めた。

「はっははは！　だ、誰だそれ⁉　嘘だろ⁉　ど、どんだけ、母さん猫被ってたんだよ⁉」

涙目になって苦しそうに腹を押さえての、すさまじいまでの爆笑ぶりだった。

その様《さま》には雪奈まで少し引いているぐらいである。

「はー、ひでえ話を聞いた気分だ」

亮は少しゲッソリしているように見えなくもなく、華恵は不思議そうに聞いた。

「私の楓さんの印象……そんなにおかしかったかしら？」

「ああ、いえ……母さんの猫被りが上手かったって話なんでしょう、これは」

「つまり——亮くんにとっては、それほどお母さんは弱々しくないってこと？」

「まったく、その通りで」

心の底から強く頷いている様子の亮に、父と兄、更には雪奈と美月が噴き出した。

「ふっ、桜木くんもそういうところは普通なんだな、息子は母には敵わないものだよ」

「うむ。たまに亮くんはそうやって子供らしいところを見せるな」

純貴と父が、亮に同意する。この流れに恵梨花は既視感を覚えた。

「まあ、確かに母さんには敵わなかったんですが……」

亮がそう言うと、恵梨花の既視感はさらに強くなった。

「亮にいにはそれほど、強いお母さんなんだね、あはは」

「ふふっ、亮さんもそういうところあるんですね」

すると亮が不思議そうに首を傾げた。

「そんなに俺が母さんに敵わなかったのっておかしいか？」

「ううん？　おかしくはないよ？　ただ、亮にいがそう言うのがおかしく感じるんだよね」

「ふうん？　そういうもんか？　言っとくが、本当に母さんは強かったんだぞ？」

「あははは！　うん、亮にいのお母さんだもんね」

美月が笑うと、恵梨花以外の家族が微笑ましそうにする。亮にもこういうところがあるのかと。

（そう――この既視感。何か勘違いしてる、絶対――！）

一体何に勘違いをしているのかと恵梨花が悩んでいると、亮が言った。

「そんなに面白いかねえ？　まあ、そうかもな。確かに母さんとは何回組手してもろくに勝てなかったからな……今の俺でも多分勝てねえだろうし、未だに俺が勝ててない女の人が母さんだけってのもなあ……」

やるせないような亮のその言葉を聞いた亮以外の動きがピタッと止まる。

その中で亮だけは鍋から肉をとって、溶き卵につけて再びご飯を掻き込み始める。そして亮が咀《そ》嚼《しゃく》する音だけが部屋の中で響き、カッカッカと箸の音が鳴って、どんぶりが空になる。

「あ、恵梨花、おかわ――」

「えええええええ!?」

そして、時間差で亮以外が絶叫したのであった。

「え、ちょっと、亮くん、それどういうこと!?」

絶句している家族の中で、恵梨花が亮へ身を乗り出す。

「？　何がだ？　それよか、恵梨花、おかわりくれ」

何のことかと不思議がる亮がどんぶりを差し出してきたので、恵梨花は反射的に受け取る。

「ああ、うん。どれくらい食べる？　いや、そうじゃなくて！」

「いや、そうじゃなくてって、何だよ。急に皆驚いて……あ、もしかして、もうご飯ねえのか？　けっこう、おかわりしちまったもんな……」

「ううん、ご飯はあるの――だから、そうじゃなくって！」

恵梨花はそう言いながらも、仕方なく立ち上がって炊飯器《すいはんき》のある場所へ向かう。

「えっと、亮さんのお母さんなんですけど……」

恵梨花がどんぶりにおかわりを入れていると、その間に雪奈が遠慮がちに声を出した。

「母さんが？　どうしたんだ？」

「先ほど、亮さんが自分より強いと言ってましたけど……？」

自分で口にしながら信じられない気持ちが強まっていくようで、声に困惑さが増していく。

我に返った家族が一層強く、亮に注目する中で、亮はあっけらかんと答えた。

「言ったな、何度も。今更どうした？」

亮が不思議そうなのは、確かに亮が何度も言ったからだろう。母が自分より強いと。

「そ、それって、精神的なものじゃなかったんですか？　頭が上がらないとか、そういう……」

「は？　いや、そういう意味がないこともないが……強いってのは、物理的にの話だぞ？」

「ぶ、物理的に……」

その言葉を震えながら呟いたのは、雪奈だけではなかった。

おかわりを入れ終えた恵梨花は、それを亮に渡しながら引き攣る顔で亮に聞いた。

「はい、亮くん。えっと、つまり、亮くんが戦っても亮くんのお母さんの方が勝つってことなの……？」

「ありがとよ――いや、だからさっきからそう言ってるじゃねえか？　強かったんだぜ？　母さん」

そう言って、亮は熱さを感じさせない勢いでどんぶりを口につけてご飯を掻き込む。そうする中で、恐らく家族全員が同じことを思っている。華恵から聞いた亮の母のイメージ――小柄で物腰も柔らかそうな女性――が亮と戦って勝つなんて信じられないということを。

「う、嘘でしょ、亮くん……？」

頬を引き攣らせ、乾いた笑みを零しながらそう尋ねたのは、亮の母と唯一面識のある華恵だ。

「？　何がですか？　ああ、母さんのことですか？　嘘じゃないですよ。だから、お母さんが俺の母さんのこと弱々しい印象あるって聞いて、俺がああなったんじゃないですか。俺より強い母さんが、そんな印象持たれてたなんて聞いたら、笑うしかないですよ」

なるほど、亮からしたら確かに爆笑ものだったのはわからないでもない。だが、藤本家の面々には衝撃しかない。

「うっそだー!?　亮にいって一人でシルバーとか潰せたり、お兄ちゃんより余裕で強いんでしょ!?　そんな亮にいよりお母さんの方が強いの？　そんな女の人がいるなんて信じられないよ！」

そう言った美月以外の家族が一斉に頷いた。

「いや、だから、嘘じゃねえって……」

そう否定する亮は戸惑っているように見えるが、恵梨花は混乱する正当な理由があるのはこちらだと声を大にして叫びたくなった。

「えっと、亮くんのお母さんって、普通の主婦だと思ってたんだけど、違ったの……？」

どうにか疑問を口に出した恵梨花に、亮は目をパチパチと瞬かせる。

「え？　いや、俺の母さんは普通の主婦だと思うが……いや、普通じゃない主婦って何だよ」

（亮くんのお母さんのことでしょ――⁉）

口に出そうになったのをぐっと我慢したが、内心で叫んでしまった恵梨花である。見れば、家族の内の何人かが同じように口を一文字に結んでいる。

「ん、んん――私が言ってるのは、そんな亮くんみたいな戦う力を持たないような、言えば、うちのお母さんみたいなって……そういう意味での普通の主婦……ってことなんだけど……」

「うん？　まあ……そういう意味なら、普通の主婦じゃないってことになるが……」

そう言って、亮は恵梨花の家族達の困惑に染まった顔を見渡し、首を傾げるとすぐに「ああ」と、何やら腑《ふ》に落ちたような顔になった。

「何に驚いてるのかと思ったら、そういうことか。何で母さんが武術やってて、それで俺より強いのかってことか？」

むしろそれ以外に何に驚くポイントがあるというのか。そんな突っ込みが聞こえてきそうだったが亮は構わずに続けて口を開く。

「母さんが武術をやってて、俺より強いのは当たり前だろ。長く続くうちの道場の一人娘なんだぞ？

俺みたいにガキの頃からやってて、じいさんにみっちり鍛えられてたんだから、俺より強くても不思議じゃねえだろ」

亮はさも当たり前のように言ってから、鍋から肉を取って卵に絡ませ、それを幸せそうに頬張った。

亮の言葉を聞いた家族は意外そうにしながら少しだけ納得した様子を見せたが、亮を知る恵梨花は違う。

「え？　……？　え、亮くん、ちょっと待って。それって、亮くんのお母さんが道場の跡取りってこと？　お父さんは、婿《むこ》として亮くんの——桜木の家に入った、ってこと？」

今まで聞いた亮の話だと、亮を鍛えたのは父と祖父だと恵梨花は思っていた。それは決して間違っていないだろう。だが、今の話からするとそれだけが正解ということでもないらしい。

「？　ああ、うちの血を——桜木の血を引いてるのは母さんの方だが……言ってなかったか？」

「き、聞いてないよ!?　もう！　どうして、いつもそういうこと教えてくれないの——!?」

そう責めながら、亮の肩をポコポコ叩く恵梨花に、亮はどんぶりを落としそうになって慌てる。

「ちょ、わ、悪かったって！　でも、親父が婿養子だなんて話、別にどうでもいいことだろ!?」

「よくない！　亮くんのご両親のことでしょ!?　もっと色々教えてよ!?　もう会えなくとも、お墓《はか》か仏壇《ぶつだん》かに向かって挨拶だって私もいつかはするでしょ!?　その時に私がろくにお義父《とう》さんとお義母《かあ》さんのこと知らなくてもいいなんて訳ないじゃない！　違う!?」

「ち、違わねえな。悪かった、悪かったから！」

亮がどんぶりをテーブルに置いて、恵梨花に平謝りを繰り返す。

「もう――！　いつもいつも私が何聞いても適当な返事ばっかりするんだから！」

「そ、そんなつもりは――」

「亮くんがそのつもりでも、実際はそうなの！　もっと自覚して！　もっと色々教えてよ、亮くんのこと！」

「あ、はい」

「ん……約束だからね！」

「かしこまりました」

亮が真面目ぶった顔でそんなセリフを言うものだから、恵梨花は噴き出してしまった。

「も、もう！　なんで、そこでそんな返事なの!?」

「はて……？　いつも通りだと存じ上げますが、何か……？」

とぼけた顔でとぼけたことを言う亮に、恵梨花は堪らず笑い出した。

「あっははは！　やめて！　誰それ!?」

「おや、どうなさいましたか、お嬢様《じょうさま》。何がおかしかったのでしょう、お嬢様」

「やめてー!?」

恵梨花が大声で笑い声を上げると、亮のとぼけた顔が徐々に崩れて一緒に笑い出す。

そうして笑っている二人を、華恵と美月がニヤニヤと、雪奈は羨ましそうに、父と純貴はムスッと見ており、少し落ち着いた二人が揃ってハッと気づく。

「本当に仲良いのねえ、あなた達……」

「亮にぃとハナ姉って、すごくお似合いっていうか相性良い感じだね！」

「本当、羨ましいわ……」

「あー、二人共、今は食事中であるしな……？」

「くっ……ハナのあんなに無防備な笑顔を引き出すなんて……」

家族のそんな言葉に恵梨花は亮と共に赤くした顔を背けて、鍋に向かうべく箸を手に取った。

「え、えっと――あ、亮くん、このお肉いけるよ」

「あ、ああ、ありがと」

溶き卵の入った皿で肉を受け取った亮は、どんぶりで顔を隠すように猛然《もうぜん》と食事を再開する。

それを微笑ましく眺めた華恵は、鍋に野菜などを入れてから口を開いた。

「それにしても、あの楓さんが亮くんより、ねえ……人は見かけによらないの典型ね」

「本当だよ。ちょっと想像つかないな……うん？　亮にぃのお母さんが跡取りで、お父さんが婿なら、じゃあ、お父さんは武術とかやってない普通な人で、お母さんの方が強かったの？　亮にぃ」

そんな美月の言葉でハタと気づいたような家族に、亮は片眉を上げる。

「それは物理的でな話か？」

美月が頷くと、亮は複雑そうに眉を曲げた。

「それは半分当たってるし、半分外れてるってところか」

「？　どういうこと？」

「俺は親父が母さんに勝ってるとこは見たことねえが……実力は親父の方が上だな」

その答えに呆気にとられる家族。亮より強い母より実力が上の父。当たり前のような話なのだが、どこか信じられないような話でもあるためだ。

「ねえ、それってどういうこと？　お父さんの方が強かったのに、お母さんには敵わなかったの？」

美月のもっともな疑問に、亮は複雑そうに苦笑して答えた。

「そこは、まあ——こんなこと言いたかねえが、親父と母さんも夫婦だからってことしか」

その答えには全員が腑に落ちた。つまり奥さん相手に本気が出せなかったという話なのだろう。考えてみればそれは当たり前の話だった。

「ふふふ、そこだけはなんか普通の夫婦っぽい感じなんだね」

美月の言葉は些《いささ》か失礼であったが、全員が思っていたことだったので、誰も突っ込めなかった。

「でも俺が聞いた話じゃ、親父が母さんに勝ったのが一回だけあるらしい」

「あ、そうなんだ？」

「ああ、結婚前に一回だけな。母さんが自分より強いこと証明しないと結婚しないって言ったらしくてな」

「あはは、それじゃあ、頑張るしかないね」

全員が美月と同じように笑い声を上げる。

「ねえ、亮くん、亮くんのお父さんって、どんな人だったか聞いてもいい？」

この際だから、先ほどの約束もあるしということで、恵梨花は聞いてみた。

「親父か？　う、うーん、親父の話か……」

亮は眉間に皺《しわ》を刻んで、複雑そうに顔を歪める。これほど言い淀む亮もなかなか珍しい。

「えーっと、言いたくなかったら無理にとは……」

恵梨花は気を遣ってそう言うが、亮は苦笑して首を横に振る。

「いや、そういう意味じゃねえ……まあ、いいか。親父のことだな？　そうだな、親父を一言で表すのに簡潔な言葉がある。何かというとズバリ、ゴリラだ」

「ゴ、ゴリラ……」

どう反応したらいいものかと、恵梨花が言葉を探していると、美月が遠慮なく聞いた。

「それって、ゴリラに似てるってこと……？」

「ああ、そうだな。色んな意味でゴリラに似てる」

「色んな……？　例えば、どんな？」

「そうだな……まずは体格か。身長も高いし、胸板も厚い。顔は……まあ、似てないとは言えん」

「へー？　じゃあ、亮にいはもっと大きくなるのかな？」

「まだ成長期だしな、その可能性はあるはずなんだが……」

どこか残念そうな辺り、亮はもっと身長が欲しいのだとわかる。だが、亮の母は小柄らしいから、体格に関しては母寄りなのだろう。

「でも、楓さんは……ううん、何でもないわ」

華恵も同じことを思ったようで、口にしかけたが、亮の様子を見てやめたようだ。

「他にはどんなとこがゴリラだったの？」

美月の遠慮のなさは、この際ありがたいかもしれない。

「動きだな。寝てる時とか、動いてる時にふとした動作に野生動物を思わせるところがある」

「ふーん……？」

美月は小首を傾げているが、恵梨花は亮で思い当たるところがあったので、つい「ああ」と声を出してしまった。

「……？　恵梨花、何で納得したような声を出した？　まさか、俺に似てるとこがあるなんて言わねえよな……？」

「え――!?　そ、そんなこと、ないよ……？」

「恵梨花、どうして目を逸らす？」

「え!?　えーっと……あ、亮くん、椎茸がいい感じだよ――はい！」

恵梨花が箸で亮の口へもっていくと、亮はジト目をしながら口を開けて、パクッと食べた。

「美味しい？」

「……ああ。はあ、まあ、いいか」

そうやって亮がため息を吐くのを、美月と華恵がニヤニヤと眺めていた。

「お母さん、今、亮にいとハナ姉、『はい、あーん』ってしてたよ。『はい、あーん』って」

「こら、ツキ。こういう時は黙って見てるのよ」

「はーい」

美月が返事をする横で、雪奈は羨ましそうにため息を吐き、父は見ない振りをして、純貴は血の涙を流しそうな顔をしていた。

亮と恵梨花は再び顔を赤くして、互いから顔を背けた。

「ゴ、ゴホンッ――それとだな、親父がゴリラに似てる最大の特徴がだな――」

「まだ他にも似てるとこあるの？　なになに？」

亮が何事もなかったように話を再開して、美月が食いつく。

「ああ。何と言っても、あの身体能力――というかパワーだな。ちょっと人間離れしてる」

その言葉に一番反応したのは、純貴だった。

「君がそれを言うのか!?　握力が百キロ以上ある君がか!?」

「え、握力が百キロ以上って……」

初耳の美月が齧っていた椎茸をポロッと皿の上に落とした。

「ええ、まあ。あの怪力に俺が届くかどうかは……俺の身長がいいとこまで伸びてもちょっと……ってとこですかね」

「と――とんでもないな、君がそこまで言うなんて……」

純貴が驚愕の表情を浮かべて言うのを、亮は苦笑をして受け止める。

「あ、後もう一つ大きな特徴が」

「え、まだあるの？」

目を丸くする美月に、亮は頷いた。

「ああ。それこそ、野生動物じみた、野生の勘――だな」

「ふうん……？　ねえ、亮にい、それって、ええと——どういうもんなの？」

「そうさな……未来予知に近いレベルで、相手の動きを読む、というか感じ取るってとこか」

「ほへー」

美月が感じ入ったように間の抜けた声を返した。

恵梨花含めて皆が想像したことだろう。ゴリラのような体格で、ゴリラを思わせるパワーを持って、野生動物さながらの勘を持って、さらに武術を修《おさ》めている。そんな父と、長く続く道場の跡取りである母がいたからこそ、このような規格外が誕生したのかと、改めて皆が亮を見た。

「なんか、亮さんが強い理由がよくわかった気がするわ……」

感心したように呟いた雪奈のその一言に尽きた。

それを聞いた亮はどこか納得いかないように眉を寄せたが、すぐ苦笑に変えた。

「一応言っとくが、俺だって、けっこう頑張って鍛錬してんだからな」

口調は軽いが、その中身は口調ほど軽くないだろうことは簡単に想像がつく。

「ああ、すみません、亮さん。そんなつもりはなかったんです。気を悪くしたのなら謝ります」

「ははっ、わかってるって。いいよ、気にしてねえから」

笑い飛ばして言う亮のその言葉に、嘘が無いのはよく伝わって、雪奈はほっと胸を撫で下ろす。

「でも、すごいね！　亮にいのお父さん、そんなすごい素質あって、武術も長くやってたんだよね？　ちょっと想像つかないぐらい強そう！」

空気を変えるように美月が明るく言ったその言葉に、亮と美月以外がうんうんと頷くが、亮は複雑そうに眉を曲げる。

「あー、いや、親父はな……」

亮が言い淀んだのを見て、恵梨花は小首を傾げた。

「お義父さんがどうしたの、亮くん？」

「いや、親父は確かに結果的に長く武術をやってたとは言えるが、俺や母さんみたいに小さな頃からって訳じゃねえ。成人してから、だったか」

「え、そうなの!? てっきり、お義父さんは長い間、亮くんの道場に通ってて、それでお義母さんと恋愛結婚なのかと思ったんだけど——」

「あ、ツキもそう思った」

「私も……違うんですか、亮さん？」

「う、うむ……まあ、それも大きく間違ってはねえんだが……」

ひどく言い淀む亮に、聞いていいものか悩んだが、やはり美月が遠慮なく聞いた。

「じゃあ、どういう……あ、別の道場とかに通ってて——じゃないんだよね。え？ あれ、それでどうやって、亮にいのお母さんに勝てたの？ 勝てないと結婚出来なかったんだよね……？」

美月の言う通り、どこか話がおかしい。亮より強かった楓に、素質はあったからといって成人してから武術を始めた亮の父がどうやったら勝てるのか、いまいち想像できない。

疑問の目を全員から受けて、亮は悩んだ末に、腹を括るように一息吐いた。

「さっきも親父はゴリラみたいだと言ったが、それは特徴からだけじゃねえ」

「？　だけじゃないって、どういう意味？」

「わからねえか？　強かったんだよ。鍛錬なんかせずに、素質、それだけで強かったんだ」

「それって……何も習わずに強かったってこと？」

柔道を習っているからこそ、そのすごさがわかるのだろう。信じられないように目を丸くしている美月の問いに亮は頷いた。

「ああ……たまにいるんだ。特に何もしてないのに、強くなっていく人間ってのが……そうだな、恵梨花も知ってる中で、似たのが一人いるぞ」

「え？　誰だろ……？」

「瞬だ」

「え⁉　……ああ！」

目を大きく見開いて驚く恵梨花に亮は苦笑を向けてくる。

「あいつだって素人なのに、素質だけで強くなってる。親父はそのスケールを大きくした……いや、最たるもんだと思ったらいい。瞬が日本版の野生だとしたら、親父は世界の、と考えて間違ってない」

「しゅ、瞬くんの……大きくしたって……」

恵梨花の素人目でも、ギャングの中で飛び抜けて強いとわかる、瞬のその素質を大きく上回るということの凄まじさに、恵梨花は理解できる範囲を超えて、頬が引き攣ってきた。

「けど、そんな素質だって使わなければやはり育たない……が、幸いというか不幸にもというか、親父は殴り合いの喧嘩をするのが好きだったらしく、その世界級といえる野生の素質を実戦で大きく育ててきた」

「えーっと、それはつまり――」

先を促すと亮は嫌そうに顔をしかめて言った。

「まあ、簡単に言うと、親父はチンピラみたいなものだったんだ。若い頃はあちこちで暴れていたらしい」

呆気にとられる藤本家。亮からはそのようなイメージがなかっただけに、驚きが強かった。

「でも、喧嘩が好きだからと言って――この点にだけは同感だが、弱いやつと喧嘩しても面白くない。そこらのチンピラを相手にするのに飽きた親父はタチの悪いヤクザの噂なんかを聞くと嬉々として、事務所に乗り込んで潰して回ったらしい。懐が寒くなった時のＡＴＭ代わりとしてもすげえ役立っ――ゴホンッ、この話はいいか」

「えええええ⁉　今なんかすごいこと言ってなかった⁉」

美月が絶叫したが、亮は取り合わず続けた。

「そんなこと繰り返して近場のヤクザを狩り尽くしてさらに強くなっていった親父は、どこかに手応えのある相手はいないかと考えた末に、ふと思いついた」

そこで亮は一度口を閉じたので、恵梨花が代表して恐る恐る聞いた。

「……えーと、何か聞くの怖いな。何を思いついたの……？」

すると亮は一層強く複雑そうに顔を歪めて言ったのである。

「――そうだ、道場破りってやつをやってみよう、と」

一人残らず口をあんぐりと開ける藤本家を前に、亮は続ける。

「道場で鍛錬《たんれん》した手練れでも実戦を知ってるやつってのは、意外に少ない。ヤクザ相手に実戦経験をこれでもかと積んで、本物の喧嘩を知って野生の勘の強い親父を相手に勝てるやつはなかなか見つからず——ある日、倒した道場主から一つの情報を手に入れた。超実戦派の道場の名を」

恵梨花はそこでピンときた。

「もしかして、そこって——？」

「ああ。うちの道場だ」

ここまで来ると、話も面白く聞けるようになってくる。なにせ、亮の父と母の出会いの話だからだ。全員が身を乗り出して、続きを待った。

「親父は期待して、うちの道場に来た。けど、たまたまなんだが、その時いた連中の中で親父に勝てるやつはいなくて、ガッカリして親父が帰ろうとした時に——」

「あ、亮にいのお母さんが来たんだ⁉」

「そう。母さんが道場に入ってきて、そこで親父は——」

「それで戦うことになったの⁉」

興奮した美月が問うと、亮は首を横に振った。

「いや、母さんに一目《ひとめ》惚《ぼ》れした」

「えええええ⁉」

テーブルに乗せていた腕がズレてずっこける一同相手に、亮は恥ずかしそうに続けた。

「そして母さんに見惚れてぼーっとしてる間に、親父と母さんの試合は始まり、親父は何も出来ずにフルボッコにされて、初めて親父は負けを知ることになった——ああ、言っとくが、見惚れていたから負けたんじゃなくて、この時は純然たる実力差で親父は負けた」

「は、はは……」

乾いた笑みを零したのは恵梨花だけではなかった。

「そして試合というか、母さんからの一方的な仕打ちを受けた後、起き上がれるようになった親父は、野生動物の如《ごと》く直情的に、母さんに結婚を申し込んだ」

「は、早いよ、展開が……」

美月が思わずといったように口を挟んだ。

「な、アホだろ、親父？　それで結婚を申し込まれた母さんは、『自分より弱い男など——』とすげなく断った。ならばと親父は、自分を唯一負かした相手を育てたうちの道場で鍛えて上回ることを決心して、入門し——三年だ」

「？　何が……？　あ、もしかして、お義父さんがお義母さんに勝つのに？」

恵梨花の疑問に、亮は不満たっぷりに答えた。

「そう、たったの三年で、親父は正統後継者である母さんを上回りやがった」

「三年……それって、けっこうかかってるんじゃ……ううん、亮くんより強いお義母さんが相手って考えると……短い……？」

最初は三年も、と思ったが、楓を上回るのにそれは短いのではと素人ながらに恵梨花は思った。

「ああ短いな。どう考えても短過ぎる……けどな、それが親父の持つ素質だ。理不尽過ぎるだろ？」

全員が頷いて同意すると、亮は不満気な表情を消して、苦笑を浮かべた。

「でもな、野生動物が——ゴリラが武術を修めたならこれだけ強いのも当たり前か、って、当時は皆そういう風に納得したらしい」

「あー……なるほど……？」

納得したような、そうでないような声を出す美月に、亮は笑いかける。

「それからうちの道場で、『ゴリラが武術を修めるとどうなる？　こうなる』って親父を指差すのが流行った」

「ぶふっ」と噴き出す音があちこちから聞こえる。

「まあ——そんな、ふざけた親父だ。ああ、うちの道場に入ってからは真面目に働いて、真面目に稽古してたってことは言っておく」

そう締めた亮は、鍋から肉を取って頬張った。話を聞き終えてほうっと一息吐く藤本家。

「そう、楓さんはそういう経由で結婚をね……でも、素敵な話だと思うわよ？」

「……そうですか？」

「ええ。亮くんのお父さんは、楓さんと結婚するために、三年頑張ったのでしょう？　真似できる人は少ないと思うわ」

「……まあ、そう聞くと……」

納得しかねながらも、同意の声を出す亮に、恵梨花は強く頷いた。

「うん！　素敵な話だと思うよ、亮くん！」

美月や雪奈も同意するように頷いて、亮が苦笑する。

「つまりサラブレッドと世界級《ワールドクラス》な野生のハイブリッド？　道理で強い訳だ……」

純貴が俯いてそう呟いていたところを、父に肘で突かれてハッとしたように顔を上げる。

「ああ、ごめん。いや色々と衝撃的で面白い話だったよ。聞かせてくれてありがとうな、桜木くん」

どんぶりからご飯を掻き込んでいた亮は、モグモグさせながらペコと返した。

「そ、それにしても、本当にすごい量を食べるんだな。まだまだ入る感じかい？」

亮は口の中のものをゴクリと呑み込んでから答える。

「ええ、合間にこの漬物挟んでるせいですかね、卵もやたらと美味いし、まだまだ入りそうです――あ、恵梨花、おかわり」

「はーい」

もう何度目かわからなくなってきたおかわりを入れに恵梨花が足を進める中で、ふと思い出した。

先ほど話題にも出た瞬と、話題の中心たる亮の父親が関連づいたのだ。

「そういえば、亮くん。瞬くんから亮くんのお父さんの話が出たことがあるんだけど」

「瞬から？　……何を話しやがったんだ、あいつは」

食事中でなければ舌打ちしそうな顔でボヤく亮に、恵梨花は苦笑気味におかわりをよそう。

「はい、どうぞ。何か話したって訳じゃなくて……何だっけ、亮くんのお父さんが、ええと……学校に？　かな？　そこに呼ばれたのかな、それで何かすごいことになったって聞いただけなんだけど」

これは以前に瞬からどれを聞くか選択を迫られていた亮の中学の時の話題の一つ——『亮、父親を呼ばれてえらいことに』である。

その際はタイトルのみしか耳にしておらず、中身は知らないままだ。

（タイトル聞いただけでもすごく気になってたし、今は絶好の機会……！）

恵梨花はそんなことを思いながら、亮にどんぶりを渡した。

亮の父親の話題が出たので、ここは聞く一択であろう。

「ありがと。学校に呼ばれて……？　んー……」

流れるようにご飯を掻き込み、口をモグモグさせながら亮は思い出そうと眉を寄せている。

そんな亮へ、恵梨花を含む藤本一家が揃って興味深い目を向ける。

「あ、あれか」

「なになに⁉　亮にいのお父さんが学校に呼ばれて何があったの⁉」

思い出したらしい亮の言葉を聞いて一番に反応したのは、美月だった。

「あー……いや、何だ。改めて思い出すとアレだな……」

話しづらいといった様子で言葉を濁《にご》す亮だが、美月は構わない。

「なになにー？　気になるー」

手を振って子供らしさをアピールしながら無遠慮に催促する美月に対して、「いいぞ、もっとやれ」と心の声で応援を送ったのは自分だけではないはずだと、恵梨花は確信していた。

「ツキ？　亮さんに失礼よ」

その証拠に、雪奈がそうやって注意するもどこか言葉に力がない。だけでなく、チラッと期待するような目を亮へ向けていたのを恵梨花は見逃さなかった。他の家族も、露骨に顔に出さずともどこかしら態度で期待を示している。それに気づいたらしい亮が、観念したように頭を掻いた。

「んん……まあ、何だ。話半分に聞いてくれていいからな」

「うんうん！　オッケーオッケー！」

サムズアップを振る美月に、亮は苦笑を零して口を開く。

「えーと、そうだな。親父が呼ばれた。そう、恵梨花が言った通りに学校にな。ああ、呼び出された」

そんな風に話し始める様子から、どこかしら言い難いことがあるのは明白だった。

「……何で呼び出されたの？」

そして聞き難いことをズバリと聞いたのは、やはり美月である。

「そう。何で呼び出されたかだな。それは俺があのクソ教師……名前は忘れたが、そいつをつい殴ってしまって――」

「はい、ちょっと待って」

のっけから信じ難いことを言った亮に、思わず恵梨花はストップをかけてしまった。

「――え？　何？　亮くん、学校の先生を殴っちゃったの……？」

あんぐりと口を開けている家族を尻目に恵梨花が尋ねると、亮は藤本家の様子からハッとなって慌てて手を振る。

「あ、待て待て。誤解するなよ？」

「あ、誤解……？　なんだ」

恵梨花がホッと胸を撫で下ろすと、亮は安心したように言った。

「ああ。俺が殴ったのはただのクソ教師じゃねえ。セクハラしたクソ教師だ」

そんなことを堂々と亮が言ったものだから、何かしらの正当性を感じてしまった恵梨花はつい相槌を打つように言った。

「あ、そうなんだ――」

「そうそう。それで――」

「――って、やっぱり先生殴っちゃったんじゃない⁉」

「え？　いや、まあ……それは、そうかもしれねえが……」

亮はそれの何が問題なのかと言いたげな様子だ。

「そうかもって⁉　え、先生なんでしょ⁉　……え、セクハラ⁉」

色々と混乱したせいだろう、恵梨花は「セクハラ」の単語が遅れて頭に入ってきた。

教師がしたのなら――いや、教師でなくとも、それはそれで大問題だ。

「そうそう、セクハラ。それで――」

亮はその一言でここまでの恵梨花の混乱は解決したと言わんばかりに、話の続きを始めようとする。

「えっと、ちょっと待ってね、亮くん。整理しましょう」

そこに口を挟んだのは華恵である。

「え？　ああ、はい」

「はい。つまり、亮くんはセクハラをした教師を殴った。これで合ってる？」

「はい」

「その教師は、その当時は——元、教師だったりするのかしら？」

そんな華恵の質問に、恵梨花は「ああ」と思わず納得の声を上げた。

現役の教師でない人を殴ったのなら、まだ——そう、人を殴るのは駄目という根本的な問題に目を瞑れば、まだ情状酌量《じょうじょうしゃくりょう》の余地はあるというか、まあ、そんな風に思える。

けれど亮の答えは——

「いえ、違いますね。その日もそれまでは普通に授業してましたし」

「って、違うの⁉」

思わず叫んでしまった恵梨花である。

何か、垂れていた一本の糸を掴み損ねたような気になってしまったのだ。

「そ、そうなの……その先生は何かしら、亮くんの学校の先生……なのよね？」

「そうですね」

美月が「うわあ」と皆の心の声を代弁したかのように零した。

「そ、そう……ううん……あ、セクハラをしたのよね？」

そのように華恵も聞いてしまう辺り、教師を殴る、がどれだけのパワーワードかが窺える。

「ええ。それも俺の目の前で」

「亮くんの目の前？　被害に遭ったのはやっぱり女子学生なのかしら？」

「そうです」

「……あれ、もしかして、亮くんの友達だったりする？」

恵梨花がついと口を挟むと、亮は「ああ」と頷いた。

その瞬間、恵梨花の女としての第六感がピーンと走った。

（多分、都ちゃんだ……）

なんとなくだが、そう、間違いないと恵梨花は確信した。

だが同時に、ああ、それなら仕方ないか、と思えてしまった恵梨花は、亮に毒されて——いや、絆《ほだ》されてしまっているのだなと思ってしまった。

「あー……なるほど………？」

納得したかのような声を出した末に、たっぷり間をとって首を傾げた華恵の心境はよくわかる。

セクハラをするような教師なら仕方ないかもと思えるが、それでも腐っても現役の、自分が通っている学校の教師を殴る、というのは信じ難いことなのだ。善良に生きている藤本家の面々にとっては。

「でも、先生なんだよね……」

つい恵梨花がそう口に出すと、亮は怪訝に眉を寄せる。

「いや、違うだろ」

そんな否定の言葉を出した亮に、今度は藤本家の面々が怪訝な顔になって注目する。

「違うって……何が？」

恵梨花が問うと、亮は当たり前のように答えた。

「いや、だから違うだろ。セクハラなんかした時点であいつは教師じゃねえ。セクハラしたその瞬間から、あいつは犯罪者になったんじゃねえか。それも学生に――未成年に対するセクハラ、立派な性犯罪者じゃねえか」

その言い分に対し「ああ、確かに」と、零す藤本家の一同。

恵梨花は、だがしかし、と脳裏を過《よぎ》るものがあった。

「確かに亮くんの言う通りかもしれない。だが、危ういことだったのではないか？　聞いたところ現行犯のようであるが……そこで亮くんが手を出してしまったのなら、状況によっては亮くんだけが加害者扱いになってしまう恐れもあっただろう。実際に亮くんがセクハラの証人だったとしても」

父が冷静に指摘すると、亮は嫌なことを思い出したような顔で首肯した。

「……ええ。そうですね。まさにその通りな動きをあのクソ教師はやりましたよ。自分がやったセクハラのことは忘れたかのように騒ぎ立てて、俺を一方的に非難してきましたからね」

「ううむ……やはりか」

嘆《なげ》かわしいと頭を振る父に、亮は思い出した嫌なことを吐き出すように息を吐いた。

「まあ、でもそこであのクソ教師は、盛大に墓穴《ぼけつ》を掘ったんですよ」

そして空気を変えるように放たれたその言葉には、どこか呆れの色が混じっていた。

「……墓穴って？」

コテンと首を傾げる美月に、亮はため息を吐いた。

「俺を一方的に非難してきたって言っただろ？」

「うん」

「口はよく回るやつでな。教師をクビになる上に、犯罪者として裁かれるかもって必死さもあったから余計にな。ペラペラペラペラと俺の普段の態度やら、何やらまで責め立てた末に、あいつは教師が生徒を臆《おく》させる常套《じょうとう》句を言い放った——保護者呼び出しだ、ってな」

「ああ、そこで繋がるんだね——って、そりゃそうか。元々、その話だったしね」

美月が今更なようにそう言ったのも無理はないだろう。

話題の前提がそもそもとんでもなかったのだから。

「まあな。そして、そこで俺がギクッてしてしまったのが不味かった」

「ええ？　亮にいでもそこは焦っちゃうんだ？」

意外そうに反応したのは美月だけでなかった。恵梨花も姉と一緒にクスリとした。

「いや、焦ったというより……いや、そうだな、焦ったな。そういや、今日母さん留守にしてたなって……そして、親父が夜勤明けで今頃寝てるなってことに対してな」

どこか遠い目をしている亮に対し、藤本家側は「ああ、そうか」となった。

大体において、子供が問題を起こして学校に呼ばれる保護者は母親だからだ。

しかし、この話題は亮の父親が呼ばれるというのが本題なのである。

「あー、だからお父さんが来ることになったんだ」

「そう。だから俺は不味いって思って、ギクッとなった訳だ」

「ふーん？　お父さんが来ることの方が怖かったから？」

皆がすぐに思い至ったことを美月はズバリと口にした。

「あー、いや、そういう意味じゃねえ……いや、ある意味では合ってるのか」

「？　……どういう意味……？」

疑問符を顔に貼り付ける美月に、亮はため息を吐いた。

「親父が来たらなんかややこしいというか、滅茶苦茶になりそうな気がしてな」

「あー……」

そんな納得のこもった声があちこちから漏れた。

この話題の前に聞いた亮の父親像から鑑《かんが》みるに非常にあり得そうだと思ったからだ。

「それで俺は忠告してやったんだ――やめとけって」

それは一般的な子供の心情で親を呼び出されたくないための懇願ではなく、本当に忠告だったのだろう。

「けどそれが、俺が保護者呼び出しを嫌がってるとか思ったんだろうな。ある意味で合ってるがな。そのせいであいつをますます調子づかせることになっちまった。より一層張り切って、俺の担任、学年主任、教頭や校長に話つけて保護者呼び出しだー！　って騒ぎ出しやがった」

「な、なるほど……」

「それでも俺がやめとけって言い続けたせいか、教員連中は俺の言うことよりやつの言うことを全面的に信じたみたいでな、いやそっちを信じたかったのかもしれねえな。セクハラなんてしてない職務に忠実なただの教師に俺が暴力を振るったという理由で、俺の家に電話かけやがった」

本当に馬鹿野郎ばっかだった、と続けながら亮は頭を振った。

恵梨花は頬が引き攣りそうになりつつも聞いた。

「そ、それでどうなったの……？」

「ああ。そしたら案の定だ、寝起きで機嫌悪そうな親父の声が担任と話してる電話口から聴こえてきてな、それで親父が来ることになった」

「ふ、ふむ……」

父も怖々《おずおず》とした様子で絞り出すように声を出した。恵梨花も気持ちはわかる。

何せ、今でようやく話題の入り口に入ったというところなのだ。もう既に色々とお腹いっぱいな気分で、この先がどうなるのかと、これ以上聞くのが怖くなってきたのだろう。

「それで、まあ……応接室みたいなところで俺とみや——セクハラ受けた女友達と、セクハラ教師、担任、学年主任、教頭、校長とで親父を待つことになった。親父が来ることだけでもげんなりしてたのに、その間も俺に対して、セクハラなどなかっただろう？　って俺と友達に言い聞かせるように話したり、俺が殴ったことに対して、いい加減に謝罪したらどうだなんて、しつこくてな。そしたら次第にもうどうにでもなれって思った。つまり俺もう知ーらね、ってな」

「は、はは……」

亮の投げやりな言葉に、恵梨花は、いや藤本家一同は思わず乾いた笑い声を零していた。

「そ、それで、どうなったの……？」

再び美月が怖々と続きを促す。

「ああ。反論すんのも忠告するのも面倒くさくなったから、教師達が何かと言ってくるのを俺も友達も適当に聞き流してたら、達也に――親父のこと知ってる友達に案内されて親父がやってきた」

（亮くんが腐《くさ》れ縁《えん》って言ってる幼馴染《おさななじみ》の達也くんか……亮くんの道場に通ってるって言ってたっけ）

以前に亮が言っていたことを恵梨花は思い出していた。

「それでさっきも言ったが、親父は夜勤明けで寝てるとこを電話で起こされて、見るからに不機嫌顔だ。ゴリラな体格、容貌にそれだからな。親父を見た教師達は見るからにビビってたな」

思い出し笑いを含んだ声で亮は楽しげに語る。

藤本家側はその場を想像して、無理もないと喉を鳴らす。

「教師たちの様子に構わず、親父はおざなりに挨拶を澄ますと、教頭に促されて俺の隣に座った。それから『んで、何があって俺は呼ばれたんだ亮？』って、親父も知ってる俺の隣の女友達に軽く目で挨拶しながら、俺に聞いてきたんだが……俺が答える前に、それまで親父にビビってた様子のセクハラした教師が息を吹き返したようにベラベラと話し出した。内容はまあ、俺が徹底的に悪く、自分は何もしていない、なんてな。当事者でもある俺が横で聞いてても、一体誰の話だと思ったぜ」

そこまで淡々と話す亮に父が「そうだろうな」と相槌を打った。

恵梨花にもその状況が容易に想像できた。

保身に走る者はいつも自分に都合のいいことしか話さない。

「親父は俺に聞いたにもかかわらず、俺に口出させる暇もなく怒涛《どとう》の勢いで話すあのクソ野郎に明らかにイラついていたが、黙って親父は話を聞いた。そして、俺が殴ったくだりを聞いた時は、ピクって反応して、それ見て俺は『あ、やべ』ってなった。殴ったことだけは事実だからな。やつの頬にも俺が殴った痕はまだ残ってたし」

ここで父だけでなく恵梨花の家族も相槌《あいづち》を打った。事情が事情とはいえ、流石に自分の子供が教師を殴ったと親が耳にしたら、子供はそうなるだろうと。けれど、恵梨花は亮の語り口から何か違うような違和感を抱いて小首を傾げた。が、すぐには思い至らず黙って耳を傾ける。

「一通り話を聞き終えた親父は、なおも俺が悪いんだと言い続けるセクハラ教師から目を離して、まず俺に確認を取った。殴ったのは本当か？　とな。それに対して俺は渋々頷いて『けどな』って事情を話そうとしたが――」

「――が？」

美月が怖々と続きを促すと、亮は顰《しか》めっ面になって答えた。

「言い出す前に、親父の裏拳《うらけん》が飛んできた」

「うわあ……」

そう言ったのは美月だけではなかった。気づけば恵梨花の口も開いていた。

「まあ、それは予想してたからな。両手を重ねて受け止めながらソファから咄嗟《とっさ》に背後へ俺は跳んだ――が、壁までの距離が短くてな、けっこう強めに背中ぶつけて、部屋に中々な音が響いた」

「お、おおう……」

純貴が頬を引き攣らせながら声を漏らした。

「そこで親父の怒声が飛んできた『素人に拳使うなって約束だろうが、何やってんだ亮！』ってな」

「……？　……？　………は？」

亮の言葉を理解するのに、いや理解し切れず、ひとまず呑み込むのに全員時間がかかった。そんな皆の様子を見て亮は困ったような、それでいて照れたように言い訳をするような顔になった。

「あ、えっとですね、俺は中学に入学した辺りから両親に喧嘩で——まあ、素人相手に拳を使うなと約束させられてて、ですね。それで俺がセクハラ教師相手に拳を使ったのがバレて……それで、親父に怒鳴られた訳です」

亮は黒歴史を話すかのように、恥ずかしそうに、そう口にしたのである。

亮の口調が丁寧だったのは、説明を求める視線が一際強かったのが両親だったためだろう。

「ふ、ふう……ん……？」

亮の言い訳っぽい話を理解するのに頭がいっぱいの藤本家一同は、そう返すのが精一杯であった。

聞けば聞くほど混迷を深める藤本家だが、亮はひとまずの説明を終えたと、話を続ける。

「それで背中の痛みを堪えて俺がまた事情を説明しようとしたんだが、その隙もなく再び親父が怒鳴った。『しかも、てめぇ拳使っといて何でこの胡散臭え野郎はピンピンしてんだ！　そんなショボい拳に鍛えた覚えはねぇぞ！』ってな。これに関してだけは黙ってられねぇ、カッとなって俺は——」

そんな、亮が拳を握って熱く語ろうとしたタイミングが、藤本家の限界であった。

「えっと、亮くんストップ」

「ちょ、ちょっと待ってちょうだい」

「いや待ってタイム」

「え、あの、ちょっと、亮さん……？」

「え、ちょっと、あれ？　え？」

「い、一旦、説明を求む」

家族全員が混乱を隠せずに、亮の話を止めた。そう、亮の言っている言葉はわかる。わかるのだ。

だが、内容に対して理解がサッパリ追いつかない。唯一理解できたのは、亮と藤本家でどこか認識が徹底的にズレていることで、そのために藤本家の一同は話を止めたのである。

止められた亮は何故なのかときょとんとしている。

「え……と、亮くん……」

恵梨花はどこから突っ込めばいいのだろうかと額に手を当て思い悩みながら言葉を紡ぐ。

考えている間に、先に母が悩ましげに疑問を投げた。

「その、亮くんのお父さんだけど……まずは、ええと、そうね。『先生を殴った』ということより、亮くんが拳を使ったことに対して怒った……ように聞こえたのだけど？」

「あ、そこだ」

恵梨花が思わず相槌を打つと、亮は首を捻った。

「？　はい」

それの何が問題なのかと言いたげな顔の亮に、ますます認識の違いが深まっていくのを感じる。

「……あれ？　私がおかしいのかしら？」

亮の態度から、母は混乱してしまったようで、自分の常識を疑い始めている。

「いや、母さんは間違ってない。大丈夫だから……」

兄の純貴が母を宥めて、そのまま亮へと目を向ける。

「その、だな。桜木くん」

「はい」

「うーん……そう、だね。桜木くんのお父さんは君から、その教師を殴ったことだけを確認してから、まず何故、約束していた拳を使ったことに対して最初に怒ったんだろう？　俺の認識としては、『先生を殴った』ことに対してまず怒りを覚えそうな気がするんだが……」

兄の的確な問いに家族がうんうんと相槌を打つ中で、亮は不可解な様子で眉をひそめる。

「え？　いや、だって……さっきも言いましたけど、やつはセクハラをした犯罪者ですよ？」

亮にとってはそうかもしれないが、今はそこが論点ではないのだ。

「あー、なるほどー……いや、まあ……うん、そうだとして、だ……あれ？　桜木くんのお父さんは君からはその件の教師を殴ったことしか確認してなかったんじゃ？　それまでは詳しい――というか教師側からの保身に走った嘘の説明しか聞いてなかった？　んだよな？」

「あー、はい、そうですね」

「だよな。なら、君のお父さんにとって、その時点ではその教師はセクハラをした犯罪者ではなかったのでは……？」

そこまで聞いたところで、亮が納得したような顔になった。

「ああ、なるほど。確かに。これは俺の説明不足でしたね」

亮がそれを認識してくれたことに、藤本家の面々は思わず安堵の息を吐いていた。

「そうですね。親父のこと知らないですしね……ええと、さっきも言いましたが、親父は野生動物みたいなもんです」

「ふ、ふむ」

「勘も野生動物並みです」

「……なるほど」

「なので、セクハラ教師が保身に走ってペラペラ話してたことはすぐに嘘だと気づいて、適当に聞いてました。だけでなく、横にいる俺の女友達もいたことから、おおよそのことは途中から察してたみたいです。ああ、この胡散臭くペラペラ話してる教師が何かくだらないことしたんだな、って」

「そ、それはすごいな……」

本気で驚いているのはやはり兄だけではなかった。

「なので、親父にとっても、その時のやつは教師というより、犯罪者臭いやつという認識だった訳で、『教師を殴った』と考えてませんでしたね」

「……な、なるほど……」

いまいち頷き難い話であるが、まず恵梨花が思ったことは一つである。

(亮くんと、お義父さんってすごく似てるんじゃ……)

そう思ったのは恵梨花だけでないだろう。

「よ、よし。よくわかった……いや、わかった……？　のか、な？　いや、もうそれはそれでいいか」

純貴はなんとか自分を誤魔化すかのように、納得しようとしている。

だが、そうでもしないとこれまでの話を理解し、呑み込むことができないのは確かだ。

「それと気になったんだけど……本当にそこで言ったの？　その、拳使っといて何でピンピンしてんだ……とか」

「？　はい、言いましたね」

「あー、うん。そうだな、言いそうだな……だとして……ん？　さっき、桜木くんがヤバいと思ったのって、教師を殴ったことを父に聞かれたことでなく、拳を使ったこ……と？」

言いながら改めて信じられないような顔になった純貴の疑問に、亮は目をパチパチとさせた。

「……それ以外に何があるんです？」

亮にそんな純粋な疑問を返され、両親は口元が引き攣りそうになるのを堪えていた。兄は引き攣りかけていて、美しき三姉妹は思いっきり引き攣らせていた。

そんな中で亮はお茶を一口飲むと、再び話し始める。

「ええと、まあ、それで先ほどの続きです。親父に『拳使っといて～』と言われて、俺は腹が立って反論しました。『確かに殴った――いや、結果的に殴ってしまっただけだ！　途中でヤバって思って拳は止めようとしたけど、勢い全部止められず、ちょこっと当たっただけだ！』と」

当時を思い出しているのか亮の表情は不快げだ。恵梨花はもう突っ込まず、話を聞こうと思った。

家族も同じ考えのようで、複雑そうな顔をしながら黙って耳を傾けている。

それに今回も同じだろう。亮がヤバいと思って拳を止めようとした理由は、教師を殴ってしまうからでなく、両親との約束を破ってしまうからなのだろうと。

「俺の反論を聞いて親父は少し考えて、親父が裏拳をした時から腰を抜かしてへたり込んでいた教師の顔をチラッと見て『まあ、確かにそうじゃねえとこいつが元気な説明がつかねえな。でもお前が拳を出してしまったのは事実なんだろ？』って言ったから、俺は渋々頷いた。それから俺がつい拳を出してしまった理由について聞かれて、親父の雰囲気に萎縮《いしゅく》して口を挟んでこない教師達を前にして、俺がようやく何があったか本当のところを説明したら『んなことだろうと思ったぜ、こいつどう見ても犯罪者臭え顔してるしな』って、セクハラ教師に蔑《さげす》んだ目を向けた後、冷や汗流しまくってる校長を見て聞いた。『それで？　何で俺は呼ばれたんで？』って、それはもう不機嫌な顔でな」

そこまで亮が話したところで、思わずといったように美月が聞いた。

「……え？　何で？」

恵梨花もそこは普通に疑問に思った。

そこまで話を聞けば、犯罪者になったからという点を抜きにしても、亮が教師を殴ったから呼ばれたということは明白なのだから。

「何でって……当たり前だろ。犯罪が発生して、犯罪者が出たんだ。なら呼ぶのは俺の親父じゃなくて、警察だろ」

「お、おー……なるほど……確かに……」

何か違うような気もするが、この言葉だけ聞くと何の違和感もないのがすごかった。

「親父に問われた校長は汗を拭いながら必死に『いえ、だからご子息が我が校の教師に振るった暴力について――』なんて言い始めて、すぐに親父は『あ？　この学校はセクハラ犯罪者を雇って教師にしてんのか？』って聞き返したら校長が『い、いえ、その件につきましては事実の確認を――ご子息が言ったことが本当にあったことかも――』なんて言って、校長はまだセクハラがあったことを認めようとしなかったんだ。それで親父が教員達に呆れた目を向けて『おいおい、この如何にも犯罪者ヅラした胡散臭えやつの嘘を俺が見抜けねえとでも、あんたら本当に思ってんのか？なんだ、俺は馬鹿にされてんのか？』なんて言うと、腰抜かしてたセクハラ教師が、顔を真っ赤にして立ち上がって『し、失礼な！　この私がそのような――』って、また話し始めた瞬間に、親父が『てめえの話もういいんだよ、黙ってろ!!』って一喝《いっかつ》したんだ。寝起きで、さらにくだらないことで呼ばれてイライラしてたせいだろうな、軽い威圧が入ってしまって、立ち上がったばかりのセクハラ教師は泡吹いて気絶した。他にいた校長やらの先生達は死にそうな顔になって頑張って耐えてたよ」

「そ、そっかあ……」

「さ、桜木くんのお父さんの威圧かあ……」

美月と純貴が遠い目をしている。

「そんな校長達を見て俺はつい言っちまった『だから、やめとけって言ったのに』ってな……それ聞いて連中、目で俺を責めてきたけど、まあ、当たり前の話だが無視した」

「は、はは……」

乾いた笑い声が藤本家のリビングに響いた。

「それでもまだ校長達は頑張ったな、証拠がないとかなんとか言って……で、それ聞いた親父は、部屋の前で盗み聞きしてた俺の友達を呼び出して、セクハラ教師の机漁ってその中身と鞄を持ってこいって命じた。校長達は止めようとしたが、俺の友達は無視して職員室に走った。そしてすぐ戻ってきた。で、鞄の中から、まあ出たな……盗撮の証拠が」

「うわあ……」

美月がどん引きの声を出した。恵梨花も同じ思いであった。

「証拠を見つけた親父は驚愕してる校長達を睨んでから『後は警察呼んで終いだな……いや、俺が呼ぶか、もう』って言って、校長達が必死に止めてくるのを目だけで威圧して抑えて、知り合いの刑事に電話した」

「へえー、刑事の知り合いとかいるんだ」

美月が今度は感心したように声を上げた。

「まあ、意外かもしれねえけどな。道場の関係で警察の知り合いっていっぱいできんだよ」

「ふうん……？」

「まあ、そんな訳で、速やかに来てくれた刑事さん達にセクハラ教師を引き取ってもらった訳だ」

「は、早いね……」

「それで応接室からセクハラ教師がいなくなって、親父は校長達にもう一度聞いた訳だ」

「……え？　何を？」

美月が促すと、亮は口端に笑みを湛えて言ったのである。

「『それで？　何で俺は呼ばれたんで？』ってな」

美月は目をまん丸にした。

「え？　何でまた⁉」

「そりゃそうだろ。親父からしたら、まだ学校から自分が学校に呼ばれるに値する理由なんか聞いてねえんだから。犯罪が起きて、犯罪者が出た。警察を呼べばそれで終わる話――事実そうなったが――なのに親父は呼ばれたんだぜ」

「え？　それは――亮にいが先生を殴ったから、じゃ……」

「いいや。俺と同じく親父も、教師ではなく犯罪者が更なる犯罪を起こすのを止めるために俺が――息子が殴ったって認識だ。賞賛《しょうさん》するような連絡があって訪問を受けるならともかく、わざわざ寝てるとこを起こされて呼ばれたんだ。つまり、その日あったことを聞いただけで、親父は学校が自分を呼んだ理由をまだ聞いてないって認識な訳だ」

「うわあ……」

美月が思わずといったように呟いた。恵梨花もまったく同じ声が出そうになった。

「まあ、普通の親ならそれでも何で呼ばれたかぐらいはすぐに理解して、その上で『うちの子は何も悪くないではないですか！』なんて抗議したりするんだろうが、あの親父だしな……」

だからやめとけって言ったのに、と亮が遠い目をして呟いた。

誰かの喉がゴクリと鳴った。

「校長達は『だ、だから――』と何か言い訳を口にしようとしたが、何も出なかった。当たり前だな、今までしていた言い訳ってのは、セクハラ犯罪者を庇うだけのものだったし。そしてそいつは警察に連れて行かれたばかり。出せる言い訳なんかありっこねえ。すぐそれに気づいて、揃って深々と頭を下げて謝罪してきた。が、親父からしたらいきなり頭下げられても意味不明で、再度聞く『それで、何で俺は呼ばれたんで？』と」

「うわあ……」

三姉妹の声が揃った。

「校長達の流した冷や汗の量はちょっとしたもんだった。俺とみや――友達は、その汗の臭いに鼻を摘むのをなんとか我慢している中で、校長達が何度も頭を下げる。次第に親父の機嫌が悪くなって、部屋の中の空気がそれはもう重苦しくなった」

「……もしかして暴れた、とか……？」

恐る恐る兄が聞くと、亮は苦笑して首を横に振った。

「いえ、流石にそれはしませんよ……いい加減、面倒になったみたいで『用がないようなら帰らせてもらいますぜ』っつって腰上げましたよ」

ホッと、リビングの空気が弛緩《しかん》する。

今までの話からするとまだ穏便《おんびん》に終わったようで、そして意外な結果である。が――

「ただ、部屋を出る際に振り返って、校長達に『先生さん達が思ってるほど俺もヒマじゃないんでね。これからはくだらねえことでいちいち呼び出す真似なんてしねえでくれますかね――てか、用事があるならお前らから来いや――なあ？』とチンピラの如く凄《すご》みました」

「お、おおう……」

恐らく一番、亮の父という男をイメージ出来ているらしい純貴が、恐れ慄《おのの》いた声を出した。

「校長達は、情けない声で返事しながら、何度も小刻みに頷いてたよ。んで、親父が出ていったら俺と友達以外は揃って腰抜かしてへたり込んでた」

「……無理もないな……」

純貴が首を振りつつ仕方なさそうに言う。

「え、と……でも思ってたより穏便に終わった？　よね！　それから亮にいはどうなったの？」

美月が心配するように問うと、亮は何事もなかったかのように答えた。

「いや、別に？　校長達が放心状態で何も言ってこねえし、俺ももう用事はなかったから『んじゃ、帰りますね』っつって友達と一緒に帰った――ああ、いや、俺も出る際に校長達にそれまでも言ってたことをもう一回言ってやったよ」

「へえ？　何て？」

「そんなん決まってんだろ。だから『やめとけ』って言ったのに、ってな」

当時の状況を思い出しているからか、亮は小気味好さように笑っていた。

これには皆、噴き出してしまった。

「つく、くく……それは確かに、だな」

父は肩を小刻みに揺らしている。隣で母も同じようにして、手を口に当てている。

「確かに亮さんは忠告してましたね……」

「ああ、桜木くんは確かに言っていた」

「亮くん、やだもう……」

「あはははは！」

美月はツボにハマったかのように大きく笑い声を上げている。

亮は肩を竦めて、ペースダウンしていた食事の速度を戻し始めた。

話としては穏便？　に終わったかもしれない。が、一連の流れは亮が殴られたり、父親が怒鳴ったり、警察がやってきたりと思っている以上に騒がしく忙しないものだったことは想像に難くない。

瞬がこの話の題を『亮、父親を呼ばれてえらいことに』とつけていたが、えらいことになったのは主に学校だったのだろう。

（うーん……聞いた感じ、亮くんとお義父さんってやっぱり似てるような……）

どこか変なところで抜けてるとこはまさに、だろう。

（もうお会いできないのは本当に残念……）

恵梨花が内心で残念がりながらため息を吐くと、目の前にどんぶりが差し出された。

「すまん、恵梨花。おかわり頼む」

そんな亮の言葉で、家族の意識が食事に戻る。

それだけ亮の話に夢中になっていた証であろう。

「ふむ……たくさん食べるとは聞いていたから、食べ切れないほどの量を、と考えて買ってきたのだが、全部なくなりそうだな……むしろ少なかったか……？」

父が首を傾げるのを横目に、華恵が上機嫌に口を開く。

「そうね、もしかしたら足りないかもしれないけど……その時は冷凍庫からでも出せばいいわ。でも、随分と奮発してくれたものね、このお肉の量」

「まあ、な……腰の施術代、手術代、入院費、その間に休む仕事、それらを考えたら安いものだ」

「ふふっ、それもそうね」

随分な量の肉だと思っていたが、そういうことかと恵梨花も納得した。借り分を返す形のようであるが、それでも父がそうやって亮を歓迎してくれていることに嬉しくなった。

おかわりを入れたどんぶりを渡すと亮は「ありがと」と受け取り、幸せそうに漬物と共に口に入れた。

それを見て、恵梨花の頬が自然に緩んでくる。そして亮のために何が食べ頃だろうかと、鍋の中に菜箸を入れた時だ。亮の方から携帯電話の着信音らしきものが聞こえてきた。

「ん――？　誰だ、こんな時に……」

水を差されたような顔でポケットからスマホを取り出すと、亮は露骨に顔をしかめた。

「電話？」

「ああ。でも、いい」

そう言って、亮は何やらタッチした後、電話をとらずスマホの電源を切ってポケットにしまった。

「え？　とらなくていいの……？　どこからだったの？」

「バイト先。今日は休みだって断ってんだから、とらなくていいだろ」

「そ、そうなの……？　大丈夫？」

「大丈夫、大丈夫。気にすんな」

そう言って亮はどんぶりを傾けてご飯を掻き込んだ。

「バイト先……？　亮くん、君の仕事は家の道場ではなかったのか？　そこからの電話……なのか？　こんな時間に……？　それか他にも何か仕事をやっているのかね」

父のもっともな指摘に、ビクッとした亮は気まずげな顔で、口の中のものを呑み込んだ。

「あーいや、ははっ、家の道場と提携《ていけい》してる警備会社で、ちょっと……」

亮のその答えに、父はパチパチと目を瞬かせた。

「は？　いや、忘れそうになるが、君は未成年だろう。その仕事はその年齢では――」

「ああ、はい。ですが、家業のようなものなので、まあ……」

そう言って亮が言葉を濁していると、今度は藤本家の電話が鳴った。

「あら、こんな時間に誰かしら、珍しい」

華恵がそう言って立ち上がり、リビングの壁際にある電話に向かうと、つられるように首を回した亮が、如何にも嫌な予感がしたと言わんばかりの顔で「まさか……」と呟いた。

「はい、藤本ですが――……え⁉　は、はい、おりますが……はい……」

するとと華恵が困惑した顔でコードレスの受話器のマイクに手を当てて、振り返った。

「亮くん、あなたに電話みたいだけど……？　早坂《はやさか》さんって、女性の方から……」

華恵の応答を聞いていた時からテーブルに肘をつき、額に手を当てていた亮が、苦虫をまとめて噛み潰したような顔になった。

「何考えてんだ、あいつ……ああ、お母さん、いないって――流石にダメか。どっちですか？」

「え？　どっちって……？」

「いいえ、言ってないならいいです――すみません、迷惑をおかけして」

亮は盛大にため息を吐いて立ち上がると、華恵から受話器を受け取り、テーブルから少し離れて背を向け、荒々しい声を出した。

「どっちだ⁉　巴《ともえ》か⁉　静《しずか》か⁉　――静か！　何考えてんだ、お前⁉　俺すら知らねえ、この家の電話にかけてきて――⁉」

亮のその声にハッとして雪奈が立ち上がる。それを見て、華恵が問いかける。

「どうしたの、ユキ？　それにしても、亮くんの知り合いなら、どうしてこの家の電話番号を知ってるのかしらね？　ハナ、亮くんに教えてたの？」

「ううん。教えてないけど……ユキ姉、どうしたの？」

「今、亮さんが口にした人の二人の名前……」

呆然とする雪奈に、恵梨花と華恵が顔を見合わせると、同時にハッとなる。

「もしかして――？」

「そう、きっとあの時の双子の方だわ！」

「まあ……さっきの電話の方が、あの日に亮くんが連れていた方……？」

「だとすると、是非お会いしたいものだな……亮くんに頼めるものだろうか？」

「えっと、わかんないけど、でも今それどころじゃないような――」

恵梨花が父にそう返すと、藤本家は揃って首を伸ばして亮に注目した。

「――今日一日休みなんだから、とらなくてもいいだろ、別に――ああ、もう何だよ。一体どうやってこの家の番号を知ったんだ――」

こんなにイライラした様子を見せる亮も珍しい。双子の人とはよほど気安い相手なのだとわかる。それと確かに、亮はこの家の電話番号を知らないはずだ。色々とどうしてなのだろう。

「断る！　――知らん。今日の俺は休みだ。いい気分で飯食ってたのに邪魔しやがって……もう切るぞ――ちっ。で、何だ？　緊急の依頼って」

「緊急の依頼だって、なんかすごいね？　亮にい、何の仕事してるの、ハナ姉？」

美月がヒソヒソ聞いてきて、全員が恵梨花に疑問の目を向けてくる。

「えっと、警備会社で警備員してるとしか私も聞いてないんだけど……」

「？　この際、年齢は置いておいて、警備員で緊急の仕事とは、穏やかな話ではないな」

父のもっともな言葉に皆が頷くと、亮が訝しげに声を上げた。

「――D難度？　それも九条《くじょう》先生って……また、あのおっさんか！　この半年で何回狙われたら気が済むんだ⁉」

さらに穏やかでない言葉が出てきて、藤本家の面々は表情を強張《こわば》らせた。

「――いや、知るかよ。指名だろうがなんだろうが今日の俺は休みだ、働かんぞ。俺が来るまで動かないって言うなら、動かなけりゃいいだろ。それで話は終わり――」

亮が九条先生とやらから名指しで呼ばれているようだということはわかった。そして亮が今から働きたくないこともだ。

「――いや、それこそ俺が知るかよ……命が大事なら、大人しくしとけって言っとけ」

亮がぶっきらぼうに言ったそれを聞いて、ヒクッと家族の頬が引き攣ったのを、恵梨花は音で聞いたように理解した。そんな藤本家とは正反対に、亮は淡々と話を続けている。

「――いやいや、待て待て。D難度ってことなら絶対に俺じゃなきゃダメってこともねえはずだ。お前ら双子が行けばそれで済む話だろ。お前らの今日の予定、替えがきかねえ依頼じゃなかったよな？」

双子のワードが出て雪奈が息を呑み、家族が興奮したように顔を見合わせる。

「――いや、だからお前ら双子が行くなら十分だろ。なんでそこで追加で高い指名料払ってまで、俺を呼ぶ必要があるってんだ？」

「亮くんを呼ぶのには高い指名料がかかるのか……」

父が納得するような声を出すが、顔は非常に複雑そうだ。純貴が横で呟く。

「いや、てか、一警備員に指名料なんてかかるのか？　話聞いてると、警備員でなくてむしろ警護――」

純貴の言葉は亮の声が聞こえてきて中断されたが、最後まで言わずとも、全員が察してきた。

「――はあ？　先月に？　俺がミスだなんて、んな覚えねえぞ――なんで、お前がその時期を知ってんだよ⁉　――ぐっ……どいつもこいつも何で、俺に彼女が出来たら騒いでやがんだ」

家族の目が揃って向かってきて、恵梨花は恥ずかしくなって俯いた。見ると、亮も顔を赤くしていた。

「――はあ……んで、先月か？　俺がそうそう取り逃がすなんてミスしねえことは知ってるだろ」

「えーと、ねえ、この話、ツキ達が聞いてても大丈夫なやつなの？」

またもや物騒なことを連想させる言葉が出てきて、亮がしているこの話が、自分達の日常とは大きく離れていると美月も感じ取っているようで、落ち着かない顔だ。

「うーん……それなら亮くんはもっと離れて話すと思うんだけど……」

恵梨花が自信なく答えると、それでも家族は納得したように頷いてくれた。

「――いや、俺が体調が悪かったって……」

亮が言いながらふとこちらを見て、目が合うとハッとなって苦い顔をした。

「――ああ、思い出したぜ、くそったれめ。あの時のか」

恵梨花も朧《おぼろ》げに、先月のまだ付き合う前に、亮が具合悪そうにしていたのを思い出した。

「――いや、そうは言っても、あの時はたまたまの話なんだしお前ら双子だけで十分――」

そこまで言って遮られたのか、どんどんと亮の顔が不機嫌になって「ぐっ……」と呻き、こちらへ首を回し、恐らくはすき焼き鍋をチラチラと、心底惜しんでいるのがわかるほど未練がましく見てから、諦めたようにため息を吐いた。

「――わ、わかった……行くよ、行きゃいいんだろ⁉」

見事なほど断腸《だんちょう》の思いを感じさせる亮は、ヤケクソ気味に叫んだ。

それを聞いて華恵が少し考えた様子を見せると、口を開いた。

「ハナ、ユキ、どうやら亮くん、もう行かなきゃならないみたいだし、残ってるお肉、一気に煮ちゃいなさい」

それを聞いて「あっ、そうね」と雪奈が頷き、恵梨花も「うん、わかった」と相槌を打ち、残っている肉をまとめて鍋に入れて煮ていく。そうしている間に、亮の激しくテンションの落ちた声が聞こえてきた。

「――あーそうか、悪かった……はあ……あ、そうだ、静、今車か？　だったら迎えに来てくれねえか？　住所は――」

そこまで言って亮がこちらを振り返る。その意図は明白で、恵梨花は答えようとしたが、亮の顔に驚きが広がって、口を閉ざす。

「――はあ⁉　把握してるしもう向かってるって――いや、今更か」

亮の顔がわかりやすいほど絶望に染まった。

「――うるせえ。じゃあ、えーっと……そうだ着替えだ。車の中で着替えるから持ってきてくれ」

閃いたと言わんばかりのその言葉は、すぐ残念な結果に終わったのが亮の落胆ぶりからわかった。

「――ああ、そう。準備がいいことで……――はいはい、お前が頼りになるやつで助かるよ、ほんと……あーっと、それで、こっちには後どれぐらいで着くんだ？　――早えよ！」

どうやら時間はやはり少ないらしい。

「――あー……わかった。あ、いいか？　安全運転で来いよ？　法定速度超えずにゆっくりな？　いいな？　――とにかく、ゆっくり来い。いいな？」

その念押しの様子から、迎えが来るまでの間に食べられるだけ食べようと思っているのが、考えるまでもなく察せられた。そうして電話が終わったようで、亮は肩を落としながら受話器を元あった位置に戻して、暗い顔で振り返った。

「えーっと、すみません。親父さん、お母さん。仕事が入ったので、今日はもうすぐ失礼します。せっかく、食事用意してくれたのに、途中ですみません」

頭を下げる亮に、父は手を振って答える。

「構わん。迎えが来るまで少しは時間があるのだろう？　それまでの間だけでも食べなさい」

「亮くん、もうこの鍋の中、全部食べていいからね」

亮はもう一度、頭を軽く下げてから席に戻った。

「ねえ、亮にい。さっき電話してた人って、あの日、亮にいと一緒にいた双子の人？」

猛然と食事を再開する亮の邪魔をしないよう、皆が遠慮して声をかけなかった中、我慢できなかったようで美月が聞くと、亮は口をモゴモゴと動かしながら、口を開かず頷きで肯定を返した。

「やっぱりそうだったんですね。あの、亮さん、少しだけ挨拶させてもらってもいいですか」

この雪奈の言葉にも、亮は頷きだけで返す。

「それなら──亮くん、着替える必要があるのなら、車でなく、ここで着替えていったらどう？その間、迎えに来てくれた方には上がってもらって」

そんな華恵の提案に、亮は目を丸くして、少し悩んだ素振《そぶ》りを見せてから遠慮がちに頭を下げた。

「気にしなくていいのよ。じゃあ、上がってもらうわね」

そして亮が頷くと、ピクッと体を揺らし、家の前の通りを見るように首から上だけを回した。

（そういうところが野生動物みたいなんだけどな……）

ここで言っても詮《せん》なきことだろう。亮は口の中のものを呑み込むと、苛立たしげに舌打ちをした。

「くそっ、もう来やがったか」

「あっ、そうなの？　じゃあ、私が出迎えに行くから、亮くんはそのまま食べててちょうだい」

華恵がそう言って席を立つと「私も行こう」と父と、「私も──」と雪奈が続いた。

亮は軽く頭を下げて謝意を示すと、鍋に残っていた僅かな具材を全部掬《すく》い取って、溶き卵につけて口に放り込んだ。

「うーん、流石、亮くん。本当に全部食べちゃった」

「美味かったからな。くそ、本当ならもっとゆっくり食いたかったのに」

「だよね。お腹いっぱいになった？」

「……八分目ってとこか？」

その答えに美月と純貴の頬が引き攣った。そんな二人に構わず、亮は残っていたご飯の上に、すき焼きを食べる時に使っていた溶き卵の残りをぶっかけると、勢いよく掻き込んだ。

「――うっま」

一口飲み下した亮が思わずといったように零した。

「おお、それは確かに美味そうだな、俺も後でやろう」

「ツキもー」

恵梨花は純貴と美月の言葉に相槌を打ち、自分も後でやろうと心に決めて、亮のコップに麦茶を注いだ。

そして亮がカッカッカと箸を鳴らし、全て食べ終えてどんぶりをテーブルに載せ、お茶を飲み干したタイミングで、リビングへの扉が開かれた。

「どうぞ、入ってください」

「はい、失礼します――」

華恵の案内に入ってきたのは、雪奈に聞いていたほど小柄でない女性だった。緩やかにパーマがかけられているアッシュ系のミディアムヘアーが、整った美貌によく映えている。身に纏っている黒のスーツから、そしてそれ以上にその立居振る舞いからは落ち着きを感じさせる。恵梨花の脳裏には『できる大人のお姉さん』という文字が浮かんだ。

「早えよ、静。もっとゆっくり来いって言っただろ」

入ってきた静と目が合った亮がぶっきらぼうに声をかける。

「そうは言っても、若《わか》。ゆっくり来ましたよ。食事は済みましたか？」

「ああ。まあ、一応食い終わったとこだ——巴は？」

「先に一人で向かわせました。食べれたのなら良かったです。では急いでこれに着替えてください」

「ああ、そりゃそうだな……ったく、食い終わったばっかだってのに……」

亮は億劫《おっくう》そうに愚痴りながら立ち上がると、静から差し出された薄長い鞄を受け取った。

「お召し替え、手伝いましょうか？」

「いらねえよ。何言ってんだ、お前は」

呆れたように亮が言うと、ここで初めて静の表情が柔らかく動いた。

「わかってますよ。あ、籠手《こて》も入ってるので、ちゃんとつけてくださいね」

「今つけても暑いだけじゃねえか。後で車の中でつけりゃいいだろ」

「そう言って若、面倒くさがって忘れたままなのが何回おありで？」

「……着替えてくるから待ってろ」

そう言って亮は恵梨花へ目を向ける。恵梨花が着替える場所——廊下の奥の和室に案内しようとしたところで、父が先んじて言った。

「亮くん、こっちだ。和室に案内しよう。お前は早坂さんをもてなしなさい」

「——あ、はい。お願いします」

どうやら父が案内するらしく、亮は父に連れられリビングを出ていった。

その様子を静はどこか微笑ましそうに眺めていた。

「早坂さん、どうぞこちらに座ってくださる？　アイスティーで良かったかしら？　アイスコーヒーだと少し時間がかかるのだけど」

華恵が申し訳なさそうにしながらトレイにアイスティーを載せて、ソファセットへと誘導する。

「どうかお構いなく。若が着替えたらすぐ出ますので。それにこちらこそ、団欒中に、突然電話をかけ、そしてこうして押しかける形になって申し訳ありません」

スッと一礼する静。その姿が非常に様《さま》になっていて、美月が見惚れたように「ほへー」と零している。

「ああ、気にしないでください。こちらは娘が以前大変お世話になったのですから。どうか、頭を上げてください」

華恵の言葉に静は頭を上げると、静かに微笑んで頷き、指し示された位置へとスッと腰かけた。

(なんか……動きの細かいところがなんか梓《あずさ》に似てる気がする……)

梓——鈴木《すずき》梓とは恵梨花の親友の一人である。静の優雅な所作はどことなく梓を彷彿《ほうふつ》とさせた。

所謂、これが『身のこなしが違う』というやつかと、恵梨花は以前亮が言っていたことを思い出して納得した。

「なんか綺麗で格好いい人だね」

ヒソヒソと小声で言ってくる美月に、恵梨花は同意するように頷く。

「ユキ、ハナ、あなた達もこちらにいらっしゃい」

華恵に呼ばれて、玄関で少し話したためだろう、目を赤くした雪奈と恵梨花は一緒に母の元へ歩を進める。美月と純貴も一緒になってついてくる。

「あの、早坂さん。さっきも言いましたが、あの日、助けていただいて本当にありがとうございました」

深々と頭を下げる雪奈に続いて、恵梨花、美月、純貴も口々にお礼の言葉を心から告げて、同じように頭を下げた。

「はい、わかりました。でも、こちらも先ほど言いましたが、私達は若に連れられて少しお手伝いをしたに過ぎません。どうか、これ以上かしこまらないでください。私にはもう十分ですから」

静にどこか落ち着く声音《こわね》でそう言われて、頭を上げる藤本家の一同。

「は、はい――」

雪奈が返事をすると、静はまじまじと雪奈を見てからポンと手を叩いた。

「ああ、思い出しました。確か、若からジャケットを着せてもらっていた方ではないですか？」

「そ、そうです！　覚えてくださってたんですか⁉」

「覚えていたというよりも――印象に残っていた、というのが正しいでしょうか。覚えていたのなら、先ほど対面した時に思い出していたはずですから」

微かに苦笑を浮かべて言う静に、雪奈は「そ、それもそうですね」と照れ臭そうに笑う。

「あのー、お姉さん。いいですか？」

何やらウズウズしている美月が、遠慮がちに声をかけた。

「ふふっ、何ですか？」

「えーっと、あの、亮にいのことを『若』って呼んでるんですか？　『若』って亮にいのことなんですよね？」

皆が気にしていたことをズバリと美月が聞くと、静は「ああ」と頷いた。

「ええ、そうですよ。でも、そうですね、確かに道場とも仕事とも関係ない人からしたら初めて耳にする訳ですか」

「その――じゃあ、道場や仕事に関係のある人は皆、亮にいのこと『若』って呼んでるんですか？」

「そうですね……道場に長くいる人はほとんどがそうといえますね。後は……まちまちでしょうか」

「へえー、何で『若』なんですか？」

「それはやはり、あの道場の跡取りだからというのが一番大きいんでしょうね。もしくは、気づいたら皆がそう呼んでいたから、それに倣《なら》った人も多いでしょう――私もそうですし」

「あ、そっか！　教えてくれてありがとうございます！」

ペコリと美月が頭を下げると、静は微笑ましそうにして頷いて、じっと見ていた恵梨花と目が合うと、どこか納得したように頷いた。

「あなたが……若とお付き合いしている方で合ってますか？」

「あっ、は――はい！　藤本恵梨花と言います。亮くんにはいつもお世話になってます！」

「いえ。こちらこそ若がお世話になっているようで――と言っても私は若の家族ではありませんが」

そう言って、微笑と苦笑を混ぜたような笑みを浮かべる静。

「いえ！　でも、あの――なんか亮くんと早坂さんが話しているのを見た時、亮くんが家族みたいに接しているような、どうしてかわからないけど、そんな印象を受けて……」

恵梨花がそう言うと、静は一瞬だけ目を丸くして驚きを露わにした。すぐに表情を戻した静はまた納得したように頷くと、口に手を当てて呟くように言った。

「なるほど。流石は若と言ったところですか、ご自身で『鞘《さや》』を見つけられていたのですね……道理で最近――」

「えっと、早坂さん？　今なんて言って……」

「ああ、こちらのことです。気になさらないでください。それよりも、あなたには若が本当にお世話になってることがよくわかっただけです――ありがとうございます」

家族でないと言ったのに、そうお礼されて恵梨花は面食らった。

「え、い、いえ。それこそ、こちらこそで――」

まごつく恵梨花に静は優しく微笑むと、雪奈と恵梨花へ交互に目をやって、今度は何やら感心したように頷いた。

「それにしてもこれも本当に……流石は若ってとこですね……」

「えーっと、どうしたんですか、早坂さん？」

自分を見てから言った様子だったことから、気になった雪奈が問いかける。

「ええ、先ほど、あなたのことは印象に残っていたと言ったでしょう？」

「はい……」

「どうして印象に残っていたかと言うと、珍しく若が愚痴っていたんですよね」

「えっと、何を……！　もしかして、ジャケットをずっと借りていたことですか⁉」

血相を変える雪奈に、静は微笑みながら首を横に振る。

「いいえ。ジャケットのことは特に気にしていませんでした。それよりも、ジャケットを着せた方のことを気にしていらしてたんです」

「それは一体どういう……？」

雪奈が戸惑いながら問うと、静は噴き出すのを我慢するような表情になって口に手を当てた。

「ええ、以前のことなんですが、普段はうわばみの若が、本当に珍しく酔って言ってたんですよね、『あの時、ジャケット着せた女の子、すっげー好みだった。どストライクにもほどがあるだろ。連絡先聞いておけばよかったか？　いや、流石にそれはな、いや、でもなー……』と」

声を低くし、口調まで似せて伝えられた言葉に、雪奈の顔がボフっと音が聞こえそうな勢いで赤くなった。そして両手で顔を覆う。

「そ、そんな、亮さんったら……」

「若が好みなどで女性のこと話すのは本当に珍しいもので、それを聞いていた人は全員覚えてると思いますよ。若は酔っていたせいでその時のことは覚えてないようですが」

華恵、純貴、美月がそれぞれ「あらあら……」「ふ、ふーん……？」「はー、なんか惜しかったんだね、ユキ姉も」と三者三様の反応を見せる中、恵梨花はどう反応したものかと、複雑に眉を寄せるだけだ。そんな一同を見て、静は続ける。

「――そんなことを言ってた若が、初めて付き合った方が、その好みどストライクと言っていた方そっくりな妹さんですよ。よく出会い、そして掴まえたものだと、感心するしかありません」

今度は恵梨花が顔を赤くする番で、同じく両手で顔を覆う。

「ど、どちらかと言うと、私が掴まえた――ああ、いえ、忘れてください」

「おや、そうだったのですか……学校では地味に過ごしてると聞いていたのにどうしてと思っていたのですが……なるほど、そういうことでしたか」

「わ、忘れてください――！」

顔を隠したままブンブンと首を横に振る恵梨花を、静は微笑ましそうに眺めていた。

藤本家の恩人と再会できたというのに、気づけばこんな話をしていて、時間もほどほどに経っており、その間に着替え終えただろう亮によってリビングの扉が開かれた。

「着替えた。静、行くぞ――」

そして入ってきた亮に反応して、恵梨花と雪奈が同時に顔を覆っていた両手を下ろし、亮に目を向けると揃って愕然《がくぜん》とした。

亮は静と同じく黒のスーツを身に纏っていたのだが、そのスーツが一目で高級品だとわかるほどの逸品《いっぴん》で、恐らくは亮の体に合わせて一から仕立てられたのだと思えるほど、亮の体に合っていた。

そして、スーツに着られているという感じは全くなく、亮によく似合っており、亮の精悍《せいかん》さ、男ぶり、魅力が一段どころか二段、三段と上がっていた。つまりどういうことかと言うと――

「やだ、格好いぃ――!!」

恵梨花と雪奈が揃って絶叫したのである。

「は……？」

いきなり叫ばれた亮は戸惑って目を白黒させている。

「ちょ、ちょっと、亮くん、何それ⁉　ああ、待って写真写真！　私のスマホどこ――⁉」

「あ、あの亮さん、お願いですから、一枚だけ写真を――！　そ、それで出来たらでいいんですけど、あの一緒に――！」

恵梨花と雪奈の混乱ぶりはすごいもので、客人がいることを完全に忘れている騒ぎっぷりである。

華恵は微笑ましくしつつもどこか引き攣ったような顔をして、父は呆れたようにため息を吐き、純貴はひたすら無念そうで、美月は「いや、確かに格好いいけど……」と、姉二人に引いている。

この中で一番落ち着いているのは「そうでしょう、そうでしょう」と頷いている静だけだった。

「ちょ、ちょっと、亮くん、そこ立って！　はい、チーズ！　もう！　変な顔しないの！　あ、ユキ姉、一緒に並ぶからシャッター押して⁉」

「ええ！　その後、私も撮りたいなー、いい、ハナ？」

短い時間であったが、忙しなく恵梨花と雪奈は亮を撮りまくって、ツーショットも撮った。

そうしてひとしきり撮って満足し汗を拭った二人は、そこで我に返った。どこか疲れたようにげっそりして「もういいか……？」と聞いてくる亮と呆れた目を向けてくる家族に、ニコニコとご機嫌な静。

そっくり姉妹は揃って真っ赤になると、静かに頭を下げて縮こまって、亮の後ろに隠れた。

「あー、えっと……親父さん、お母さん、今日はご馳走さまでした、本当に美味かったです。急ですが、今日はこれで失礼します」

そして亮が一礼すると、父は華恵の隣に並んで応えた。

「うむ。出来るなら、もっとゆっくりしてもらいたかったところだが、仕方あるまい。また、いつでも来なさい……ああ、社交辞令として言ってる訳ではない。本当に遠慮せず来て、また食べていきなさい。仕事のことは大体察したが……家業としてやってるなら、私がどうこう言えるものでもないだろう。色々と、気をつけてな」

「ええ。この人が言った通り、本当にいつでも来てくれていいからね、亮くん。なんなら仕事が終わって、明日の朝、直接ここに来て、朝ご飯なり、昼ご飯なり食べて行ってもいいんですからね。なんか高校生らしくない仕事に行くみたいだけど……気をつけて行ってらっしゃい」

二人の真心のこもった言葉に、亮は無言で深々と頭を下げることで返すと、頭を上げて純貴と美月に声をかけた。

「それじゃあ、兄《あに》さん、また――ああ、例のブツはまた今度頼みます。ツキ、またな」

二人の間には、純貴が亮への詫びとして、恵梨花のベストショットコレクションを見せるという取り決めがされている。

純貴はサムズアップして「うむ、仕方ない。今度来た時な。気をつけるんだぞ」と返し、美月は「またすぐ来て遊んでね、亮にいー」と小さく手を振った。

亮は二人に穏やかな笑みを見せて頷くと、「行くぞ、静」と静へ声をかけた。

「はい」

スッと立ち上がった静はそのまま亮へ向かって足を進める。そして亮が踵《きびす》を返してリビングを出ると、恵梨花と雪奈は玄関で見送るという意味もあって静かに後に続こうとした。が、すぐに雪奈がハッとなってリビングに戻る。

「あ！　ちょ、ちょっと待っててください、亮さん――！」

パタパタと走って、リビングに戻る雪奈に亮と恵梨花は首を傾げ、玄関に向かう。

そして亮がこれまた静が用意したらしい靴を履いていると、雪奈が紙袋を持ってやってきた。

「あの、亮さん、これを――」

「ああ、それか……」

ジャケットの入った袋を亮が受け取ると、静が小首を傾げた。

「何ですか、それは？」

「親父のあのジャケットだよ」

言いながら、袋の口を広げて中を見せる。

「おや、これは――ああ、懐かしいですね……これ返してもらうのですか？　でも、これ――」

静が何か言いかけたのを亮は手で口を押さえて止めると、紙袋を雪奈に差し返した。

「ユキ、やるよ、こいつは」

雪奈は目を丸くしながら「え、どうして――」と戸惑いながら受け取った。

「俺にはもう必要ないからな」

「そ、そうですか――」

亮の言葉に、雪奈が残念そうに俯くと、亮が苦笑して首を横に振った。

「勘違いするな。必要がないってだけで、それがいらねえって訳じゃねえ」

「それはどういう――？」

雪奈が問うと、亮は何か言い辛そうな顔になって、頭をガシガシと掻いた。

「そのジャケットは元々は親父が仕事に行く時に使ってたものでな、親父が亡くなってから俺用にサイズを詰めたものなんだ」

「そ、それなら余計に――」

雪奈の言葉を遮って、亮は続けて口を開く。

「問題は何故一々そんなことをしたかってことだ――親父が亡くなってから、俺はけっこう無理言って親父の仕事を引き継いでな。で、現場に出たら、こんな若造がか？　って舐《な》められた。まあ、実際中坊のガキだから、そう言われるのも仕方ねえ。けど、それを言ってくるやつに限って俺が片腕で倒せるようなやつばかりでな。実際に力を見せる機会さえ来れば見返してやろうと思ってたんだが、中々その機会が来ねえ。それで、それまでの間舐められっぱなしってのもつまらねえ。だから、親父が着てた服を着て親父の貫目《かんめ》を借りようと思ったのさ」

言って、亮は雪奈の胸に埋まる紙袋に目をやり、続ける。

「丈を詰めるのが終わっていざ着て行けば、あの日で、すぐユキに渡った。結局そのジャケットを着て仕事に行くことはなかったが、シルバーを潰したその日に仕事で活躍できて、見返せたんだ……だから結果的に言えば、俺にそのジャケットは必要なかった訳だ」

亮が必要ないと言った言葉の意味がわかって、雪奈がハッとして亮は頷いた。

「後になってそれがわかった時、なんか親父から『甘ったれんな』って言われてる気がしてな。それならあの時の女の子の役に立ってよかった、って思ってたんだが……本当にユキの役に立ってたみたいだな。恵梨花から聞いたぜ？　着る訳でなく、それを持ち歩いてたってな」

「は――はい。このジャケットには本当に、励《はげ》まされて――」

雪奈がそう言うのを、亮は苦笑を浮かべ頷いて受け止める。

「そうか、それならやっぱりそのジャケットは、俺に力を貸すジャケットじゃなく、ユキ、あんたを守るジャケット――ユキのジャケットなんだろう。だから……やるよ、それは」

そう言って優しく微笑んだ亮を、雪奈は呆然と見上げる。次第にその目の端に雫がたまっていく。

「まあ、でも、ユキも必要ねえ、いらねえってなって、俺に返されてもタンスの肥やしになるだけだしな……ははっ、さっきはいらねえ訳じゃねえって言ったが、俺にはやっぱりいらねえな。ユキもいらねえなら、適当に処分しといてくれ」

その言葉をそのまま受け止める者は、この場には一人もいなかった。

雪奈はクシャリと顔を歪め、大きな涙を零すと、ジャケットの入った紙袋を強く抱きしめた。

「あ、ありがとうございます――！」

「いいさ、親父も俺のところにいるより、美女の傍《そば》にいさせろって言うはずだ」

「ふふっ、師範なら確かにそう言いそうですね……」

静が場の空気を明るくするように、口を挟んだ。

「な、親父ならそう言うよな？」

「ええ」

亮と静がそう言って笑い合うのを見て、恵梨花もつられて微笑み、遅れて雪奈が鼻を鳴らしてクスリと零した。

「グスッ……あの、亮さん。最後に一つだけ、お願いがあるのですが……厚かましいのは重々承知なんですけど」

「別に最後にしなくても、俺に出来ることなら聞くよ。何だ？」

「はい、あの――このジャケットをそのスーツと替えて着た姿をもう一度だけ見せてくれませんか？」

亮は目を丸くした後、面白そうに笑って快諾した。

「いいぜ――静、ちょっとこれ持ってろ」

亮は今着ているスーツを脱いで静に渡すと、雪奈から緑のジャケットを受け取って羽織った。

その姿を見て、恵梨花は気づいた。さっきまで着ていたスーツが完全に亮の体に合っていたからこそ気づけたことだ。

(ちょっと、小さい……？)

ただ着るだけなら、大した問題ではないだろう。だが、亮がこれを着て仕事を、家族が予想しているような仕事をしているのなら、少し小さいジャケットは亮の仕事を致命的な形で阻害《そがい》してしまうのではないだろうか。

(そっか、早坂さんがさっき言いかけたのはこれだったんだ。亮くんには、その意味でも必要ないってことを――)

亮がわざわざそれを止めた理由も何となくわかる。

(もう、本当に優しいんだから――!)

恵梨花は複雑な感情になりそうだったが、それでも亮の優しさをまた知れたことが嬉しかった。

亮が雪奈に目を向けると、雪奈は渇望《かつぼう》していたものを見れたような感無量《かんむりょう》な様子で、亮の全身を見ていた。

「あ、ありがとうございます――!」

雪奈が涙を堪えながら告げると、亮は大げさなと言わんばかりに苦笑し、そして何かに気づいたような顔になると、悪戯っぽく笑って、雪奈の頭にポンっと手を置いた。

「もう大丈夫だ――な?」

雪奈は呆然として亮を見上げると、再び涙腺を決壊させて、これでもかと強く頷いた。

「は、はい――!!」

すると亮は照れ臭そうに笑ってからジャケットを脱いで着替えた。

「じゃあ、恵梨花、ユキ、行ってくるな」

「あ、玄関の外まで送ろうと思ってるんだけど……」

「いや、もう外暗いし、ここでいいだろ――じゃあ、また月曜にな」

「あーやっぱり、明日には終わらない感じ?」

「多分な」

「そっか……時間があったら、RINEでメッセージ送って欲しいな?」

「あー、おう、わかった。それじゃあ──」

亮が言いかけたところで、静が口を挟んだ。

「若、行ってらっしゃいのキスをもらわないで行くつもりですか？」

「──!? す、する訳ねえだろ、何言ってんだ!?」

「そうですか……なんなら私は背を向けて──いえ、先に出てますね。お邪魔しました」

そう言って、返事も聞かずに静は本当に出ていき、後に残された亮、恵梨花、雪奈の三人に気まずい沈黙が降りる。

「えーっと、私、リビングに戻ってるね」

「ちょ、ちょっと、ユキ姉──!?」

止める間もなく、雪奈はリビングに戻った。そして、亮と恵梨花の目が合うと、二人は気恥ずかしげに目を彷徨《さまよ》わせた末に、恵梨花が一歩前に出ると、亮も同時に一歩近寄ってきたのである。

途端に二人して軽く噴き出したが、そのままお互いに顔を寄せ合って、自然と唇を重ねる。

「──ふふっ。行ってらっしゃい」

離れて恵梨花が顔を真っ赤にしてはにかみながら告げると、亮も照れ臭そうに真っ赤になって応える。

「ああ──行ってきます」

第三章　かき氷屋にて

「……？　いつもより多くない？　お弁当の量……いえ、やっぱり多いわね」

　机の上に広がっていく弁当の量を見て、梓が指摘しつつ断定してきたのに対し、恵梨花はそっと苦笑を浮かべる。亮の藤本家初訪問から明けての月曜日、今は昼休みである。

今日は亮プラス三人娘——恵梨花とその親友の梓、咲の四人でお昼を食べようということになった訳だが、六月も下旬に差しかかった今、外は炎天下であり、とても屋上で食事なんて出来ない。

　どうするかと考える間もなく、梓が鍵《かぎ》を持ってきて、ある部屋に入った。その部屋は今は使われてないらしい何かの準備室らしく、こぢんまりとしているが四人で過ごすに不足のない場所だった。

　窓を全開にしていると、多少は風も通って過ごしやすく、誰の反対もなく、ここで昼食を取ることとなった。

　そして四人で囲むのにちょうど良い机もあり、亮から鞄を受け取った恵梨花が、その上に中身を広げていくと、以前と違う量に梓が目敏《めざと》く気づいて、指摘が入ったという訳である。

「昨日の夜にお弁当の準備してたらね、ツキがその量だと——いつもの量だと亮くんに足りないんじゃないかって言ってきたの」

恵梨花が答えると、梓は少し考えてから言った。

「亮くん、あなた土曜の一日しか恵梨花の家に行ってないにもかかわらず、あのツキちゃんにそんなところを気付かれるなんて、一体恵梨花の家でどんな食べっぷりを披露《ひろう》したのかしら？」

「……すき焼きだったんだ、仕方ねえだろ」

「何がどう仕方ないのかわからないけど、まあ、おおよそは理解したわ」

肩を竦める梓に、亮は何か言い返そうかと思ったが、無意味さを悟って口を閉ざした。

「それで、ツキちゃんに言われたから量を増やしたの？　大変だったんじゃない？」

「あ、ううん。お母さんとユキ姉が、私が何か言う前から一緒に手伝い始めてくれて……」

恵梨花の答えに梓は目をパチパチと瞬かせる。

「へー、予想はしてたけど、亮くん、君、相当気に入られてきたみたいね」

「……まあ、否定はできんな」

実際、考えるまでもなく梓の言う通りなのだろう。

雪奈はともかくとして、華恵も強く親愛を示してくれている。感謝せずにはいられない。

「うん、本当にね。ユキ姉はともかく、昨日なんてお母さん、亮くんは今日は来ないの、ご飯食べに来ないの、なんて聞いてきたぐらいだったし」

「土曜日に来たのに、その次の日の日曜にそう言われるなんて、よっぽどね……」

「うん。どころか、なんかお母さん、亮くんのこと自分の息子目線で見てる気がするんだよね……私が見た感じだと」

恵梨花が複雑そうな顔でそう言うのを聞いて、梓と咲が目を丸くした。

「あらあら、それはもう亮くんを義理の息子として見てるのと一緒じゃない。もう親公認のカップルどころか、娘の婚約者として見てると言っても過言じゃないってことね。ねえ、咲」

まったくその通りだと言わんばかりに強く頷く咲。

「ちょ、ちょっと、婚約者って――!?」

「あら、違うの？　いずれはそうなるんじゃないの？　恵梨花の中では違うの？」

梓がニヤニヤとからかうように――否、間違いなくからかいの意図で言う。

「ち、違う訳ないで――あっ……」

隣で赤くした顔を背け目を逸らしている亮に気づいて、恵梨花はボフっと音が聞こえそうな勢いで真っ赤になると、口を閉ざして浮かしかけていた腰を落とした。

「オ、オホンッ――じゃ、じゃあ、食べよっか、亮くん」

「あ、ああ。そうだな――いただきます」

そして赤くした顔で食べ始める二人をニマニマと眺めながら、梓と咲も食事を始めたのである。

「それにしても、本当にすごい量ね……特におにぎりが増えたのかしら？」

食べ始めて改めて広げられた弁当の全容を見て、梓が呆れたように言う。

「ああ、うん。朝にユキ姉がいっぱい握ってくれて」

「ユキさんがね……まあ、無理もないか」

梓のその言葉に、どうやら雪奈の事情を知っているようだと亮はわかった。

（恵梨花から聞いたか、自分で気づいたか……いや、この女のことだから自分で気づいたか）

そう当たりをつけた亮だが、わざわざ掘り下げる気はない。

亮は口の中の漬物とおにぎりを呑み込んでから聞いた。

「梓も咲も恵梨花の家に行ったことあるのは聞いたが、全員とも顔合わせたのか？」

「ええ。泊まりに行ったし、ねえ、咲」

「……ツキちゃんとゲームした」

「そう言えば、二人で長いことやってたね。懐かしい」

「恵梨花の家といえば、亮くん、お兄さんの純貴さんとは上手くやれそうなの？」

梓の疑問に、亮は恵梨花と同時に苦笑を浮かべた。

「なんとか、まあ、落ち着いたんじゃねえか？」

「そう。よかったじゃない」

「……あんたと兄《あに》さんって……いや、やっぱりいい」

亮はふと思った。梓と純貴の組み合わせは実はかなり相性いいのでは？　と。もちろん、男女間の組み合わせとしてではない。愛でる対象が同じという意味でだ。

それを聞こうと思ったが、なんだか藪蛇《やぶへび》になりそうな気がしてやめた亮である。

「何よ、途中でやめるなんて……ああ、一つ言っておくと、あたしと純貴さんは、けっこう密に連絡を取り合ってるわよ」

「ええ!?　何で――!?」

やはりか、と亮が思った横では、恵梨花が驚きの声を上げている。

「何で、って……そんなの恵梨花の情報交換に決まってるじゃない」

「な、何それ⁉　何の情報交換してるのよ⁉」

「主に、恵梨花の写真と学校での恵梨花のこと、ね」

「何してくれてんの、梓⁉」

「仕方ないじゃない、恵梨花の自宅での可愛い写真が欲しいんだもの」

「何が仕方ないのよ⁉　道理で妙にお兄ちゃんが私の学校での写真持ってるかと思ったら……！」

恵梨花が頭を抱えて項垂れている。

「心配しなくても、恵梨花が嫌がりそうなのは送ってないわよ」

「当たり前じゃない⁉」

「もう、そんなに心配しなくても大丈夫よ。あたしの方がイニシアチブはとってるし、それにあたしが高校での恵梨花の写真を送ることによって、純貴さんのある意味ガス抜きになってるところもあるだろうし、悪いことだけじゃないわよ」

「突っ込みどころが……！　そ、それでガス抜きってどういう意味……？」

「ほら、あたしが学校での恵梨花のことや写真を送ることによって、家にいる時の恵梨花に根掘り葉掘り聞くの減ったんじゃない？」

「……そ、そう言えば中学の時より減ったような気も……」

「それに恵梨花が亮くんと付き合った時なんかも、純貴さん、恵梨花にあれこれ聞いたり、強く何か言ってきたりもなかったんじゃない？」

「あ！　そ、それ不思議に思ってたんだけど……」

「ふっふ、あたしが言っておいたのよ。付き合いたての女の子にうるさく言ったり聞いたりすると、余計燃え上がるから干渉しない方がいいってね。特に恵梨花はその傾向が強いからってもね」

「そ、そうだったんだ――!?　ありがとう、梓!!」

「ううん、わかってくれたらいいのよ、恵梨花」

　恵梨花が目を輝かせて梓に感謝の意を送っているが、結局は梓、純貴、恵梨花の三者間の中で最大に利益を上げ、さらにはデメリットもないのは梓だけではないだろうかと聞いていて思った。

　それに微妙に論点もすり替わっている気がしないでもない。

（げに恐ろしきはこの腹黒女――と）

　元よりそのつもりはないが、改めて敵に回さないよう亮は決心した。

「亮くんも、純貴さんと仲良くなれるならなっていた方がいいわよ？」

「ああ、そのつもりだ」

（恵梨花のベストショットコレクションだってまだ見せてもらってないしな……）

　亮が素知らぬ顔でそんなことを考えていると、恵梨花がジト目を向けてきた。

「亮くん？　何か変なこと考えてない？」

「俺が？　ははっ、まさか。そんなことある訳ないだろ？」

「むう……怪しい」

正直なところ、そんな風に睨まれても可愛いだけだ。

今日の恵梨花は珍しく制服姿でサイドポニーをしている。私服の時や体操服の時では何度か見たことがあるのだが、制服では初めてのことで、新鮮なせいか率直に言って可愛くて堪らない。

(見慣れたと思ってる制服まで、より可愛く見えるから不思議で仕方ねえ)

朝、今日は何故その髪型なのか聞いてみたら「こっちの方が涼しいから」との返答があり、しばらくこの姿を楽しめると思って朝からテンションが上がってしまった亮である。

「もう……お兄ちゃんと変なことしないでよね」

「もちろんだ」

亮にとって恵梨花の可愛い写真を見せてもらうことは変なことではない。むしろ必須事項と言っても過言ではなく、だから決して嘘を吐いている訳ではないのだ。

「ふふふ、どうやら、最大難関だった純貴さんとも上手くやっていけそうみたいね。よかったじゃない、おめでとう」

「……おめでとう」

梓が祝福してくると、咲も一緒になって言ってきた。ビシっとしたサムズアップつきでだ。

「……ありがとよ」

「それと……ツキちゃんのせいで色々騒がしくなったらしいけど、そっちも大丈夫？　怒ったりしてない？」

「ああ、問題ねえよ」

「そう。ならよかったわ。可愛いでしょ、ツキちゃん？」

特に含んだ感じもなく聞かれたので、亮は素直に頷いた。

「そうだな、可愛いな。正直なところ、兄《あに》さんがああなるのも無理ねえなと思っちまった」

『ああ』とは、もちろんシスコンのことで、この亮の言い分に梓は噴き出し気味に苦笑した。

「うーん、確かに亮くん、よくツキに構ってるなって思ったけど、そんなに気に入ってたんだ？」

「まあなあ、反応面白いし、妹がいればこんな感じなんかなって思ったな」

「ツキも亮くんにすごい懐いてたしねえ、その辺でもお兄ちゃんは嫉妬してくるから気をつけてね」

「……それはまったく考えてなかったが、確かにそうなるのか……」

亮としては美月が傍にいたら構いたくなると思うのだが、何も考えずに構っていると純貴の嫉妬を買ってしまう。因果なものだと亮はため息を吐いた。

「ツキちゃん、そんなに亮くんに懐いてるの？」

「うん。ご飯食べる時なんか、亮くんの隣の、私の席からなかなか動こうとしなくって」

「それはまた……まあ、無理もないわね」

苦笑しつつ肩を竦める梓に、恵梨花と咲も一緒に笑っている。

何故そこで一緒に笑ってるのか亮にはよくわからず、不思議に思いながらおにぎりを頬張った。

「それで……そうね、ユキさんはどうだったのかしら？」

梓がそうやって濁しながら聞いてきて、恵梨花が苦笑するように眉を寄せた。

「梓、わかってるならもういいよ。梓にいつまでも気づかれないなんてそう思ってなかったし……

ありがとう」

「んん——そう」

「あ、でも、未遂《みすい》で亮くんに助けられたってことはわかっておいてね」

恵梨花がそう言うと、梓は心底ホッとしたように息を吐いた。

「そう。良かったわ」

「うん。まあ、だからね？　亮くんと会って亮くんにお礼した訳なんだけど……それからは——うん、まあ、うん……」

目をひたすら泳がせながらの恵梨花の言葉に、梓は目をパチパチとさせた。

「一体どうしたのよ——ああ、そういう……なるほど。亮くん？　ユキさんとも上手くやってけそうなのかしら？」

少し面白がるように聞く梓に、亮も目を泳がせた。

「まあ……そう、だな。いや、人柄とか色々非常に好ましく思ってるが——うん、まあ、うん……」

狙った訳でもなく、恵梨花と似たような声を返して、堪らないように梓と咲が噴き出した。

「ふふっ、ユキさん、恵梨花とそっくりだから、君も色々困っちゃったんじゃない？」

「！　わかってくれるか!?」

「ええ。予想がつくわよ。恵梨花に似てるから、どうしたって目が引かれたりする訳でしょ？　恵梨花に日々まいっていってる君からしたら、どうしたって抵抗できないんでしょ？」

「ゴ、ゴホンッ——ま、まあ、否定はしないがな……どうしたもんかと思ってる部分もあってだな」

俯いて顔を赤くする恵梨花を横目に、同じく亮は顔を赤くした。

「ふふ。まあ、真面目に返事してあげると、時間かけてお互いに適切な距離を探していくしかないでしょうね」

「……やっぱりそれしかないか？」

「ええ。急《せ》いてはことを仕損じる、とまでは言わないけど、この場合は性急にことを動かそうなんて思わない方がいいわ」

「……そうか、ありがとよ」

「どういたしまして。それにしても、ここ、風通ってもやっぱり暑いわね」

梓は言いながら自分に向けて手をパタパタと扇いだ。

「うん、屋上よりはマシだけどさ」

恵梨花が同意すると、咲も首を縦に振った。

「こう暑いと……ねえ！　今日かき氷食べて帰らない⁉」

恵梨花がいいことを思いついたと言わんばかりに提案すると、梓と咲は名案だと頷いた。

「いいわね。どこの食べに行く？」

梓がそう言うと、三人はスマホを取り出してワイワイとはしゃぎながら調べだした。

その間、亮は黙々とお弁当を食べ進める。ペロリと完食したところで、行く店が決まったようだ。

「――うん、じゃあ、ここ寄って帰ろ！」

「ええ。近いし、いいんじゃないかしら」

「亮くんも、ここでいい!?」

恵梨花がスマホの画面を見せながら聞いてくる。

「……やっぱり俺も行くことになってんだな。いや、構わねえけど」

「あ、ごめん！　かき氷嫌いじゃない？」

「嫌いなやつなんて、そういねえだろ」

「よかった！　じゃあ、ここ寄って帰ろうね！」

「ああ」

亮は暑かったことと、かき氷で頭がいっぱいになっていたために、ろくに考えずに返事をした。


「……やっぱり目立つよな……」

目の前の三人娘が学校一の有名人で最も注目を浴びる女の子達ということを、最近の亮はどうも忘れがちだ。放課後になり、向かった店に着いて注文を終えてから亮はボヤいた。

「まだ言ってんの？　大体、先週ラーメン食べに行った時も同じこと言ってたじゃない。いい加減諦めなさいよ」

そう、先週はこの面子《めんつ》に乃恵美《のえみ》――岩崎《いわさき》乃恵美、一年上の先輩だ――までプラスして学校帰りにラーメンを食べに行って、その道中も非常に注目を集めたのだ。その時の亮はラーメン腹になっていたため注意が散漫《さんまん》で、気にならなかったが、食べ終えてから自分の迂闊《うかつ》な行動に気づき、後悔していた。

今日も向かう途中で散々注目を集めてから、亮は自分のうっかり具合に呆れた。

「それに、君がどんなに目立たないようにしようと、恵梨花と一緒にいる時点で無駄なことよ。諦めて割り切った方が楽よ？」

遠慮のない梓の言葉に、亮は「ぐぬぬ」と唸る。亮もわかっているのだが、高校に入学してからの努力――大した努力ではないが――が無駄になると思うとやるせなくなるのだ。

「もう、いいじゃない、亮くん。これからかき氷を美味しく食べるって時に、そんなこと悩んだって仕方ないでしょ？」

これに関しては励ます気が一切ない恵梨花の言葉に、亮はため息を吐いた。

実際、ここで愚痴っても亮に味方してくれる者などいないのだから、言っても仕方ないのは確かだ。

気を取り直して、亮は店内を見回した。店はこぢんまりとしていて、ウッド調で統一された店内はログハウスを思わせる。この店は何でも冬でもやっているらしいかき氷専門店だとか。帰り道から離れているが、少し歩くだけで済む距離だった。

「店内だけど暑いな、ここ」

引かない汗を拭いながら亮が言うと、恵梨花が相槌を打った。

「やっぱりかき氷がメインの店だからじゃない？」

「ああ、考えてみればそうだな。冷房利いてるとこで食っても、いまいち美味いと思ったことねえし」

「あら、君でもそういった風情《ふぜい》があること言うのね。君なら冷房が利いてる店でも喜んで食べるイメージがあるのだけど」

「いや、確か冷房が利いても食うには食うが……なんだ、かき氷食って一番美味いって思うのは、やっぱり夏祭りで屋台なんか見て歩き回って、それで暑くなって喉渇《かわ》いた時に食うのが一番美味いだろ。それに比べて、ずっと冷房効いた室内にいて、そこから暑いと感じることもなくかき氷出てきても格別美味いと思ったことねえな、それが祭りの中で食うものより余程上等な材料を使ってるのがわかってても」

三人娘が納得と感心が織り交ざった顔で頷いている。

「意外に風流を重んじてるのかしら、君」

「そう言うほどのもんじゃねえよ。かき氷に限った話かもしれねえぜ？　こたつで食うアイスも美味いと思うしな」

亮がそう言って笑いかけると、それは確かに美味しいと笑う三人娘。

そんな感じで雑談すること数分、四人のかき氷が運ばれてきた。

この店は専門店なだけあって見慣れないメニューが多く、亮はパッと目についたまだ馴染《なじ》みを感じる『白玉入り宇治ミルク金時』を頼んだ。

恵梨花は悩んだ末に『はちみつレモンクリーム』、梓は『タピオカミルクティー』だ。咲はオーソドックスな『いちごミルク』なのだが、出てきたのを見てみると載っているイチゴがジャムなのか、それっぽい蜜が添えられて、想像していたよりずっと豪華だった。そして、どのかき氷もなかなかの大きさだった。

「美味しそー！」

恵梨花が目を輝かせて「いただきます」と手を合わせると、他三人も倣う。

皆スプーンを手にして、早速一口食べる。

「んー、美味しい！」

恵梨花が全身で表現するように体を震わせ笑顔で言うと、梓、咲も笑顔で相槌を打つ。

そして三人娘がそれぞれのを一口ずつ交換するようにスプーンを二人に向け、向けられ感想を言い合っている。この三人がそうやって笑顔でハシャいでいる姿の麗《うるわ》しさときたら相乗効果が凄まじく、亮はスプーンを口に入れたまま少し見惚れてしまった。

「ねえ、君のも一口もらっていい？　こっちもあげるから」

そう言って梓は咲と共に、自分のかき氷を亮の方へと近づける。

「あ、ああ、いいぜ——ほら」

亮も同じように自分のかき氷を向かいに座っている梓と咲へ寄せてから、彼女達のを一口ずつもらう。亮からしたら一番見慣れないメニューである、梓の『タピオカミルクティー』は、タピオカの食感が心地好く、かかっているミルクティーっぽいソースは程よい甘さで口の中に豊かな香りが広がって、思っていた以上に美味かった。咲の『いちごミルク』は予想したほど甘くなく、ちょうどいい甘さで、こちらも美味かった。

「あ、これも美味しいわね。抹茶の風味が思ったよりして、いい感じね」

梓の感想に、咲がコクコクと相槌を打っている。

「亮くん、こっちも食べてみて、はい——」

恵梨花は隣に座っているということもあって、スプーンに載せて運んできたので、亮はそれを口で受け止める。はちみつレモンだけあって、酸味のある甘さで、亮の口には分けてもらった三つの中ではこれが一番口に合った気がした。

「ふふっ、美味しい？」

「ん、美味いな。クリームってソフトクリームのか」

唇についたクリームを舐めながら亮が感想を述べると「ね、美味しいよね！」と恵梨花が強く首を縦に振る。亮が注文したのも含めて、全てのかき氷の氷がフワっとしていて、食感がよく食べやすくて、流石は専門店といえた。

「亮くんのも一口もらっていい？」

そう言って、恵梨花が口を開けてくるので、亮は手元に返ってきたかき氷を一口掬って、してもらったのと同じように恵梨花の口に運んでやる。

「んー抹茶もだけど、やっぱり白玉って美味しいよね」

ニコニコと超ご機嫌な恵梨花を見ていると、亮の頬が自然と緩んでくる。

そんな二人にニマニマと生暖かい視線を投げかける、向かいに座る梓と咲。

「堂々と人前で二人して食べさせ合いっこしてるなんて、一ヶ月前と比べて随分と親密になったものねえ、ねえ、咲？」

「……初々《ういうい》しさが減って少し残念」

首を横に振りつつ、ため息交じりに言った咲に、梓が噴き出しそうになって顔を背けて肩を震わせている。亮と恵梨花は二人してハッとすると、顔を赤くしてから、何も聞かなかったと言わんばかりに、目の前のかき氷に集中した。

そんな二人をニヤニヤと見つつ、梓と咲も自分のかき氷を食べ進める。

「……そう言えば、あたし二人に聞きたいことがあったのよね」

少しして何気ないように梓が言ってきて、亮と恵梨花が目を上げる。

「恵梨花がはちみつレモン頼んだの見て思い出したわ。二人ともそれ口にしたとこだし、ちょうどよかったといえるかもしれないわね」

亮と恵梨花は揃って恵梨花の手元のかき氷を見て、そして再び梓に視線を向ける。

何か嫌な予感がしたのは亮だけでなく、恵梨花も、のようだった。

「……何だ？」

「えーっと、何、梓？」

二人して警戒気味に尋ねると、梓は苦笑気味に首を横に振って、自然に聞いてきた。

「もう、そんな大したことじゃないのよ――そう、ファーストキスって本当にレモンの味なのって経験した二人に聞きたいだけなのよ」

「ぶふっ――」

亮と恵梨花は同時に二人して顔を背けながら噴いた。

警戒していたが故に二人とも口の中に何も入れてなかったのが幸いした。

「な、な、な、何で――!?」

恵梨花が顔を真っ赤にして、口をパクパクとさせている。

その様子から恵梨花はそのことは言ってなかったのだとわかる。それならどうして梓は知っているのか。亮は警戒を解かないままに梓を見据える――恵梨花と同じく顔を真っ赤にしながら。

「うん？　あら、どうしたのかしら？　二人とも顔を赤くして。それより、答えを聞かせてもらえないかしら、この――」

そう言って梓はスマホを操作すると、とある画像を二人に突きつけて言ったのである。

「ファーストキスの時の味を教えてもらいたいのだけど」

亮と恵梨花は突きつけられた画像を目にして、揃って絶叫した。

「はあああああ!?」

「何でえええ!?」

梓のスマホに写し出されていたその画像は、薄い朝陽を背に唇を重ねている亮と恵梨花。そう、泉座での二人のファーストキスの瞬間の写真であったのだ。

「ちょ――何撮ってやがる!?　ふざけんな、この腹黒女!?」

亮がさらに顔を赤くして声を荒らげると、梓の眼鏡が怪しく光ったように見えた。

「ふざける――？　それはあたしのこと？　聞き逃せないわね、ふざけてるのは一体どちらかしら」

静かにただならぬ気配を感じさせる梓に、亮と恵梨花は思わず口を閉じた。

「亮くん？　あたしは言ったはずよね……？」

「な、何がだ……？」

つい気圧《けお》されてしまった亮が問い返すと、梓はギロリと亮を睨んだ。

「恵梨花のファーストキスは何が何でも写真に収めるって言ってたでしょう⁉　何、あたしに黙ってキスしようとしてたのよ⁉　危うく撮り損ねるとこだったじゃない⁉」

「何言ってんだ、あんたは⁉」

亮は大声で突っ込むが、梓はどこ吹く風と淡々と続ける。

「本当に危ないとこだったわ……夜中に目が覚めると、隣にいた恵梨花がいなくて、ふっと嫌な予感がしたのよね。だから慌てて咲を起こして、直感に任せるままに走って屋上に辿り着くと、君が恵梨花の頬に手を当てていて――」

「どんな直感して、どんなタイミングで来てんだよ⁉」

「本当に間一髪《かんいっぱつ》だったわ、咲には動画を任せて、あたしはひたすらシャッターを押して――」

「いや、おま、本当何やってんだよ⁉　それに動画だと⁉」

亮が咲に目を向けると、咲はかき氷を頬張りながら頷いてサムズアップを返してきた。気づいたら立ち上がっていた亮は、これは本当に撮られていたようだと、脱力しながら腰を落とした。

「いやいや、いくら何でもこれは完全な盗撮《とうさつ》じゃねえか、もちろん消すよな？」

亮が駄目元で言ってみるも、梓は有り得ないと言わんばかりに首を横に振る。

「何言ってんの、あたしと恵梨花の間にそんな法は成り立たないわ」

「……いや、俺は？」

亮が力なく聞くも、梓はふっと鼻で笑うだけだ。

「この写真はあくまでも恵梨花が主体であって、君じゃないの——おわかり？」

道理が滅茶苦茶であるが、梓が消すことは絶対にないということだけは理解して亮は項垂れた。

「りょ、亮くん……」

恵梨花が亮を気遣おうとするも、画像へチラチラと目をやっている。亮の気のせいでなければ、どこか物欲しそうな目をしている気がする。

「おい、恵梨花、まさか——」

「え？　な、何？　亮くん？」

顔を赤くし、目を泳がしている恵梨花に、亮は恐る恐る聞いた。

「恵梨花、まさか、その写真が欲しいだなんて……言わねえよ、な——？」

「そ、そんな、こと、は……」

消え入りそうな声が言葉とは反対の意を示していて、亮が絶望を露わにすると、恵梨花が慌てたように手をバタバタと動かす。

「だ、だって、初めての時の写真だし、き、記念だし……」

言いながらチラッと写真に目をやる恵梨花に、亮は頭を抱えた。

「ふっふっふ、恵梨花はどうやらこの写真が欲しいみたいだけど、君はそれでもこれをこの世から消すべきだと……？」

勝ち誇ってそう言う梓に、亮は頭を抱えた体勢のまましばし固まった後、力なく答えた。

「……好きにしろ……けど、他人に見せたりなんてするなよ」

「ええ、勿論。他の人になんて見せるようなもったいない真似しないと約束するわ」

それを聞いて、亮は安堵の息を吐きながら顔を上げると、ヤケクソ気味にかき氷を頬張った。

「あ、梓、えっと、その写真なんだけど……」

恵梨花が亮を気にしつつ、赤らめた顔で画像に目をやりながら梓に声をかける。

「ええ、ええ、恵梨花。欲しいなら、ちゃんと恵梨花にも送ってあげるわよ」

鷹揚《おうよう》に頷きながら返ってきた言葉に、恵梨花がホッと笑顔になると、梓の口端が吊り上がった。

「但し――あたしのさっきの質問に答えてからよ、恵梨花？」

「え、さっきの質問って……？」

「もう、さっき聞いたじゃない。初めてのキスはどんな味だったの、って？」

ニタっと笑う梓に、恵梨花がハッとして頬を引き攣らせた。

「え、えっと……」

「ねえ、どうだったの恵梨花？　あたし、経験ないからわからないの。その時、どんな気持ちだったのかも教えてくれない？　あたしと咲に黙ってキスしたことには目を瞑ってあげるから。ねえ、教えてくれないかしら？」

「そ、それ、は――」

目を泳がしつつ顔をさらに赤くしていく恵梨花に、梓が鼻息を荒くしながら身を乗り出して迫る。

その隣で咲が二人の様子を、主に恥ずかしがる恵梨花に、スマホのカメラを向けていた。

（この、ドS腹黒眼鏡め……）

恵梨花がピンチであるが、亮は助けには入らない。矛先が自分に向けられ、藪蛇になるかもしれないし、何より写真を欲しがった恵梨花の自業自得とも言える。それと真っ赤になって恥ずかしがっている恵梨花が可愛いのもある。

そうやって恵梨花が言いあぐねるのを、梓がからかうように、あるいは迫るように問い質《ただ》している中、新たな客が二人、賑やかに入ってきた。

「将志《まさし》、今日は何にする？　あたし、今日はメロンいってみよっかなー」

「どうしよかな、レモンは前に千秋《ちあき》が頼んでたし——あれ、亮？」

耳に入った声に聞き覚えがあった亮は、かき氷から顔を上げた。こちらに気づいた男と一緒に、連れの女の子が振り返る。

「あっ、亮じゃん！　恵梨花達も！　奇遇《きぐう》じゃーん！」

振り返り揃って目を丸くしているのは、亮の中学の同窓で高校の剣道部のエースカップルの二人——

「マサに千秋じゃねえか——」

——神林《かんばやし》将志と成瀬《なるせ》千秋だった。

亮と目が合った二人は、真っ直ぐこっちへ向かってきた。

「うわー、放課後に亮とこんなとこで会うなんて初めてじゃない？　ねえ、将志」

「本当にな、同じ中学だから帰り道なんてほとんど一緒なのに」

「そうそう、なのに誰かさんが高校では目立ちたくないから話しかけるな、なんて言ってさ」

「そうそう、こっちからしたら無駄な努力もいいとこなのに、話しかけたいのをグッと堪えてたら、なあ？」

「本当に、ねえ？」

二人は顔を見合わせ、亮と一緒にいる三人娘に目をやると、最後に亮を見てからニヤニヤとする。

「ちょっと見てよ、将志。高校では目立ちたくないって言ってた誰かさんが、学校じゃ一番目立ってる人達と一緒に放課後過ごしてるよ」

「ああ。しかも千秋、その誰かさんはそんな人達の中でも、とびきり目立つ、それも学校中から羨ましがられるような女の子をちゃっかり掴まえて彼女にしてるんだぜ？」

「ええ⁉　そ、そんな人がいるなんて⁉　ねえねえ、亮、知ってる？」

なんとも棒読みに驚いていた千秋が、ジト目をしている亮へいきなり水を向けてくると、将志が血相を変えて千秋を止める。

「やめろ千秋！　その誰かさんってのはな――」

「え⁉　ま、まさか――」

「そう、亮……なんだよ」

そして思いっきりワザとらしい驚いた表情を作って、亮へ振り返る千秋と将志。

そこから少し沈黙が降りた後、咲、梓、恵梨花が順に噴き出した。

「あっははは！　何してんのよ、二人とも！　何なのそれ⁉」

「千秋と神林くん、息ピッタリじゃない、何それ⁉」

梓と恵梨花に褒めるように笑われて、ご満悦な二人にジト目をしていた亮が静かに手招きした。

「よし、二人とも、こっち来て額出して並べ」

途端に冷や汗を流した二人は一歩後ずさる。そして、千秋が将志を盾にするように背に隠れた。

「はい！　将志があたしの分も受けるから、どうぞ！」

「ず、ずるいぞ、千秋⁉」

「そうか、流石マサだな、とりあえずはお前からだ。来い」

「ちょちょちょっ！　勘弁勘弁！　じょ、冗談じゃないか⁉」

「そうかそうか、とりあえず来い」

言いながら亮は何度もブンブンと音を鳴らしながらデコピンの素振りを繰り返す。

その様子を見て、一層顔色を変える二人。

「ご、ごめんって、亮！　許して？　ね？　助けてー！　恵梨花ー！」

そんな千秋の必死な声に、恵梨花が笑いを堪えながら亮のシャツを引っ張った。

「もういいじゃない、亮くん。ちょっとした冗談なんだから。ほらこれでも食べて？　はい、あーん」

言いながら恵梨花が自分のかき氷をスプーンで掬って、亮の口へと持ってくる。

亮は将志と千秋を不機嫌そうに見据えながら、口を開いて咀嚼《そしゃく》した。

「……はあ、もう勘弁してやるから座れよ、二人とも」

すると二人してホッとしたように額の汗を拭うと、感心したようにヒソヒソと呟き合った。

「すごい、恵梨花が猛獣《もうじゅう》使いみたいになってる」

「字的に何も間違ってないところがまたすごいな。それにサラッとはい、あーんって……」

「……二人とも？　勘弁してもらいてえのか、そうでないのかどっちなんだ？」

亮が機嫌悪そうに言うと、二人はビクッとしてからそそくさと隣のテーブルの席に腰かけた。

「ま、マスター！　あたし、メロンクリーム！」

「お、俺は、ええと……」

将志はチラッとこっちのテーブルを見てから手を上げた。

「マスター！　抹茶クリーム一つ！」

どうやら亮のかき氷を見て触発されたらしい。亮が頼んだものとは若干違うが。

「いやー、それにしても本当に奇遇だね」

千秋が先ほどまでのことは何事もなかったように、にこやかに声をかけてくる。

「そうね。もしかして二人はよく来るの？」

梓が聞き返すと、千秋が首肯する。

「あたしらはたまにだねー。大体、週に一回ぐらい？」

「そんなとこだな。ここ美味いしな」

「だよね」

そんな二人の様子から、仲は相変わらず良いようだと思わされる。

「んー……にしても、すげえ面子」

将志が亮のいるテーブルの面々を改めて見渡して呟くと、千秋が相槌を打つ。

「本当だよね。学校の他の人からしたら、亮がおまけのように見られてるけど、あたしらからしたらどっこいどっこいの存在感だもんね」

うんうんと頷く将志や三人娘をよそに、亮が首を傾げる。

「そうか……？」

「そうだっての、それに亮、お前本当に目立たないようにする気あるのか？　最近、またすごい噂になってるけど」

「……俺はそうしてるつもりなんだがな……んで、噂って？」

「前のストプラで亮が派手に暴れてたとか、チーム『レックス』のトーマの親友だとか……トーマって藤真《ふじま》くんのことだよな？」

ストプラ——ストリートプライドとは、泉座で行われた喧嘩の大会である。

「……お前の耳にまで届いてんのかよ。ああ、トーマって瞬のことだな……お前はトーマが瞬ってわかるんだな？」

頭を抱えながら亮が聞くと、将志と千秋が顔を見合わせて頷いた。

「そりゃ、な……」

「うん……同中《おなちゅう》の間じゃ、知らない人の方が少ないんじゃない？　泉座の金髪のカリスマキングのトーマ、なんてね？　もう藤真くんしか思い浮かばないじゃん」

「そうか……」

ますます頭を抱えて唸るように答えた亮に、将志と千秋が怪訝な顔になる。

「どうしたんだ、亮……？」

「いえね、その男はね、自分の親友がそう呼ばれていることに気づいてなかったのよ、ほんの先週までね」

梓が茶目っ気たっぷりに答えると、将志と千秋の二人が目をパチパチと瞬かせる。

「えっ、何でだよ。藤真くんと一番仲良かったのって、亮だろ？」

「そうそう、中学卒業してから会ってなかったの——あ、そういうこと？　会ってたけど、トーマの名前のことは知らなかった……じゃなくて、聞いても忘れてたんだ？」

「ああ、なるほど。いつものやつか。納得した」

途中で腑に落ちた千秋の説明を受けて、将志が言葉通りに納得したように頷く。

「ぐっ……」

そう、中学の時に瞬と一番仲が良かったのは自分だと自覚しているにもかかわらず、頻繁《ひんぱん》に会っていたにもかかわらず、瞬がそう呼ばれていることを知らなかった。さらにはそれほど強く接点のなかった将志や千秋がトーマのことを知っていた事実に、亮はショックを隠せなかった。

「なんというか、神林くんにそんな風に納得される辺り、君が中学の時にどれほど人の名を覚えなかったのかが目に見えてくるわね」

呆れたように言う梓に、恵梨花だけでなく咲も頷いている。

「うぐ……ま、まあ、瞬がトーマとか、そんなことはどうでもいい。マサも千秋も噂についてはそれとなく否定しておけよ、また誰か口にしてたら」

そう言われた将志と千秋は、二人揃って肩を竦めて「別にいいけど……」「いいけどさー」と答えるが、その様子は如何にも無駄なことだと言わんばかりである。

「君も本当に諦めが悪いわね……」

将志と千秋の様子を見たからだろう、梓がまた言う。

「別にいいだろ。諦めたら終わりなんだよ、諦めたらな」

亮が粘《ねば》り強く言うと、三人娘が呆れたように首を横に振る。

そこで将志と千秋が注文していたかき氷が運ばれてきて、二人が美味しそうに頬張る。

「そういや、マサ、お前ら部活は？」

「うん？　ああ、来週からテストだろ？　それで今日から部活は休みなんだよ」

その答えに一番反応したのは、亮の隣にいる恵梨花だった。

「そ、そうだった……！」

「あら、もしやと思っていたけど、恵梨花、やっぱり気づいてなかったの？」

「あ、梓、そんな風に思ってたんなら言ってよ……！」

「だって最近の恵梨花ってすごく浮かれてる様子だったしね？　水を差すのもどうかと思ったのよ」

そう言って、チラチラとスマホをかざしているのは、将志と千秋の二人が来るまで話していた件についてだろう。

「うっ……も、もう！　意地悪しないでよ！」

恵梨花が半泣きになって抗議すると、梓が苦笑した。

「はいはい、ごめんなさい。ノート貸したげるから許して？」

「梓！」と、途端に目を輝かせる恵梨花。そんな二人の様子を見て、将志がゴクリと喉を鳴らす。

「す、鈴木さんのノートって、なんかすごそう……」

「だよね。学年一位をキープし続けてる……二位の人ともかなりの差だって言うし」

そんな二人に恵梨花が嬉しそうに言う。

「梓のノートすごくわかりやすいんだよ。私、それで成績上がったし」

「や、やっぱり……」

「いいなあ……」

物欲しそうな態度を隠そうとしない二人に、梓が仕方なさそうに苦笑する。

「あなた達二人だけならコピーしても構わないわよ」

「いいの⁉　梓⁉」

思わず立ち上がる千秋に、梓は頷く。

「ええ。他の人には内緒にしてね？」

「もっちろん！　ありがとう、梓！」

「お、おお……ありがとう、鈴木さん！」

「どういたしまして」

「やったな、千秋。これで夏休みの補習は免れそうだな」

「うんうん。安心して合宿に行けそう！」

「合宿って、剣道部のか？」

亮が割って入ると、剣道部のエースカップルは頷いた。そして、千秋が口を開く。

「うん、そうだよ。今年は男子も女子も団体で全国大会決まったからね！」

「へえ？　けっこうすげえんだな、うちの学校の剣道部って。マサも出んのか？」

「ああ、一応レギュラーだしな。ちなみに郷田《ごうだ》主将と千秋は個人でも出る」

将志のその言葉に、千秋が薄めの胸を張って「えっへん」と言っている。

「まあ、千秋は順当だろ。出れねえと聞いた方が驚くぜ。おっさんだってな」

ちなみに「おっさん」とは郷田主将のことで、当然まだ高校生なのだが、顔と振る舞いから亮はそう呼んでいる。ちなみに、彼は恵梨花の幼馴染でもある。

亮がそう言うと、梓が意外そうな顔をした。

「千秋については、君が天才だと言ってたからともかく、郷田さんについても随分と買ってるのね」

「買ってるって言うか……おっさんと試合した時に、全国に行ったたって選手とそれほど差が無いように感じたからな」

「……それはつまり剣道で全国に行ったたって人と知り合いって訳？」

梓がそう問うと、千秋と将志が身を乗り出してきた。

「え？　亮、そんな知り合いいたの？　誰？　いつ会ったの？」

「いつかって言うと……半年ぐらい前か、うちの道場に来てな。名前は覚えてねえ。その時の一回しか会ったことねえし」

「ああ……そりゃ亮が覚えてる訳ないか。でも、何で亮の道場に来たんだ？」

将志の問いに亮はゆっくり思い出しながら答えた。

「確か……そいつは、そいつの先生とうちに来てな。その先生が言うには、そいつが全国に行ってから天狗《てんぐ》になってるから鼻っ柱《はなっぱしら》を叩き折ってやって欲しいって、うちのじじいに頼みに来てな」

「天狗に、か……そんな風になるぐらいなら、相当な実力者なんだろうな。それで？」

将志が唸るように言って問うと、亮は肩を竦めた。

「それで、ってもうわかるだろ？　俺がそいつの相手をさせられてな。素手でいいって言われたし、面倒くさくて堪らなかったからな。最初に頼まれた一分だけ好きに攻撃させて、それが終わったら注文通りに鼻に一発くれてやって、文字通り鼻を折ってやったよ」

「りょ、亮の突きを鼻に、って……」

「は、鼻っ柱を叩き折るって、そういう意味じゃ……」

将志と千秋がどん引いているが、亮にとっては知ったことではない。本当に面倒なだけで、亮に得るもののない試合だったからだ。

「言っとくがちゃんと手加減はしたからな？　それに、そいつの先生からは感謝もされたし。まあ、そういう訳で高校生の全国のレベルを知った訳だが、前におっさんと試合して、そいつとおっさんの持ってる実力を比べたら、そんなに差を感じなかったからな。んで、聞けばおっさんは県大会止まりって言うだろ？　それであぁ、これ相当根深いスランプにハマってるな、って気づいてな」

全員が感心したように首を縦に振っている。

「なるほど、それも知ったから君は稽古をつけることを決めた訳ね」

納得したように言う梓に、相変わらず聡い女だと亮は肯定を示すように肩を竦めてみせた。

「うーん、確かにねー。あの日以来、郷田主将、グングン実力伸ばしていってるし」

「そんな主将の練習に付き合ってる男子もレベルアップして、おかげで全国行き決まったからな」

「それ言うなら女子もだよ、古橋《ふるはし》主将も付き合ってる郷田主将と一緒に全国行くって決意して、練習励んだから、あたしらも団体で全国行き決まったし」

千秋のその言葉に、将志がふと思いついたように言う。

「……よくよく考えたら、これ全部切っ掛けって亮なんだよな?」

「あっ、本当だ。いやー流石は亮、あたしら剣道部は頭が上がんないねー」

そう言って、将志と千秋の二人はふざけるようにへへーと頭を下げる。

「やめろっての、鬱陶《うっとう》しい」

亮がしっしと手を振ると、頭を上げた二人は笑い声を上げる。

「やはは、こういうとこはやっぱり変わらないねー亮は」

「うんうん。あー俺もまた亮に稽古つけてもらいたいなー」

そう言って将志がチラチラと見てくるが、亮は同じく手をしっしと払うだけだ。

「知らん。こっち見るな」

「ちぇー!」

将志がワザとらしく拗《す》ねた態度をとって、千秋に「よしよし」と慰められている。

そこで梓が興味深そうに聞いてくる。

「ねえ、神林くん。そんなに亮くんの稽古って質がいいの？」

「え？　ああ、そうだね。何せ、万年補欠だった俺をレギュラーにしてくれたしね」

「ええ。言ってたわね。具体的にはどんなだったのかしら？」

「具体的にって言うと……そうだなあ、最初の頃はひたすら滅多打ちにされたよ。打たれまくってこっちは伸びかけてるってのに、それでもひたすら『おら、足動かせ！』『ボーッとしてんじゃねえ！』『少しでもいいから避けろ！』って、遠慮なしに打たれたよ。正直、頼んだことを何回後悔したか……」

言いながら思い出したのか、ブルっと体を震わせる将志を見て、三人娘が頬を引き攣らせた。

「そんな感じの日が何日か過ぎて、でも一向に亮との稽古のキツさが変わらないから、意味あんのかなって思い始めた頃、部活の練習で効果を実感したよ」

「へえ、どんな風に？」

「遅い。亮の動きに比べたら皆遅いんだよ。遅くて戸惑ったぐらいで、落ち着いて対処してたら、気づけばずっと勝てなかった相手から一本取ってたよ」

「あの時かー、あたしも見てたからよく覚えているよ。将志、自分で自分のしたこと信じられないように呆然としてたし」

「し、仕方ないだろ！　本当に信じられなかったんだから！」

「うんうん。あたしはちょっと泣きそうになったけど」

「え？　そうだったのか？」

「そりゃ、そうだよー。将志頑張ってるのずっと見てたし」

「千秋……」

「将志……」

そこで二人して自分達の世界に入りかけたのを、梓が咳払いして止めた。

「ちょっと二人とも、そういうのはこっちは間に合ってるのよ。しょっちゅう見せつけられてるんだから、あなた達までなんてやめてちょうだい」

言いながらチラチラ、亮と恵梨花に目をやってきていた梓だったが、亮は努めて無視した。

「は、ははっ……まあ、そんな訳で効果を実感してからは一層やる気になって、続けて亮に稽古つけてもらって、おかげで最後の大会で初めてレギュラーになれたよ」

将志が誤魔化すように笑ってそう締めると、三人娘は感心したように頷いた。恵梨花など、目をキラキラさせて見てくるので、亮は居心地が悪くなってきた。

「そうそう、その前に将志が急に強くなってきたから何してるんだろって思って、こっそり後つけてみたら、亮と将志の稽古見つけたんだよね、あたし。んで、少し混ぜてもらったんだよ」

「そう言えば、千秋も亮くんに教えてもらったとか言ってたわね」

「うん。でも、亮は将志ほど、あたしには構ってくれなかったけどねー」

拗ねたように唇を尖らせてくる千秋。

「お前は放っといても強くなるのがわかってたしな。千秋との差を埋めたいって頼まれたから、マサの稽古つけてんのに、そこで千秋をさらに強くしてどうすんだよ」

「んーそうは言ってもさー」

「それに千秋、お前に構ってないっつっても、いきなり後ろから襲いかかってきて、無理やり乱取りの形にしてきたじゃねえか。あれで十分、稽古にはなっただろ」

「なったけどさー。でもすごく雑だったしー——あ！　そうだ、決めた。ねえ亮、あたしのあの貸し、稽古で返してよ」

「……貸し？　あったか？」

亮がなんのことだと問い返すと、将志が賛成するように首を縦に振っている。

「ああ！　あれがあったか！　俺も！　亮、俺もあの貸し、稽古で清算してくれよ！」

「……いや、貸しって何のだよ」

一向に心当たりが思い浮かばない亮に、千秋と将志が顔を見合わせて言ったのである。

「高校入学前にした約束だって！　他人の振りするとか！」

「亮のこと何も話さないって代わりに、借りにするからって言ってたじゃん！」

それを聞いて亮は、額にペチンと手を当てた。

「思い出した……」

高校の入学前、二人だけでなく同じ中学の連中にはそのような形で、亮とは他人の振りをすることと、亮のことを何も話さない約束をしていたのだった。

「……君、そんな約束までしてたの？」

梓だけでなく恵梨花も咲も呆れた顔をしているが、構わず将志が勢いよく言う。

「な？　亮に出来る範囲でなら何でもやるって言ってたよな⁉　それでまた稽古つけてくれよ！」

「あたしもあたしも‼」

二人して満面の笑みで詰め寄ってきて、亮は唸った。

この貸し借りは自分が言い出したことなので、とても反故《ほご》には出来ない。実際この二人は、ずっと約束を守ってそっとしてくれていたのだから。

「……わ、わかった……また稽古つけてやる。ただし何日もなんて無理だからな、一日だけだからな？　その代わり、思いつく限りの指摘はしてやるから」

「それを一人につき一日してくれるんだよな？」

「そりゃ、そうでしょ。二人を一日だけなんて割に合わないよ」

「ぐっ……わ、わかった。一人につき一日見てやる」

「おっし！　じゃあ、頼むな！　あ、全国大会の前までに頼むぞ！」

「あたしもね！　いやー楽しみだなー」

二人して晴れやかな顔になって再びかき氷へ手を向けたが、ふと将志が気づいたように言った。

「あ、でも、俺達が亮に稽古受けてたら、主将がどう言うかな……？」

「あー、それがあったね」

二人して深刻な顔になり始めて、恵梨花が小首を傾げた。

「タケちゃんがどうしたの？　タケちゃんだって亮くんから稽古受けたんだから、千秋達に文句言うことないと思うんだけど？」

タケちゃんとは、おっさん――郷田剛《つよし》のことだ。いろいろあって恵梨花は「剛」を「たけし」と読み替えてあだ名にしている。

「ああ、いや、そういう意味じゃなくってさ」

「ある意味、これも亮のせいかもしれないよねー」

「……俺が何だよ？」

自分のせいなんて言われて、納得いかない亮が問うと、将志が悩ましげに眉を曲げた。

「いや、主将、亮のおかげで強くなったけど、そのせいもあって主将の相手を満足に出来る人が余計にいなくなったって言うか……」

「元々、スランプになる前の郷田主将の相手を満足にできる人はいなかったもんね。それなのに今は突出してるからね。部活で練習終えても物足りなさそうだよね」

「主将に引っ張られて、他も強くなってるけど、主将も自分より強い人相手にしたいだろうし、指導も受けたいだろうしな」

そのことに関してなら、亮はアフターサービスもしたはずである。

「おいおい、俺が何のためにおっさんの師匠に電話してやったと思ってんだ。まさにそういった時のためだろ」

郷田の師匠である進藤《しんどう》のじいさんが沖縄から帰っていれば、何も問題はないはずである。

「それがその先生、まだ帰ってこないみたいでさ」

「主将もよく連絡してるみたいなんだけど」

二人の回答に、亮は深くため息を吐いた。

「俺の周りにはろくなじじいがいねえな。進藤のじいさんが帰ってきてないのはわかった。んで？」

「ああ、それでさ？　主将も全国大会目前にして、気が逸《はや》ってるせいか焦ってる感じでさ、たまにブツブツ独り言呟いてんだよ。『やっぱり桜木に頼んでみるか……？　いや、しかしな……』って。だから、よっぽど亮に稽古つけてもらいたいんじゃないかな？　そんな主将の前で俺達が亮から稽古受けてたらさ……？」

「絶対、自分にも――！　って言ってくるよね？　いや、あたしらは構わないけどさ」

そう言う将志と千秋から、揃ってどうするのかと目を向けられて、亮は少し考えた。

「……おっさんにはもう、やれるだけはやってやったしな。俺はもう知らん」

率直に答えると、将志と千秋がなんとも言い難い顔になって苦笑する。

「まあ、亮ならそう言うよな……」

「実際、前に稽古つけてもらったのって完全にラッキーみたいなもんだしね」

そう感想を零して諦めた同窓の二人とは違って、恵梨花は躊躇《ためら》いがちにシャツを摘んできた。

「ねえ、亮くん、タケちゃんにはもうダメ……？」

恵梨花には大事な幼馴染だからだろう、その懇願じみた上目遣いでの問いに、亮はうっと唸る。

「いや、まあ、そもそも俺の稽古とかおっさんにはもう必要ねえと思うんだがな……」

「それでもタケちゃんには高校最後の大会だから、悔いが残らないように準備したいからだと思うんだけど……」

自覚しているが、亮は恵梨花の「お願い」には弱い。答えあぐねていると、梓が口を挟んだ。

「頼まれたら、の話だけど受けてあげたら？　言っとくけど君、郷田さんにまだ大きな借りが残ってるわよ」

「なに……？」

亮がどういうことだと見返すと、梓は諭《さと》すように言葉を紡いだ。

「噂に疎い君が知らないだけで、彼は今も君を助けてると言っても過言じゃないのよ？」

梓のその言葉に、心当たりがあったのか、千秋と将志が「ああ……」と声を上げた。

「お前ら知ってんのかよ……？」

「ああ、多分だけど」

「あーそうだよね、恵梨花と付き合ってるもんね、亮って。その割には静かだなって思ってたけど、そういうことだったんだ」

千秋が納得したようにうんうんと頷いている。

「えっ、私が……何なの？」

「えーっと……」

千秋がどう答えるか迷うように目を彷徨《さまよ》わせると、梓と目が合って首を横に振られる。

「やはは、あたしが言うことじゃないみたい……」

「……梓？」

恵梨花が怪訝そうに親友を見ると、梓は訳知り顔で立てた人差し指を左右に振る。

「いーの、恵梨花はそのことは知らなくて」

「そんなこと言われても……」

「いーい？　恵梨花。男の子が黙って体張ってくれてるのを詮索《せんさく》するような真似したら、色々と台無しになるの。あたしは郷田さんの気持ちを慮《おもんぱか》ってるつもりだから聞かれても答えないわよ」

「……ずるい、その言い方。これ以上聞けないいじゃない」

「そうなるように答えたんだから、そうなってもらわないと困るわ」

流し目で微笑まれながらそう答えられて、恵梨花は拗ねるように唇を尖らせた。

そんな麗しい二人や、中学の同窓生二人の様子から、どうやら郷田にまだ借りがあるのは本当らしいと、亮はそれだけは理解した。してしまった。

「はあ、わかった。頼まれたら、無下にすることはしないとだけ答えておく。それでいいか、恵梨花？」

「うん！　ありがと、亮くん！」

サイドポニーを揺らして嬉しそうに頷く恵梨花に、亮は苦笑するしか出来なかった。

「まあ、稽古も大会も大事だけど、差し当たっては目の前のテストからどうにかしないとねー」

千秋が憂鬱そうに首を横に振りながら言うと、恵梨花がギクッとなった。

「そ、そうだったね……梓、明日から放課後一緒に……」

「いいわよ。残って勉強しましょうか」

「やった！　いつもありがとう！」

「ふふ、どういたしまして」

「亮くんも一緒に勉強しようね！」

当然のように恵梨花に誘われて、亮は目を逸らした。

「い、いや、俺は別に……」

「……亮くん？」

「あらあら、学生の本分はやっぱり勉学よ？　武がどれだけあっても、テストぐらいは頑張った方がいいんじゃない？」

途端にジト目となった恵梨花に睨まれ、ぐうの音《ね》も出ないほどの正論を梓からぶつけられ、亮は救いを求めて同窓の二人に目を向けた。

「梓と一緒に勉強できるなんて、最高じゃん、亮！」

「お前、そのメンツで勉強するの嫌がるとかバチが当たるぞ」

二人の稽古を見る時、容赦しないことを亮は誓った。

「もう、何もテスト終わっても勉強しろって言ってるんじゃないんだから、テスト前ぐらい勉強しなさいな」

「……夏休み前だから余計に赤点はとれない」

「そうだよ、亮くん。補習だって受けたくないでしょ？　夏休み遊べなくなるよ？」

梓、咲、恵梨花に口々に言われて、亮は一応の反論を試みた。

「いや、俺は一応今まで赤点は回避はしてきてだな……」

「だから、今回も回避できるって？　随分甘いことを言うわね？　補習になって夏休み恵梨花と遊べなくてもいいの？」

「そうだよ！　せっかくの夏休みなのに！」

「……はあ、わかった。やるから」

根負けして亮が了承すると、恵梨花がニッコリと頷いた。

「うん、頑張ろうね！　あ、ねえ、テスト終わったら、打ち上げでカラオケかどこか行こうよ」

「そう言えば、亮くんとはまだ行ったことなかったわね。カラオケでないにしても、四人で打ち上げはいいわね」

「うんうん、そのためにもテスト勉強頑張ろうね、亮くん！」

「お、おう……」

恵梨花に輝くような笑顔を向けられて、亮はそう答えるしか出来なかった。

その様子を見た将志と千秋が、懐かしいものを見たと言わんばかりに苦笑していたのであった。

第四章　藤本家の亮

――ピーンポーン。

朝も早く、普通ならとてもこんな時間には鳴らすことなどないチャイムを押す。

「おはよう。いらっしゃい……亮くん？」

少しして玄関の扉を開けて現れたのは、藤本家の若々しく美しい主婦で、恵梨花の母である華恵だ。

「おはようございます」

亮が軽く頭を下げて挨拶を返すと、華恵はマジマジと亮を見て噴き出した。

「話には聞いてたけど……本当に似合ってないわね、その髪型と眼鏡」

そう、今日は平日でこの後学校もあるため、必然的に亮の格好は学校用の擬態《ぎたい》スタイルだ。その姿の亮を初めて見た華恵は、思わず笑ってしまったのだ。

「はは……眼鏡だけでも、外しときますか」

頬を掻いて亮が眼鏡を外すと、華恵はクスリと笑った。

「ええ、その方がいいと思うわ。せっかく楓さんが男前に産んでくれたんだから、そんなので隠したらもったいないじゃない？　さあ、入って」

華恵に促されて亮は「お邪魔します」と中に入る。すると、朝食のだろう味噌汁《みそしる》の匂いを中心に、様々な食べ物の——食卓の匂いが鼻に入ってきて、同時に亮の腹が鳴った。

「ふふ、もうすぐに出せるから。そこの洗面所で手洗ってきなさい？　そしたらリビングに来てね」

華恵から苦笑と共にそう告げられて、亮はササッと手を洗って、最早《もはや》勝手知ったる家なので、迷うことなくリビングへの扉を開いた。

その途端、廊下で嗅いだ良い匂いをさらに強く感じて、ますます亮は腹が減ったように感じた。

「あ、おはよー、亮くん！」

「ああ、おはよう」

そう朝の挨拶を返したのは、台所で忙しなく動いている恵梨花だ。制服の上にエプロンを纏い、昨日と同じくサイドポニーをしている恵梨花のそんな姿は、正直なところ朝から見るには眩し過ぎた。

(反則的に可愛いな、おい……)

「さあ、亮くん、座ってちょうだい」

見惚れていると華恵に声をかけられ、ハッとしてから亮は、週末にすき焼きを食べた時と同じ席に腰掛ける。

「ハナはお弁当の用意してなさい、私が出すから」

「あー、うん、わかった。亮くん、先に食べててー」

背中越しに恵梨花が声を上げると、華恵が座った亮の前に次々とおかずを並べていく。漬物、煮物、サラダ、焼き魚、卵焼きと、文句のつけようがない朝食の献立《こんだて》だ。それを見て、亮の喉が無意識にゴクリと鳴る。そして最後に味噌汁の椀と、どんぶりによそわれた山盛りご飯が置かれると、華恵はニッコリと亮へ促した。

「さあ、どうぞ。食べていいわよ？　亮くん」

亮は逸る気持ちを抑えながら、箸をとった手を合わせた。

「い、いただきます」

どうして亮が朝早くから恵梨花の家に上がって、朝食をいただくことになったかというと、昨晩に恵梨花から電話で連絡があったためだ。

曰《いわ》く、『明日の朝から三十分ぐらい早く来れる？　お母さんが毎朝、近くまで来てるんなら朝ご飯食べて行ったら？　って言ってるの。お父さんとお兄ちゃんのこと気にしなくてよくなったし、出来るなら私もそうした方がいいなーと思うんだけど、来れる？』とのこと。

なんでも、昨晩の夕食時に、登校する際、亮が近くまで迎えに来てることをポロッと恵梨花が漏らすと、華恵が亮は朝食をどうしているのかなどと聞いてきたという。それに対して恵梨花が適当に買い食いしながら来ているようだと話すと、なら早く来てこの家で食べて行けばいいと、そういう話になったらしい。

話を聞いた当初、亮は遠慮を考えたが、華恵が電話に替わって『遠慮は無用』と伝えられ、前に家を出る時も散々そう言われていたので、亮も今更かと思い直した。それに、華恵の用意する朝食なんだと改めて考えると、唾《つば》が止まらなくなり、気付いたら亮は「行きます」と返事をしていたのである。

「あー……美味い……」

朝に食べる漬物はまた格別なように思える。ボリボリと口の中に鳴る音を楽しみながらご飯を掻き込み、味噌汁を啜《すす》る。まさに至福のひと時といえた。

「ふふっ、おかわりあるから、遠慮せず食べてちょうだい」

華恵が微笑ましそうにニコニコしながら言ってきて、亮はペコリと頭を下げる。

自分の家族と、藤本家の家族と色々と縁があったから、このようによくしてくれるのもあるのだろう。だが、華恵は本当に心から亮を歓迎してくれているというのを疑うことなく感じられて、亮は胸が一杯になりそうだった。

（なんか段々、頭が上がらなくなりそうだな……別に構わねえか、恵梨花の母さんだし）

そしてガツガツと朝食を進めていると、亮の耳がリビングに近寄る気配を一つ捉えた。

「おはよー……ごはん……うう……」

そう言って眠そうに目を猫みたいに擦り、頭は爆発したかのようにボサボサしている、姉二人に比べると少し小柄な体を、黄色のパジャマで包んだその女の子は、藤本家の末っ子、美月である。

「おはよう。もう、ツキ、またドライヤーかけずに寝たからそんな頭して！　先に顔洗ってらっしゃい！　亮くん来てるのよ！」

「ええ……？」

華恵に叱られ、美月が寝惚けた目をリビング内へ胡乱に回し、亮と目が合うと、美月は小首を傾げた。

「よう、おはよう、ツキ。すげえ頭だな」

「……？」

寝ぼけ眼ながらに美月が亮をマジマジと見ると、徐々に目が見開かれていく。

「亮にい……？」

「ああ」

「ええ……？　ああ⁉　髪型が違う‼」

どうやら寝惚けていたせいか、目の前の亮に違和感を覚えて混乱していたようだ。そして違和感の原因たる髪型に気づくと「似合わない！　何それー！」とケラケラと指差して笑っている。

「ええ？　亮にい、学校じゃそんな格好で過ごしてるの？　似合わないよ？」

「甘いな、ツキ。学校での俺は本当は――こうだ」

言いながら眼鏡をかけた亮を見て、ツキはその場で笑い転げた。

「あははは！　全然似合ってない！　亮にいが一般人みたいになった！　あっははは‼」

「……いや、一般人みたいって何だ。一般人じゃなかったのか俺は」

亮が突っ込むと、美月はますます笑い転げた。

「あははは！　亮にいが一般人だなんて！　あははは！」

「ツキ、その笑い方は一体どういう意味だ……？」

「だ、だって、亮にいみたいな人が一般人だったら、一般人いなくなっちゃうよお！」

「……ツキ、一体俺のことを何だと思ってるんだ？」

「え？　えーと……とりあえず、面白いお兄ちゃんかな」

「む……」

美月からそう言われるのは、それほど悪くない気がしてしまった亮である。

「さあ、ツキ、先に顔洗って着替えてきなさい」

「えー……はーい……」

渋った美月だが、華恵ににこやかに見つめられた末に、言われた通りに動き始めた。

そして亮が朝食を再開すると、またリビングの扉が開かれる。

「ふぁ……ハナ？　お弁当の準備終わってないよね？　手伝うわ」

今度は藤本家長女の雪奈が、如何にも寝起きといった顔で、欠伸をしながら亮に気づかず入ってきた。おかわりを頼もうとしていた亮はそんな雪奈を見て固まってしまった。

何故なら、雪奈は上はキャミソール一枚で、下はショートパンツと、肌の露出度が非常に高く、白く長い足は眩しく、キャミソールを押し上げる深い谷間には途轍《とてつ》もない吸引力があったからだ。それだけではない。寝起きのためだろうトロンとした目のせいで、無防備で無垢《むく》な色気がこれでもかと発されていた。

普段の亮ならば、配慮して目を逸らすだろうが、突然だったせいで目が釘付けになってしまった。

「ちょっと、ユキ？　亮くんが朝に来るって話してたのに、なんて格好で降りてくるの」

「へ……？」

華恵に言われて雪奈が首を回し、そして亮とバッチリ目が合った。

「お、おはよ……」

そこでようやく目を逸らしながら亮が言うと、雪奈は反射的に口を開こうとし、そして自分の格好を見るように視線を下に降ろすと、バッと胸を隠すように両腕を回して真っ赤になった。

「ひゃ、きゃあああ⁉」

雪奈はすぐさま反転して、リビングからバタバタと出ていったのである。

「まったく、うちの娘達ときたら……」

額に手を当ててため息を吐き、華恵は空になった亮のどんぶりを回収する。

亮がペコリと会釈《えしゃく》すると、恵梨花にジト目でじっと見られているのに気付いた。さっきの雪奈のことだと勘付いた亮が頰を引き攣らせると、恵梨花はパクパクと口を動かした。

――見・過・ぎ。

そしてムスッとした顔を背けて、台所で作業を再開する。

亮は言い訳をするヒマもなかった訳だが、よくよく考えたら言い訳のしようもないことに気づいて項垂れる。そんな二人の様子を見て苦笑していた華恵からおかわりを受け取った亮は、ため息を吐いて卵焼きを口に放り込んだ。

「ちゃんと着替えてきたよー」

少しして入ってきた美月は整えた髪をツインテールにし、白いセーラー服を纏っていた。

こうしてちゃんとした格好をした美月を改めて見ると、やはり美少女だなと思わされる。

「……？　何、亮にい？」

「いや、よくこの短い時間であの髪を整えられたなと思ってな」

マジマジと見てしまったせいか、不思議がられた美月に亮がそう答えると、美月は小首を傾げてから、何か思いついたようにニヤリとして、スカートをちょんと摘んだ。

「セーラー服似合ってる？　どうどう？　ツキ可愛い？　美少女？」

「ああ、似合ってる似合ってる。可愛い可愛い。美少女美少女」

この言葉に嘘などなく本心であるが、適当に返すと、美月はあからさまに不満そうに唇を尖らせた。

「もう！　なんなの、その適当な返事！　そこは顔赤くして、照れ臭そうに顔背けて『に、似合ってるぜ……』って言うとこでしょ！」

「ニ、ニアッテルゼ……」

亮が超棒読みでリクエストに応えると、美月は「ムキー」っと地団駄《じだんだ》を踏みながら、ツインテールをブンブンと揺らす。

「もう！　馬鹿にして！　ツキこれでも学校じゃモテモテなんだからね！」

「まあ……そうだろうな」

アホの子っぽいが、美少女なのは間違いない。亮が曖昧に肯定すると、美月は「ふふん」と姉達に比べて薄めの胸を得意げに張る。

「ほら、いつまでもバカやってないで、早く座ってご飯食べなさい」

「はーい。あ、お母さん、ツキ卵かけご飯したい。前の卵残ってる？」

「いいけど、おかずもちゃんと食べるのよ」

「うん。へへ、今日は亮にいの隣空いてるー」

そう言って、亮の隣にチョコンと腰かけた美月がニコッと見上げてきた。

そんな美月の無垢な愛らしさに思わず亮はふっと笑って、美月の頭をポンポンと撫でた。

「ツキは朝練とかないのか？」

「今テスト前だから練習ないよ。いただきまーす」

「ああ、中学校もテスト前なんだな……」

「亮にいも？　あ、ハナ姉もそうなんだし、亮にいもそっか」

「まあな……」

今日から三人娘と放課後勉強することになっている亮が気落ちした声で返すと、美月がモグモグしながら小首を傾げる。

「どうしたの、亮にい？　なんか元気ないよ？」

「いや、別に……」

ため息と共に返すと、美月は再び小首を傾げ、二人の話を聞いていた恵梨花がクスリと零した。

「お、おはようございます、亮さん……」

そこでブラウスとロングスカートといった清楚な格好に着替えた雪奈が、頬を赤くしてリビングに戻ってきた。

「先ほどは見苦しい姿を……」

言いながらペコリと頭を下げると、そそくさと台所に入って、恵梨花の横に並んだ。

「？　どうしたのユキ姉？」

見上げてくる美月に、亮は首を横に振る。

「ちょっとした行き違いがな。まあ、気にするな」

「む……何か隠してる」

「何も隠してねえよ。ツキは時間大丈夫なのか？」

「ん、大丈夫。あ、ねえ、亮にい、一緒に家出ようよ。途中まで一緒に行こ？」

「うん？　時間が合うなら別に構わねえよ」

「ハナ姉の出る時間なら、ツキのよりちょっと早いだけだから大丈夫」

「そうか」

「うん、あ、そうだ――」

このように亮は、久しぶりに騒がしく美味しい朝食を楽しんだのであった。


「それで今日から恵梨花の家で朝ご飯いただくことになったの？　毎日？　恵梨花のご両親も思い切ったわね」

放課後、テスト勉強のために寄ったのは、学校から駅までの間にある、ドリンクバーが設置されているファミレスだ。そこで案の定、同じ目的で入っているたくさんの生徒からこれでもかと注目を集めながら、テーブルに案内された亮と三人娘。全員でドリンクバーのみを注文し、自分の分のウーロン茶を恵梨花に任せた亮だけが荷物番として席に残った。三人娘が飲み物を入れてきて腰を落としてから、それぞれ自分の飲み物に口をつけたところで、梓が感心したように言ったのである。

ここまでの間に軽く、亮が藤本家に毎朝毎晩通うことになったことについて恵梨花が話していたのだ。

「まあ、俺も毎日とは思ってなかったんだが……ああ、土日は流石に外してもらったけどな」

「なんかお母さん、すごい張り切ってるんだよねー。亮くんの都合が合うなら、それこそ毎晩でも来てもらいたいように見えたよ。それだけじゃないよ、私がお弁当作るの難しい時はお母さんが作るから、その時は事前に教えなさいってまで言われたんだよ」

「……亮くんに恩義を感じてるから、ってだけでもなさそうね」

見たことがない色のドリンクを飲んでいる咲の横で、アイスティーを口にした梓が思いついたように言った。

「うーん……やっぱり亮くんのお母さんのことかな？　料理教室の話のこと聞いてから、お母さんの亮くん見る目が変わったように感じるんだよね」

「その話ねえ、瞬くんから聞いた時は本当に驚いたわね」

「あはは、確かに梓、すごい驚いてたよね」

亮と同じくウーロン茶を口にした恵梨花が、コロコロと笑う。

「そうか、料理教室の話、梓と咲も聞いてたのか……何で最後にわかったのが俺だって話だな」

亮がそう愚痴ると、梓がニヤニヤとする。

「君が人の名前を覚えないせいでしょうねえ。だから瞬くんもあえて君に直接言わなかったんじゃない？　瞬くんは、恵梨花が君にお弁当作ったって話と、苗字を聞いただけで思い出してたわよ」

「……あいつ、何気に記憶力いいからな」

「君も別に記憶力は悪くないんでしょ？　どちらかというと君は必要だと思う最低限だけを残して、他は記憶しないように見えるけど」

「……反論できねえな」

「でしょ？　さて、ここで問題です」

梓が空気を変えるようにそう切り出し、亮は眉をひそめた。

「あたしと咲の苗字《みようじ》は？　さあ、答えてちょうだい」

亮は頬が引き攣りそうになるのをなんとか堪えた。

「おいおい、馬鹿にするなよ。流石に忘れてねえって――」

そう言いながら、亮は頭をフル回転させる。

（えーと、梓は確か、さ……じゃねえ……し……でもねえ。す……そうだ、す……）

「御託《ごたく》はいいのよ。ほら、さっさと答えなさい」

梓がテーブルをパンパンと叩いて亮に答えを催促する。

「す――ずき、だな？」

ギリギリ亮が答えると、三人娘が一斉に眉をひそめた。

「……ええ。じゃあ、咲は？」

「ははっ、だから忘れる訳ねえって――」

亮は再び記憶を探り始めた。

（えー咲は……や……やま……）

「いいからさっさと答えなさいって」

「やま――だ。じゃねえ――山岡《やまおか》！　だな？」

ここで亮の口端が僅かに引き攣った。それを見たからだろう、三人娘の目がジトッとしたものとなった。

「……なんとか、思い出せたって感じね。もしかしたらとは思っていたけど……」

「亮くん……流石にそれはダメだよ……」

「……ひどい」

梓が信じられないと言わんばかりに首を振り、恵梨花が呆れ、咲など両手で顔を覆って泣き真似までしている。

「いやいやいや！　ちゃ、ちゃんと言ったじゃねえか、合ってただろ!?」

「……もうその言葉の時点でアウトよ。『合ってただろ』なんて言葉、なんとか思い出した人しか出てこないのよ」

げにもっともな話である。

「ぐっ……で、でも間違ってなかっただろ？」

「……咲の、最初間違ってた、わよね？」

「……そ、そうだったか？」

三人娘から無言で非難され、堪えきれず亮は両手を上げた。

「すみませんでした」

三人娘が揃って頷き、梓が代表するように言った。

「んむ、潔《いさぎよ》くてよろしい。ただし、罰として今日のここの支払いは君の奢りね」

「……仰せのままに」

まあ、いいかと亮は頷いた。

「よろしい。じゃあ咲、恵梨花、パフェ頼みましょう」

一転してにこやかになった梓が、そう言ってメニューを広げた。

「え？　咲はともかく、私は――」

「もう、何言ってんの。あたしと咲に奢って恵梨花に奢らない訳ないでしょ、この男が」

「構わねえよ、恵梨花。普段から弁当作ってもらってんだし。どうせだから俺も食う」

「えーっと、じゃあ、いただきます」

「おう」

「君のそういう太っ腹なとこ好きよ」

「へいへい」

亮の予想では、梓はお金には困ってないはずだろうに、こういう場では本当に嬉しそうにしているのが不思議に思う。

「もう。あたしも奢られるだけでなく、その分テストで点数とれるように、絞ったとこ教えてあげるわよ。損はさせないつもりよ？」

「……まあ、それはありがたいか」

「亮くん、梓の予想って本当にすごいんだよ！　言うとこやってたら確実に赤点は回避できるよ！」

「ふうん……そういや、達也もそういうの上手かったな」

よくよく考えたら梓と達也はどこか似てるような気がしないでもない。

（優等生って似るもんなのか……？）

「達也くんって、石黒《いしぐろ》くんだよね。幼馴染の――」

「腐れ縁な」

亮がすかさず訂正すると、恵梨花は苦笑を浮かべた。

「はいはい。腐れ縁の石黒くんね」

「どっちでもいいと思うんだけど。さあ、メニュー決めて勉強しましょうか。奢ってもらう分は家庭教師してあげるわ」

梓が勝利の女神の如く勝気に微笑み、この後、亮はみっちりテストの勉強を仕込まれた。

「なるほど、だから、亮くんがそんな風になってる訳？」

台所で恵梨花と並んで夕飯の準備をしている華恵が、クスリとした。

「うん。梓が説明してるのに、亮くん気づいたらウトウトしちゃってて、その度に梓に怒られて――ふふっ」

話しながら思わず笑った恵梨花につられて、華恵も一緒に笑い声を上げている。

テスト勉強が終わってファミレスから出て、亮は朝ぶりに藤本家に訪れていた。

何故なら朝に、今晩亮の予定が特にないことを聞いた華恵から、夕飯に呼ばれていたからだ。

その献立は、今もう既にリビングで漂う匂いからハッキリわかるようにカレーである。華恵が早速亮のリクエストを叶えてくれたのだ。

そして平日だというのに二度目の訪問なんてことをしたせいか、彼女の家だろうと流石に慣れが出てきて、料理が出来るまでソファーで待っててと言われた亮は、勉強の疲れを癒すようにそこで遠慮なくグデーっとしてしまっている。

そんな亮のくつろぐ姿を見た華恵に、恵梨花がフォローのように説明していた訳である。

もっとも、華恵は亮のそんな姿を見ても、まったく気分を害した様子もなかったが。むしろ、微笑ましそうにしていたぐらいである。

「亮くん、勉強はそこまで得意じゃないのかしら？」

華恵の疑問に、亮はソファにもたれながら答えた。

「得意じゃないといいますか、そもそも好きじゃないというか」

「つまり得意でないという訳ね」

「……そうとも言うかもしれませんね」

「ふふっ、亮くんの場合は文武の武が突き抜けてるようだから、最低限でもいいような気がするけど……学生の本分は梓ちゃんの言う通り勉学なのだから、テスト前ぐらいはしっかりした方がいいとは思うわよ？」

「……う、うす」

その時の亮の顔はよほどひどかったのか、恵梨花と華恵の美しい母娘が揃って笑い声を上げる。

「でも、そうね。ちゃんとテスト勉強して、テストが終わったら、ご馳走にしようかしら？　どう？　やる気出る？」

そんな華恵の魅力的な励ましに、亮は飛びつきそうになったが、ふと思った。

「……俺からしたら、ここで──お母さんや恵梨花が用意した食事ってだけで、十分ご馳走なんですが……」

本心からの言葉を率直に伝えただけなのだが、華恵は目を丸くしてから嬉しそうに微笑んだ。

「まあ、そう言ってくれると一層頑張りたくなるわね……そうね、亮くん、手巻き寿司なんかは好きかしら？　酢飯《すめし》と海苔《のり》で、好きな具を巻いて食べるの」

「好きに決まってるじゃないですか……そういや、もうずっと手巻き寿司は食べてないですね」

「じゃあ、来週テスト終わったらやりましょうか。どう？　やる気出た？」

「出ました出ました」

亮が体を起こして答えると、華恵が母性溢れる笑顔で頷いた。

「決まりね。では来週にやるから頑張ってね」

亮が勢いよく「はい」と返すと、恵梨花が拗ねたような顔をした。

「……なんか敗北感が……」

「何言ってるの、ハナ。こういったことはお母さんの方が年季入ってるんだから仕方ないでしょ。ハナはこれから覚えていったらいいのよ」

「……そっか」

「そうよ。どの道、亮くんと一番一緒に過ごすのはハナなんだから、自然と覚えるわよ」

「うん、私頑張る！　お母さん、料理ももっと教えてね」

「ええ、もちろん」

何やら恵梨花のやる気に火が点いたようだが、それが自分にとっていいことなのか、亮には判断がつかず、差し当たって何も聞かなかったことにした。

「ただいま。おお、桜木くん来てたのか」

帰ってきた純貴が、リビングの扉を開けて入ってきた。

「お邪魔してます、兄《あに》さん」

「おかえりー、お兄ちゃん」

「おかえり、純貴」

デレデレした顔で恵梨花に「ただいま」と返しながら、純貴が寄ってきた。

「朝も来てたんだってね？　俺は早かったから一緒に出来なかったな」

「大学遠いんで？」

「電車で一時間近くってとこだな、言うほどでもないよ。今いるってことは晩飯食べてくのかい？」

「はい。お邪魔します」

「はは、そうかしこまらずともいいさ。父さんと母さんも言ってるんだから、遠慮なんかしなくていい」

本心から言っているようで、亮はありがたく思いながら会釈で返した。

「そうだ……桜木くん、恵梨花が晩飯の手伝いしてる辺り、手持ち無沙汰《ぶさた》なんだよな？」

「そうですね。ゆっくり待ってますが」

「ふむ……」

すると純貴は思慮深げに顎に手を当てて時計を見て、その後、チラと恵梨花を振り返った末に、声をひそめて言ってきた。

「――ちょっと、俺の部屋に来ないか？」

「？　別に構いませんが……」

「よし、ではさり気なくな……ハナ、ちょっと桜木くん借りるな」

純貴がそう言うのと同時に、亮は立ち上がって、純貴の後に続いた。

「ええ？　……お兄ちゃん、変なこと考えてないよね？」

「な、何言ってるんだ……物理的に敵わないのはわかってるだろ？　ちょっと話したいだけだ」

「それもそうだけど……」

如何にも怪しいといった目を向けてくる恵梨花から逃げるように、純貴は足を早める。

「さ、さあ、行こう桜木くん。男同士の話をしようじゃないか」

「う、うす……」

亮は恵梨花に目で「行ってくる」と伝えて、リビングを出た。

純貴の部屋に案内されると、三姉妹のでかでかとしたポスターに驚かされた。それをスルーするよう努めていると、純貴がおもむろにパソコンを立ち上げた。

後ろで亮の見ていたところ、純貴がEドライブのかなり奥底にあるフォルダを、パスワードを入力して開いた。すると、三つのフォルダが現れた。『雪』『花』『月』という名のフォルダである。

ここまで来ると、ようやく亮はピンときた。

「ま、まさか――!?」

「そうだ。今こそ約束を果たそうじゃないか」

二人は共に大仰な雰囲気を出すが、この場に突っ込み役はいなかった。

「そうだな、まずは手始めに――」

純貴が言いながらパソコンを操作し、『花』のフォルダを開く。画面いっぱいに表示されたのはもちろん恵梨花で――

「こ、これは――!?」

セーラー服を身に纏った恵梨花の立ち姿である。しかも髪の色が今と違って黒い。おそらく中学時代の恵梨花だろう。

恵梨花は普段から清純《せいじゅん》な雰囲気が強いが、黒髪で白いセーラー服姿の恵梨花は、並み外れた清純さを出していた。今より少し幼さを感じさせ、とんでもない美少女ぶりである。もちろん美少女ぶりに関しては今でもそうであるが。

「なんてこった――可愛すぎか」

無意識に出た亮の言葉に、純貴は満足そうに頷いた。

「ふっふ、そうだろうそうだろう」

亮は純貴の肩に手を置いた。

「ほ、他にもあるんですよね……？」

逸る気持ちを抑えながら、亮が催促すると、純貴は勝気に口端を吊り上げた。

「もちろんだ。次は――これでどうだ」

そして表示されたのは、胸に花飾りをしている恵梨花の姿だった。髪型は亮が今まで見たことのないハーフアップである。雰囲気から卒業式のように思える。

「お、おお……」

「この一枚は俺もお気に入りでね……いいだろう？」

「文句のつけようがないですね……」

「さっきの二枚は中学の三年の時ので……そして、これが中学入学時のものだ」

そして表示されたのは、雰囲気がグッと幼くなり、今より少しだけ短い髪を後ろで二つに分け、ツインテールにしている恵梨花だった。セーラー服が少し大きく感じる。もちろん超可愛い。

「な、なんだこれは……天使か？　いや、女神か？　いや、女神になりかけの天使……？」

亮はもう自分が何を口走っているかわかっていない。亮とシスコン以外、誰もこの部屋にいないことは幸いなことであった。

「ふむ、良き表現だ。そう、この頃のハナは天使そのものだと言っても過言ではない！」

「あ、兄《あに》さん……さ、さっきの写真もそうですが、こ、この写真も……」

「ああ、皆まで言うな、わかってるとも……欲しいのだろう？」

「い、いいんですか⁉」

「ふっ、俺以外の男にやる気などなかったが……君はユキの、我が家の恩人だ。特別に、な？」

「あ、兄《あに》さん……」

亮は感動に打ち震えた。

「後で君のスマホに送ってやろう……わかってると思うが、くれぐれもハナには内密にな？」

「もちろんです」

「ふっ……」

純貴が親しみのこもった目で、右手を差し出してきたので、亮はそれをガッチリと掴んだ。

男二人はこの時、確かな繋がりを感じてわかり合ったのである。

傍目から見たらバカそのものであるが。

「さて、コレクションはまだまだある……ふむ、桜木くんとハナは先月から付き合ってるという話だったな？　ということは……まだ、海やプールへは一緒には行ってないのだろう？」

「ええ、そりゃ——！　まさか⁉」

「そう、ハナの水着姿……これに関してはデータは流石にやれん。だが、見せるだけなら……」

「そ、それで構いませんとも！」

非常に惜しく感じたが、亮は勢い込んで頷いた。

「うむ。水着姿に関しては中学二年の時が最新だ……去年はもう撮らせてもらえなくてな。その前は受験だったし」

ため息を吐きながら、純貴はパソコンを操作し、そして表示される恵梨花の笑顔のアップ写真。全体像はわからない。髪が濡れ、そして肩が露出していることだけがわかる。

「ぐっ……これだけで、なんて破壊力だ……あ、兄《あに》さん、全体の写真は――」

「うむ。わかってると思うが、ハナは発育がいい。だから、最初は刺激少なめで見ないと、昇天してしまうぞ」

「た、確かに……」

この二人はどこまでも真剣な様子である。

「よし、慣れたか？　さあ、次は全体の――」

「――何、やってんの、お兄ちゃん、亮くん……？」

後ろから聞こえた声に、ビクッと体ごと震える亮と純貴。

恐る恐る振り返ると、バックに鬼のオーラを纏った、見た目は女神の恵梨花がいた。

「――ば、馬鹿な⁉　この距離まで俺が気配に気づかなかっただと⁉」

ここまでの不覚はしばらく覚えのない亮が戦慄《せんりつ》すると、恵梨花は怪訝な目になった。

「……ふつーに、ノックして、それから声かけてふつーに入ってきたんだけど……」

「な――なんだと⁉」

恵梨花の水着写真に全ての意識が向いていたのだと、亮は己の不覚を悟った。

「――お兄ちゃん？　ナニ、シテルノカナ……？」

寒気を感じさせる声をかけられた純貴は、それでも手早くパソコンを操作して、画面をデスクトップ表示にした。

「な、何かなハナ？　そんな怖い顔して……いつもの可愛い笑顔が見たいな、お兄ちゃんは……」

「亮くんに……何を見せてたのかな？」

「べ、別に何も……？」

汗をダラダラと流しながら純貴が引き攣った顔で答えると、恵梨花が叫んだ。

「もう！　全部バレてるんだからね！　わ、私の水着の写真がって‼　お兄ちゃん、消したって言ってたじゃない⁉」

「こんな人類の至宝を消せる訳なんてないだろ――⁉」

「やっぱり消してないじゃない‼　お兄ちゃんの嘘つき‼　し、しかも、私に黙って亮くんに見せようとするなんて――⁉　亮くんも亮くんよ！　エッチ‼」

「い、いや、恵梨花、惚れた女の子の水着姿なんて、見たいと思うのは当たり前だろ⁉」

亮が開き直り気味に反論すると、恵梨花は顔を真っ赤にして叫んだ。

「だ……だからって、私に黙って隠れて見るのがいいなんてことないでしょ⁉」

「うっ……そ、それは……」

「りょ、亮くんなら、来月からの夏休みに、遊びに行った時にいくらでも見せてあげるのに！　私に黙ってお兄ちゃんと、こ、こっそりこんなことして――はっ⁉　ほ、他にどんな写真見たの⁉」

「ほ、本当か⁉　あ、いや、別に変な写真は一枚も見てないぞ？　セーラー服着てる滅茶苦茶可愛い、天使か女神かわからない恵梨花の写真ってだけの！」

「――っ！　ほ、本当に⁉」

「いや、本当に。誓って嘘じゃない！」

「……そ、それなら……」

そこで亮がホッと安堵の息を吐くが、恵梨花の怒りはまだ収まっていなかった。

「で、でも、こんなコソコソして私の写真見たこと、まだ許してないんだからね！」

「すみませんでした‼」

亮は頭を直角に下げた。

「む……そ、そんなに、み、見たいなら、亮くんなら、私の部屋で私の見せてあげるから、こんなコッソリして……お兄ちゃんのはもう見たらダメだからね！」

「――っ、ぐっ……わ、わかり、ました……」

亮はこれでもかと断腸の思いで頷いた。だが、恵梨花が自分の持っている写真を見せてくれるというなら、まあいいかと思える。純貴のコレクションも見たいところであるが。

「そ、その代わり、亮くんの、昔の写真とか見せてよね」

「まあ、そりゃ構わねえが」

「やった！　――ご、ごほん！　それで、お兄ちゃん……？」

「な、何かな、ハナ？」

こっそり出ていこうとしていた純貴が恐る恐る振り返る。

「とりあえず、リビングで正座しようね？」

純貴は項垂れ、恵梨花からの許しを得てこれ以上の説教を免れた亮は、グッと拳を握ったのであった。


「おかわり」

「はーい」

返事をした恵梨花だが、動き出しは亮が言い終わる前である。というよりも、亮の皿が空になるのを見たところで、既に椅子を引き始めているという準備の良さだ。

「亮くん、サラダももっと食べてよ。いっぱい用意してあるんだから」

「ああ」と、頷いてサラダにフォークを伸ばすが、これまでの間でもけっこうな量を食べている。

この日の藤本家で出たカレーはポークカレーだった。亮の家ではチキンカレーが定番だったから、あまり馴染みでないが、母の料理の先生である華恵が作っただけあって、どこか懐かしさを感じさせる味だった。もちろん、文句なしに美味く、亮のおかわりは既に三杯目である。

「なあ、亮くんは普段食事はどうしてるんだ？」

レタスをムシャムシャと頬張っていると、斜向《はすむ》かいに座る純貴が聞いてきた。

ちなみに亮への呼びかけが「桜木くん」から「亮くん」に変わったのは、家の中で自分だけが亮を苗字で呼んでいることに気づいた純貴が、食事前に呼び方を変更することを提案し、特に反論する理由もなかった亮が承諾したためだ。

「外食とコンビニが中心ですね、やっぱり。俺は料理とか出来ませんし」

「やはり、そうなのか……なら食費がけっこうかかるんじゃないか？　食べる量的に」

そのもっともな疑問に、亮は苦笑する。

「まあ、それなりに。だからなるべくおかわり自由のとことか、メガ盛りとかそういうのしてるとこよく行きますよ。あと、毎回毎回満腹まで食べてる訳でもないですし」

「なるほどな……」

納得したような純貴の横で、華恵が眉をひそめる。

「それだと栄養が偏るじゃない、育ち盛りなのに」

「そうですかね。サラダなんかも注文して、なるべく野菜も食うようにしてますよ？」

「お店で出るサラダじゃ、亮くんには足りないと思うのだけど……」

華恵が悩ましそうに言うと、亮の隣に座る美月が見上げてきた。

「じゃあさ、亮にい。もう晩ご飯毎日この家で食べたらいいじゃん」

「そうね、ツキ。いいこと言ったわ。亮くん、そうしたらいいわ」

華恵のそんな言葉に、亮は目を瞬かせる。

「へ……？　いや、そう言ってくれるのは嬉しいんですが、バイトや道場もある日がけっこうありますし、時間合わないかな、と」

「それなのよね……でも、亮くん、そのバイトや道場に行く前には何か食べたりしてるんでしょ？」

「ええ、まあ。夕方とかに」

「じゃあ、そこね。毎日ハナと帰ってるなら、ここに寄って何かしら食べていきなさい。簡単なものを用意しとくから。そうして外食する機会を少しでも減らすのよ」

「ええ……？　い、いや、そこまで世話になる訳にも――」

亮は流石に遠慮しようとするが、今日は真向かいに座る雪奈がにこやかに相槌を打つ。

「それなら私も手伝える日は手伝うわ。亮さん、是非」

「いや、そう言われても――ああ、ありがと、恵梨花」

おかわりをついできた恵梨花が、亮に皿を渡し腰を落とすと、苦笑気味に口を開いた。

「お母さんも、ユキ姉も性急過ぎない？　亮くんの生活リズムも考えないと」

「……そうね。これからじっくり擦り合わせていきましょう」

華恵は反論することなく、にこやかに頷いた。

亮はなんと返したらいいものかと思いながら、とりあえずペコと会釈を返した。

（なんて言うか……恵梨花の母さんって感じだよな……）

恵梨花の世話焼きなところは、間違いなくこの母親から遺伝しているとわかる。

（てか、朝も夜もこの家で食べてたら、本格的にアパートは寝に帰るだけになるな……寝る時間を除けば、この家にいる時間の方が長くなるんじゃねえか？）

そんなことを考えていると、隣から美月が聞いてきた。

「ねえ、亮にい。今日ってご飯食べたらすぐ帰るの？」

「ああ、そのつもりだけど？」

「帰ってバイト？　道場？」

「いや、どっちもねえよ」

「じゃあ、今晩は特にもう用事はないの？」

「そうだな」

「じゃあさ、亮にい、ご飯食べたらゲームしようよ」

「うん？　ああ、テレビゲームか？」

「うん。ズマブラとかさ、亮にい、やったことある？　一緒に遊んでよ」

ズマブラとは有名な格闘ゲームのことで、亮も何度かプレイしたことがあった。

「やったことあるが……もうけっこう長いことやってねえな」

「そうなんだ？　でもやったことあるんなら、やろうよお」

「まあ、俺は別に構わねえけど……」

「本当!?　やったー」

無邪気に笑う美月に、亮が微笑ましくなっていると、恵梨花がピシャリと割って入った。

「ダメよ、ツキ。テスト前なんだからこの後、亮くんと私は梓から教わったところ復習しないと。

ツキもテスト前なんだから、勉強しなさい」

そんな正論をぶつけられた亮と美月は、揃って情けない顔になって、揃って情けない声を出した。

「ええ……」

「ええ～」

二人の反応が同じだったためだろう、見ていた一同が揃って噴き出した。

「なんで、亮くんとツキがここで一番兄妹っぽくなってるのよ」

「亮くん、君もそんな顔をするんだな」

「亮さんのそんな顔初めて見れました」

「もう！　なんで亮くんまでツキと同じ反応してるのよ！」

華恵、純貴、雪奈、恵梨花がそれぞれ笑って口にする。

「いやいや、恵梨花。勉強なら、今日はもう十分してきたじゃねえか」

「ツキも学校の図書室で友達と勉強してきたのに！」

亮と美月がそうやって反論するも、内容が似通っていたために、また笑いを誘うことになった。

「もう、亮くん、時々ウトウトしてたじゃない。そこ覚えてるかの確認のためにも、復習が必要でしょ？」

「い、いや、しかしだな――」

「しかしもかかしもありません。ご飯食べたら私の部屋でテスト勉強です！」

こうなった恵梨花の意見を翻《ひるがえ》させるのは無理だと悟った亮は、諦めて項垂れた。

「ツキなんか、今年受験じゃない。テスト前ぐらいゲーム控えて勉強しなさい」

「ぶーぶー。ハナ姉のケチー」

「……ツキ？」

「お、お母さん、おかわり！」

「はいはい――ふふっ」

華恵が微笑ましそうに、美月から皿を受け取って立ち上がると、雪奈が頬に手を当てて言った。

「ハナ……どんどんお母さんに似てきたわね」

「ああ、最近は特にその傾向が強――ああ、そうか。亮くんと一緒にいたからなのか」

純貴が納得したように言うと、恵梨花が兄と姉にジト目を向けた。

「……何、お兄ちゃん、ユキ姉」

「あ、いや、何でもないぞ？」

「ふふ、色々ハナには敵わないなーって思っただけよ？」

兄と姉の言葉に、恵梨花は不満そうに眉を曲げると、未だ気落ちしている亮に気づいて拗ねるように言った。

「もう、亮くんは私と二人っきりで勉強するの嫌なの？」

「い、いや、そんなことはない……ぞ？」

「本当？」

「ほ、本当に」

亮がしっかり頷きながら答えると、恵梨花はジッと見つめてきた末にニコっと笑った。

「うん、じゃあ、勉強頑張ろうね」

「お、おう……」

そんな二人を見ながら、美月がおかわりを渡してきた華恵にヒソヒソと囁いている。

「亮にい、もう尻に敷《し》かれてるじゃん」

「そうね、もう十分できてるわよハナ……」

華恵が首を縦に振りながらしみじみと呟いた。

「あ、ハナ、私が勉強見たげようか？」

雪奈が思いついたように言うと、恵梨花は複雑そうに眉を曲げた。

「……じゃあ、わかんないとこ出たら聞くね。それまではいいから」

「そっか、わかった。遠慮しないでね」

「……うん、ありがとう」

恵梨花の返事に雪奈がふわりと微笑むと、純貴が焦ったように声を出した。

「は、ハナ、なんなら俺が最初っから教えてやるから、だから三人で勉強と——」

「お兄ちゃんは黙ってて。そもそも今週はお兄ちゃんを無視するって先週に決まったんだから」

「は、ハナ……」

純貴がわかりやすいほどに、顔に絶望を浮かべたが、恵梨花はこれ以上相手をしないと言わんばかりに目を向けなかった。

「あ、そうだ。今週の週末は無理だとして、その次の週末とかどうかな？」

恵梨花が思い出したようにそう聞いてきたのは、食後の勉強中のことだ。

さらに言うなら、集中して勉強している見慣れない恵梨花の横顔に見惚れたりしては、自分に喝を入れ直すという行為を、亮が五回ほど繰り返した後のことである。

「……何がだ？」

「ああ、うん。ほら、前にここで話したでしょ？　ダブルデート」

「……ダブルデート……？」

亮が何のことだと眉をひそめると、恵梨花が盛大に呆れた顔になった。

「ええ？　もう忘れたの？」

「いや、忘れるも何も……何の話だ？」

ますます呆れた顔になる恵梨花。

「もう！　聞いてなかったの!?　亮くん返事してたよ!?」

「……そ、そうだったか？」

「そうだよ！　この部屋にいた時に友達から電話かかってきて、それでその子がダブルデートしたいって言ってきたから、亮くん気が進まないだろうなあって思って一応聞いてみたら、亮くん構わないって言ったよ？」

「え……」

「もう!!　私二回も聞き直したよ!?　本当にいいの？　って！」

「……で、俺はいいと返事した……ってことか？」

「そう！　もう友達に返事しちゃったよ？」

「ま、マジか……いや、返事したなら仕方ねえ、な。ダブルデート、か……」

それはもう非常に気が進まなかった。

（あー、もしかしてあの時か……）

亮は何となく自分がどういう状況にあった時に、そんな返事をしてしまったのか朧《おぼろ》げに察する。

（電話かかってきた時って言ってたし間違いねえな……それでそんな返事してしまう俺も俺か……）

亮は諦めのため息を吐いた。

「……やっぱり無理って言う……？」

少し拗ねてはいるが、亮の気の進まない具合を見て、遠慮が出てきたのだろう。窺うような態度の恵梨花に、亮は反省した。

「いや、いい。ＯＫの返事したんなら、仕方ねえよ」

「いいの……？」

「ああ。俺もいいって言ったみたいだし」

「……やっぱり覚えてなかったんだ。ううん、ちゃんと聞いてなかったんだ」

ジト目を向けてくる恵梨花に、亮は申し訳ないと苦笑する。

「あ……いや、すまんかった」

「むー……んん、もういいよ。亮くんだって疲れてたし、電話終わった時には寝ちゃってたぐらいだしね」

「……そういや、恵梨花が電話してる途中で寝ちまったんだったか」

「そうだよ？　亮くんって本当に寝付きいいよね」

クスクスとする恵梨花に、亮は苦笑する。

「いや、それもあるが、あの時は枕がよすぎた」

「……そ、そうなんだ……？」

「うむ」

「ええと……と、とにかく、来週の週末でいい？　予定大丈夫？」

「ああ、ちょっと待ってくれ――その週末だと日曜なら大丈夫だと思う」

スマホから予定を見て亮は答えた。

「わかった。じゃあ、日曜って言っとくね？」

頷くと、恵梨花はホッとしたように息を吐いてから、ついでご機嫌な様子で微笑んだ。

「……そんな楽しみなのか？　ダブルデート」

亮が疑問を口にすると、恵梨花はハッとしてから苦笑を浮かべた。

「……うん、実は」

「ふうん？」

正直な気持ちを言えば、亮は二人っきりでデートする方が楽しいのではないかと思うので、少し意外に感じたのである。

「あ、二人っきりが嫌な訳じゃないよ？」

そんな亮の心情を察したのか、恵梨花が手を振る。

「ただね、同じ高校の子じゃなければ、亮くんのことを……えーっと、自慢できるなって思って」

それは同じ学校の子では、それができないからということに他ならない。

つまりは亮の高校での意向を、一応は尊重してくれているからこそ、楽しみになったということだ。

（うーむ……まあ、俺のせいか……より仕方ねえな、これは）

恵梨花が楽しみにしている理由はわかった。

「でも、自慢になるか……？　見劣りするって言われそうな気がするんだが、俺は」

亮の率直な意見に、恵梨花はムッとなって反論する。

「何言ってんの⁉　全然そんなことないよ！　亮くん格好いいもん！」

「そ、そうか……？」

「そうよ‼」

「そ、そうか……と、とにかく段取りは任せるな？」

「うん。また詳細決めたら教えるね」

そうして話が一段落すると、テーブルの上の問題集やらが目に入る。もうやる気が起きないなと思いながら恵梨花に目を向けた。

「もう、今日は勉強終わろっか……？」

同じ心境になったのか、恵梨花が苦笑して提案すると、亮は賛成した。

「ああ、もう十分だろ」と一息吐くと、亮はベッドにもたれた。

すると、恵梨花が詰め寄ってきて、ベッドではなく亮の肩に頭を乗せてきた。

そうやってまったり過ごしていると、ふと恵梨花が身をよじって見上げてきたので、亮は首を動かして恵梨花と目を合わせた。

「ん……」

恵梨花が口を閉じ、催促するように顎を上向けてきた。

この距離でその意味するところを亮は勘違いせず、戸惑いは短く流れるように唇を重ねた。

「ふふっ――」

離れると恵梨花がそうやって微笑を零し、つられるように亮も笑ってしまう。

「ははっ――」

キスの前から何を考えていたのか、キスを通してそれがお互いにわかって、おかしく感じてしまったのだ。

それから二人は面白がるような視線をぶつけ合うと弾け出し、無性におかしくなって大笑いしてしまうのだった。

◇◆◇◆◇◆◇

「ああ、やっと終わった……」

今期の最後のテストが終わって、亮は伸びをしながらしみじみと呟いた。

「今回のテストはけっこう出来たんじゃないか、亮？」

振り返って聞いてくる明《あきら》――クラス内での唯一といっていい親友――に、亮は曖昧に頷いた。

「多分な……てか、こんなにテスト勉強したの初めてだと思うぞ」

「放課後毎日のように鈴木さんに勉強教えてもらってたんだってな？」

「ああ。俺はもう十分だって言ったんだが『勉強に十分はない！』とか言われてそのまま、な――」

遠い目をする亮に、明が呆れた目を向けてきた。

「そうは言うが、お前、あの鈴木さんに勉強教えてもらえるってどれだけ贅沢だと思ってるんだよ」

「皆そう言うけどな……それでもやってることは勉強だしな」

明がかける言葉が見つからないと言わんばかりに肩を竦めた。そこで亮の腹から盛大に音が鳴る。

「腹減ったな……」

この場合、他のクラスメイトのようにテストが終わった安心感からという訳でなく、時間が昼時だから鳴っただけの亮である。

「まあ、昼だしな……今日も、テスト期間中だから弁当はないんだろ？　どっかで食って帰れよ。それか一緒にどっか寄って食って帰るか？」

「いや、恵梨花達と食ってどっか遊びに行くって話でな。すまんな」

「はは、前から約束してたんなら構わないって。まあ、また盛大に注目浴びるだろうが、頑張れよ」

「……そうなんだよな」

亮が憂鬱そうにため息を吐くと、面白がるように笑っていた明がふと気づいたように言ってきた。

「そういや、お前最近顔色いいよな」

「……そうか？」

「ああ。今は腹減ってるせいで陰ってるような気がするが、ここしばらくは朝見た時の顔色が今までと違う気がする」

「それは……」

心当たりが大いにあった。間違いなく、恵梨花の家で朝食を取るようになったからだろう。

さらに言うなら、テスト期間中は学校が昼までだから、弁当を持参する者はいない。そのためこの間、亮は学校が終わると、藤本家で昼ご飯を食べて、それから恵梨花の部屋でテスト勉強に励む。そして夜になればそのまま晩ご飯をご馳走になるという、至れり尽くせりな生活をしていた。

勿論、用事があって晩ご飯をいただけないこともあったが、帰る前に華恵は簡単な軽食を用意してくれていたのだ。

そんな訳でここしばらくの亮の食事生活は、革命が起きたと言っても過言ではないほどに改善されていた。

「――そうなるのも当たり前かもしれねえな……」

亮が苦笑を浮かべて、簡単に事情を説明すると、明が呆れたように言った。

「お前、彼女のお母さんにまで食事の世話になるって……それもうほとんど婿状態じゃないか」

「……あ」

今更ながらのことに気づいて、亮は目が点になった。しかも婿と聞いて亮が思い出すのは、自分の父のことであり、変なとこで父の子であることを意識してしまう亮であった。

「それもテスト期間中だったからとはいえ、一日三食一緒にしてる時もあったって？　他のご家族からも嫌な顔一つされず？　兄妹の人達とも仲良くして？　藤本さんと付き合ってなければ、ギリ仲の良い他人だったかもしれないけど、そうでなく藤本さんと付き合ってて、それを認知されながらそんな付き合いしてるなんて……もう、実際に家族になったようなものじゃないか」

「……あー……」

「まあ、何も悪いことはないからいいかもしれないけど……その内、お前が藤本さんの家に住むようになったって聞いても多分、俺は驚かんと思うぞ」

そう言って肩を竦めた明に、亮は頬を引き攣らせた。

「さ、流石にそれはねえと思うぞ……？」

「どうだか」

意味深に肩を竦める明に、亮は反論する言葉が思いつかなかったのであった。

◇◆◇◆◇◆◇

「アッハッハーの～――」

軽快なアップテンポの曲を、恵梨花が片手を腰に当て、マイクを持って軽い振り付けも披露しながら、ご機嫌な笑顔でリズムに乗って歌っている。制服のスカートがヒラヒラして、しばしばそちらに目を奪われてしまうのは惚れた男として、高校男子として仕方ないことだと、亮は自分に言い訳しながら、初めて見る恵梨花の歌う姿に目を奪われ続けていた。

歌っている曲はどこかで聞いたことのある、亮も知っているけっこう昔の曲である。記憶が確かなら、ヴォーカルとラッパーの女性二人組ユニットによるものだ。

梓がファンらしく、CDを恵梨花と咲の二人に貸して、二人は共に気に入り、三人娘でカラオケに行く時は当たり前のように歌うらしい……もっとも、咲は余り歌わず、恵梨花と梓が歌っているのを聞いているのがほとんどらしいが、たまには歌うらしい。

そう、歌うのは恵梨花と梓が中心で、このユニットの曲は女性二人組のものだから、自然とパートを分かれて歌うようになり、つまりはヴォーカルパートを恵梨花が、ラッパーのパートを梓が歌い、サビを二人、または三人で歌うのが定番となった……らしい。

咲は今、亮の隣でタンバリンを叩いている。無表情なのは相変わらずだが、口ずさんでいるし、リズムに合わせてユラユラ体を揺らしている辺り、楽しんではいるのだろう。

そして梓だが、恵梨花と一緒に並んで立って、意外なことに同じように振り付けを披露しながらラップパートを歌っているのである。

咲は例外として、カラオケに来ているのだから当然歌うのだろうとは思っていたが、恵梨花と並んで軽くとはいえ、振り付けまでするなんて完全に亮の予想を超えてきていた。

さらに梓は、驚くべきことに眼鏡を外してコンタクトにしてきたのだ。普段は下の方で簡素に縛っている髪も解いて、ガラッと雰囲気を変えている。

泉座の時にも亮は思ったのだが、梓は眼鏡を外して髪型をそうするだけで、可愛い系に少し寄る。それでも綺麗系が勝るのだが、また普段とは違う魅力を放っている。そうした理由としては、なんでも歌う時はこの方が気分が出るからだとか本人は言っていたが、亮はそうではないと睨んでいる。

それは歌っている梓を見れば明らかだった。恵梨花と梓が並んで歌って踊っている姿は、相乗効果が半端なく、亮は恵梨花が目の前にいるにもかかわらず、不覚にも梓にも目を奪われてしまったのだ。

そんな呆けた亮と目が合った梓は、してやったりな笑みを見せてきた。恐らくはこれが梓が雰囲気を変えた理由だろう。してやられたと思わされた亮だったが、二人の見事な歌と踊り、魅力に早々と白旗を上げたのである。

なので亮は梓への精神的な抵抗は早々と諦めて、二人が歌う姿を全身で味わうように堪能した。

梓はラップもまた見事だった。亮には到底できない早口っぷりで、すごい勢いで色を染めていく歌詞を、実に気持ちよく見事に歌い上げていた。亮は本気で感心の拍手を送った。

対して恵梨花の歌唱力だが、普通に上手いといった感じだ。歌手として大成しそうとか、そういったことでなく、女子高生として普通に上手いといった感じである。

ともあれ、惚れた女の子の声ということだけでなく、存在感があり、よく通る恵梨花の綺麗で可愛い声で紡がれる歌は、実に耳に心地好かった。

（しっかし……）

亮は歌う恵梨花と梓の二人を視界に入れ、ぼうっと眺める。

この二人はタイプこそ違うが学校の二大美少女である。咲が美少女でないという訳ではない。この二人に見劣りしない時点で十分に美少女なのだ。ただ、この二人が突出しているだけだ。

可愛い系の極みにいると言ってもいい恵梨花に、綺麗系の極みにいる梓。学校の生徒達からの認識はそうなのだと、亮は明達から聞かされている。

そんな二人がご機嫌に振り付けをしながら歌っている目の前の光景をビデオにしたら、一体どれほどの売り上げを記録してしまうのだろうと、考えるのが恐ろしいぐらい――

（ダメだ、二人共可愛すぎる……）

ただでさえ可愛い、いや、亮の中では世界一可愛いと思っている恵梨花が、笑顔で歌って踊っているのだ。その破壊力たるや、明日にでも世界を滅ぼせてしまうのではないかと思わされたほどだ。

（……あ、世のアイドルオタク達が、金を注ぎ込むのがわかった気がする）

何故なら、今の光景のためなら、亮はいくら払ってもいいという気分になっているからだ。

それはともかくとして、亮はこの光景をいつでも見返せるよう、咲と一緒にスマホを構えて写真を撮りまくったのであった。

（……兄《あに》さんに見せたら昇天するかもな）

「はー歌ったー！　ねえ、亮くんは歌わないの？」

「え？　ああ、いや、歌ってる恵梨花を眺めてる方がいいかも……」

本心で言ったのだが、恵梨花は冗談と受け取ったらしく、頬を染めつつ笑い飛ばした。

「あははっ、何言ってるのよ、亮くん」

「そうね。それに眺めてたいのは、恵梨花だけ――？」

梓が勝ち誇ったような顔でありながら、蠱惑《こわく》的に微笑んできて、亮は「うっ」と詰まる。

「……誰も恵梨花の歌だけに集中してたなんて言ってねえだろ？」

「へーえ、歌ねえ？　あたしの歌はどうだった？」

「上手かった。本心からすげえもんだと思ったよ」

「あらあら――すごかったのは歌だけ？」

ニヤニヤしながら身を寄せてくる梓に、亮はため息を吐きながら両手を上げた。お手上げである。

「ああ歌以外も見事だったよ。振り付けとかもな。恵梨花の前で言うのもアレだが、正直見惚れたよ」

すると、梓はキョトンとして目をパチパチとさせた。

「あら、意外にすぐ認めたわね」

「わかって聞いてきた癖によく言うぜ」

苦い顔で言うと、先の亮の言葉に対し含んだ様子もなく恵梨花が噴き出した。

「ふふっ、歌ってる時の梓って格好いいし可愛いでしょー、亮くん？」

「ああ。そこで、恵梨花も並ぶからな。正直目も耳も離せなかった。文字通り魂消《たまげ》たってやつだな」

「そ、そんなに言うほどかな……？」

照れている様子の恵梨花に対し、梓は髪を払ってなびかせながら落ち着き払っている。

「ふむ。まあ、それでよしとしましょうか」

「……何の話だよ」

「君は気にしなくていいのよ。それで君は？　歌わないの？」

「そうそう、亮くん歌ってるの見たいー。何で予約入れてないの？」

「……いや、そうは言うがな」

亮が予約を入れなかったのは、見惚れていたというのもあるが、この二人が立て続けに予約を入れてずっと歌っていたから、これはマイクを離す気はないのではと思って遠慮していたのだ。

それがわかっている咲が、二人に歌うよう迫られている亮を見て隣で肩を震わせている。

「亮くんって、どういうの歌うの？」

恵梨花の質問に、特に考えもせずに答える。

「……？　別に知ってるのなら、何でもってとこか。あ、バラードはあんまり歌わねえな」

「君は肺活量すごそうだから、声量もすごそうね」

「ああ、叫ぶってか、そういうのは好きだな」

「へーえ？　あ、私が亮くんの予約入れてみていい？」

「構わねえが……知ってるとは限らねえぜ？　てか、俺の知ってる曲ってそう多くないぞ」

「んー……じゃあ……」

と、恵梨花がタッチパネルを操作して、室内に流れ始めた曲は——

「これかよ――！　でもこれは確かに知ってる！」

とあるロックバンドの、沖縄音楽の要素を取り入れた大ヒット曲だった。

「あっははは！　やっぱり知ってるよね」

恵梨花が笑い声を上げながら手を叩き始めた。梓と咲も体を揺らしながら手拍子を合わせる。

亮はマイクを持つと、空気を読んでその場で立ち上がる。

「～～♪」

亮自身、歌は上手い訳でも下手な訳でもなく、普通だと思っている。歌い始めは少し緊張してしまったが、スローテンポの曲なので、すぐに落ち着いて普通に歌い上げた。

「うんうん、普通に上手いと思う！　てか、歌ってる時の声、格好いいね、亮くん！」

「声量はやはり大したものだったわ。まあ、普通に上手いんじゃないかしら？」

「……うん、普通に上手い」

三人娘から、無難な賞賛と拍手を賜った亮であった。

「はは、ありがとよ」

苦笑混じりに返すと、恵梨花が何気なく聞いてきた。

「亮くんって、けっこうカラオケ行ったことあるの？」

「うん？　ああ、都がストレス発散だとか言って、何度か無理矢理連れてかれたな」

「へ、へえー、み、都ちゃんとふ、二人で？」

「二人の時もあったが……環奈《かんな》か瞬か徹《とおる》かその辺の誰かが一緒の場合がほとんどじゃねえか？

あ――茜《あかね》がたまに、か？」

「そ、そっかー」

恵梨花が若干引き攣ったような声を返してくる。

「……言っとくが、別に変なことはなかったぞ……？」

「わ、わかってるけど――！」

「あのねえ、君ももうちょっと考えて言葉を選びなさいよ。何もなかったからと言って、君だって恵梨花が昔男の子と二人っきりでカラオケ行ったなんて聞いて、心穏やかでいられるの？」

梓がもっともな言葉で亮を窘める。

「――なるほど、よくわかった」

亮がムスッとしながら頷いた。

「あ、すまん」

「ちょっと落ち着きなさいよ、もしもの話よ！」

「まったく……さあ、恵梨花歌うわよ。もう一回さっきと同じ曲いきましょう」

「あはは、やっぱりこの歌が一番だよね。今度は咲も歌おうねー」

コクリと咲が頷き、三人が揃って立ち上がる。

こうして始まった三人娘によるコンサートを、亮は存分に楽しんだのであった。

――もちろん、撮影はたっぷりと行った。

◇◆◇◆◇◆◇

「ただいまー」

亮と恵梨花の声が藤本家に揃って響いた。靴を揃え、共にリビングへ向かいながら亮はどこか違和感を覚えた。

（……ん？　あれ、何かおかしかったような……？）

首を傾げて考えてみたものの、その答えがわからず、亮はリビングに入り、すぐに声をかけられて違和感が霧散する。

「あら、おかえり。テストお疲れ様ね、二人とも」

「ええ、ようやっと終わりましたよ」

亮が苦笑と共にため息混じりに返すと、華恵が「あらあら」とからかうような笑みを浮かべる。

「一区切りなのは確かだけど、テストは採点が終わって返却されてまでがテストじゃない？」

「いやー、赤点は回避出来てるはずですから問題ないですよ」

飄々《ひょうひょう》と答える亮の言葉を聞いて、恵梨花が大声を上げる。

「ちょっと、亮くん！　あれだけ勉強したのに、それは自信なさ過ぎじゃない!?」

「いや、俺は赤点――と補習さえ回避して、留年しなけりゃいいしなあ」

「はあ、また言ってる……」

「ふふっ、ハナは着替えてらっしゃい。夕飯の支度手伝ってくれる？　今日は手巻き寿司よ」

「おおっ――！」

亮がつい反応すると、華恵と恵梨花が同時に噴き出した。

「あっはは、わかった。早く支度手伝った方がいいみたいね」

「ふふっ、そうみたいね。お願いするわ。亮くんは、適当にゆっくりしててちょうだい。冷たい麦茶淹れるわね」

「ああ、ありがとうございます」

そうして亮がソファに腰かけると、バタバタと玄関の方から足音が聞こえてきて――

「たっだいまー！　テスト終わったー!!　ツキは自由だー!!」

まさに元気いっぱいの声と顔で、藤本家の末っ子、美月が帰ってきたのである。

「はいはい、おかえり、ツキ。扉を開ける時はもうちょっと静かになさいといつも言ってるでしょ」

「はーい――あ！　亮にいだ！　わはははは！」

言葉通り亮を目にした美月がテンション高く、走り寄ってきて――

「ドーン――!!」

と、ソファに座っている亮にダイブしてきたのである。

「おい、ちょっ――」

そこは持ち前の反射神経と運動神経と技とを駆使して、美月に衝撃がいかないよう、回しながら受け止めて、ソファに静かに着地させてやる亮であった。

「あはは！　すごい！　もっかいやって、亮にい!!」

「アホ言うな。ホコリが立ってお母さんに怒られるじゃねえか」

「そうね、ツキ。はしたないからやめなさい？　亮くん困らせちゃダメでしょ」

「ちぇー、あ、亮にいもテスト今日で終わったんだよね？」

「おう、終わったぜ」

「じゃあ、自由なんだね!?」

「お、おう——？」

この自由とは恐らくはテスト勉強からの解放だと思われるが、亮は曖昧に頷いた。

「じゃあ、ゲームできるね!?」

「ん？　ああ、そうだな」

ここしばらく、亮はかなりの時間をこの家で過ごしているが、まだ美月とのゲームは実現していないのである。主に恵梨花に止められたためだ。

テストが終わった今ならそれも解禁されるだろう。

「じゃあ、やろうよお!!」

「いいぜといっても、最後にやったのけっこう前だから、やったことあるゲームでも操作は曖昧だぞ」

「そんなのツキが教えてあげるよ！」

「ふうん？　じゃあ、やるか」

「よしきた！」

そそくさと美月はテレビの下からゲーム機を取り出して、セットし始める。

「はい、亮にい、コントローラー！」

「おう――ほんと、久しぶりだな」

亮は久しぶりに握ったコントローラーの感触から、そう呟いた。

（実家に置き忘れて、そのまんまだったからな……）

思い出したら取りに行こうかと考えてそれっきりだったのだ。

「じゃあ、始めるよ、亮にい！　対戦しよ！」

「……お手柔らかにな」


「てーい！　ツキの勝ちー!!」

「……俺が久しぶりだからか？　フルボッコじゃねえか」

「すぐ勘戻るよ！　じゃあ、次はこのキャラと――」


「見た!?　今のスカイコンボ!?」

「おお、俺のキャラが空中で何もできずにボコボコにされた挙句、場外に吹っ飛んだな」

「へっへー、すごいでしょ！」

「なあ、ツキこのゲーム一番得意だろ？」

「えー？　まあまあかな」

「……怪しい」


「これでツキの五連勝ー!!」

「おい、少しは手加減しやがれ」

「えー？　これでもしてるよー？」

「本当か……？」


「いえーい！　またまたツキの勝っちー!!」

「いや、なんなんだよ、さっきのテクニカルな動きは」

「マスタースカイって言うんだよ！　こないだ動画で見て覚えたんだ！」

「いや、そんな動画でやってるような技とか……」

「でも亮にいも上手くなってきたよ！　ほら、どんどん行こー！」


「これで——やった！　ツキの十連勝!!」

「……なあ、ツキこのゲーム一番得意だよな？　そうだよな？」

「そ、そんなことない……よ？」

「目を逸らすな」

「わははは！　十五連勝だー!!」

「……なあ、ツキさんよ。俺をボコボコにして楽しいかい？」

「楽しいよー！　伝説のゴールドクラッシャーをボコボコにするツキ！　どう!?」

「……いや、ゲームの話じゃねえか」

「亮にい相手だったら、きっとゲームぐらしか勝てないし！」

「……さては最初っから、俺に負ける気なんてねえな？」

「──ギクッ」

「──ほほう」

「ほ、ほら、次やるよ、亮にい!!」


「──よし、勝った」

「ああああ！　さっきのズルい！　途中でツキのこと、くすぐってきたじゃん!?」

「何のことだかわからんな」

「しかも、足！　足でこしょばしてきた！　美少女を足でこしょばすなんて！」

「美少女とか自分で言うな。それにな、ツキ、柔道の寝技にはこういう格言がある──『手よりも脚を使え』とな。いい勉強になったな？」

「ムッキー!!　そういう問題じゃない!!」

「はっはっは」

「もう手加減してあげないからね!!」

「はっはっは」

「ムキー!!」


「――これで、俺の三連勝だな」

「ズルいズルい！　ツキが画面見えないように体で隠してたじゃん！」

「俺はちょっとゲームする位置を変えただけだ」

「ツキとテレビの間に立つなんて卑怯《ひきょう》だよお!!　しかもツキがどれだけ動いても、後ろに目があるみたいに動くし！」

「勝負に卑怯なんてない！」

「うっ――どう考えても大人気《おとなげ》ない行為なのに、亮にいが言うと説得力が違う!?」

「はっはっは」


こうして、二人のゲームの対戦がアホな泥沼に発展した頃、リビングに『ピーンポーン』とチャイムの音が響き渡った。

「あら？　宅配かしら？　ハナ、出てくれる？」

料理の準備をしながら、亮と美月のゲームの様子を声を立てて笑って見ていた華恵が、同じように笑っていた恵梨花にそう言った。

「はーい——はい、藤本ですが——あれ、タケちゃん？　どうしたの？　ちょっと待っててね」

受話器を置いた恵梨花が振り返る。

「お母さん、タケちゃんだよ」

「剛くん？　こんな時間にどうしたのかしらね？　とりあえず、上がってもらいなさい」

「うん」

恵梨花がリビングから出ていくと、美月が小首を傾げた。

「タケにい？　本当にこんな時間にどうしたんだろうね？」

「何かしらね？　まあ、こんな話しなくても、本人来てるんだからすぐわかるわよ」

「それもそっかー」

美月が相槌を打ちながらそう呟き、亮は少し考えてから言った。

「タケちゃん……ああ、おっさんか」

それを耳にした美月は、「ぶふっ」と噴き出した。

「え、ちょっ？　亮にい？　タケにいのこと何て？」

「おっさん」

「ええ⁉　亮にい、タケにいのことおっさんって呼んでるの⁉　亮にいとだったら、一つしか違わないじゃん⁉」

「いや、だってな……おっさんっぽくないか？」

「……言われてみれば、そーかもー」

納得してしまう美月であった。

「それにしても、伊達《だて》に幼馴染じゃねーんだな。いきなり家に来るなんて」

「家すぐ近くだしねー……あれ、亮にいってタケにいと知り合いなんだ？」

気づいたように聞いてきた美月に、亮は頷く。

「ああ。同じ学校だしな」

「あ、そっかー……？　え、でも学年違うよね？　あ、ハナ姉繋がりか」

「そう。恵梨花と付き合ってから、おっさんに絡まれてな、ちょっと打ち合ったんだ。もちろん勝ったけど」

それを聞いて、美月と華恵の二人が目を丸くした。

「ええ⁉　タケにい、亮にいに絡んだの⁉　なんでそんな——あ、ハナ姉か」

「その通り。兄《あに》さんと親父さんとまったく同じような理由で絡まれてな」

「うわー……タケにいもまた、ゴールドクラッシャーの亮にいに絡むなんて無謀なことするね」

「おっさんはそんなこと知らなかったしな……いや、知らなかったのは俺もか」

「あははっ、そういえばそっか」

「うむ。ああ、ツキ。その、ゴールドクラッシャーのことはおっさんに話すなよ」

「えー？　ああ、そっか、そうだね。わかったー」

「お母さんもお願いします」

「わかってるわ。そうそう人に知られていいことでもないでしょうしね……それにしても、剛くんまで亮くんに、お兄ちゃん達と同じようなこととしてたなんてね……」

やれやれと言いたげに首を横に振る華恵に、亮は苦笑を浮かべる。

そうこう話している内に、恵梨花が郷田を伴ってリビングに戻ってきた。

「お邪魔します。お久しぶりです、おばさん」

(おば——!?)

郷田の華恵への呼びかけに、亮は驚愕した。

下手したら二十代の前半にも見えるこの女性に、『おばさん』など、亮にはとても言えない。

「ええ、少し久しぶりかしらね——？　また少し大きくなった？　冷たい麦茶でいい？」

「ああ、お構いなく」

「ふふっ、適当に座ってちょうだい」

そう言われて、郷田は亮と美月が並んで座るソファへと顔を向けた。

「やあ、ツキちゃん……桜木も」

「久しぶりータケにい。今日はどうしたの？」

「よう、おっさん」

亮がそう返すと、郷田は複雑な感じに眉を曲げた。

「……どうしたよ、おっさん？」

「……いや、何でもない」

亮が不思議に思いながら首を傾げると、恵梨花が郷田に声をかけた。

「それで、タケちゃん。急にどうしたの？」

「ああ、ハナちゃん。実は——」

言いながら郷田は、亮に目を向ける。

「桜木と話したいことがあって、来たんだ」

「——は？　俺にか？」

郷田が来たここは、藤本家であって、亮の家ではない。なので、郷田がここに来たのは恵梨花への用事か、またはこの家の誰かに用事があるのだと、当たり前のように思っていた亮は驚いた。

「ああ、お前にだ。桜木」

「いや。そう言っても、俺に用事があって、どうしてこの家に来たんだ？」

その亮のもっともな疑問に、郷田は当たり前のように答えた。

「最近のこの時間に、お前が——ハナちゃんの付き合っている男がこの家にいることは、近所の人間なら誰だって知ってることだ」

「はあ!?」

「ええ!?」

亮と恵梨花が揃って驚きの声を上げる。すると郷田は不可解そうに眉を曲げた。

「何を驚いている。当たり前のことだろう。この近辺では知らぬ者はいない美少女三姉妹、『雪月花』。その内の花の字が初めて彼氏らしき男を家に上げて、その男が毎日のように藤本家に入り浸ってるとな。噂にならない方がおかしいではないか」

「へ、へえ……流石ってやつか……？」

「うう、そんな……」

亮の頬がやや引き攣り、恵梨花は恥ずかしそうに顔を両手で隠している。

「さらには、純貴さんやおじさんにまで交際が認められたのだと、近所では大層驚かれているぞ。どうやってあの二人に認められたんだと」

「⁉ な、なんでそんなことまで……」

恵梨花が目を丸くしていると、華恵が微笑みながら何でもないように手を上げた。

「ああ、それに関しては私が近所の方に話したわ」

「お母さん⁉」

「本当のことなんだからいいじゃない。亮くんが変な風に噂されるよりはいいでしょ？」

「た、確かにそうだけど。うう、恥ずかしい……」

これこそが有名税というやつなのだろうと亮は、深く息を吐きながら思った。

「まあ、おっさんが俺に会いにここに来たのはわかった……なら、とりあえず座れよ。いや、俺の家じゃねえけど」

「うむ」

頷きながら、郷田は亮の斜め前の位置のソファに腰かけた。

「あーっと、なんかすみません、お母さん。俺の客なのに――って、なんだこの状況？」

亮は華恵に謝りながら、自分で自分に突っ込んだ。

自分の客が自分の家でない場所に来て、それに対応していることを改めて変に思ったのだ。

「ふふっ、そんなこと気にしなくていいわよ。はい、剛くん」

麦茶を出す華恵に、郷田が会釈する。

「俺も場所を借りるような真似して、すみません」

「いいのよ、ゆっくりしてきなさい。ツキ、二人の話の邪魔しないようになさいよ」

「邪魔なんかしないよー。あ、タケにい、ツキいない方がいい？」

「いや、構わんよ。ツキちゃん」

「ふふーん。じゃあ、ジッとしてるね」

「とりあえず、ゲームはもう終わりだな。俺の勝ちで」

亮がサラッとゲームの勝者発言をすると、美月は猛然と抗議してきた。

「何言ってんの!?　ツキの圧勝だったじゃん!?」

「わかってないな、ツキ。最後に勝った方が勝者なんだぜ？」

ふーやれやれと亮が首を振ると、美月がムキーっと怒りの声を上げる。

「あんな卑怯なのなしだよ!!」

「卑怯？　なんのことだ？」

「あああ！　そんなこと言うんだ!?」

「身に覚えが無いからな」

「じゃあ、もっかい！　もっかいやって、ツキが勝って終わる!!」

「残念だったな、俺はこれからおっさんと話がある」

「ズルい！　勝ち逃げズルい!!」

隣でギャーギャー喚《わめ》く美月を無視しながら、亮は郷田に顔を向けた。

「それで？　何の用——どうした、おっさん？」

郷田に用件を聞こうとすると、郷田は先ほどよりも複雑そうな顔で亮を見ていた。

「いや……聞くが、お前この家に初めて来たのはいつだ？」

「んん……？　確か、二週間経ってないぐらいか……？」

思い出しながら答えると、郷田は呆れたような顔になった。

「それしか経ってないのか……」

「？　それがどうしたよ？」

「桜木、お前、俺よりもこの家に慣れてないか……？」

「……そうか……？」

亮はいたずらをしかけようとしてきた美月を床に転がして、器用に足で腹をくすぐりながら首を捻った。美月が笑い転げながら「セクハラ！　セクハラ反対！」と叫んでいる。

「……うむ」

美月を見ながら郷田は強く頷いた。亮は郷田の視線を追ってから、咳払いして切り出した。

「そ、それで、一体何の用——ああ、いや、何の用かは大体わかった気がするが——何だ？」

将志と千秋の話を思い出したのだ。恐らくは、稽古をつけて欲しいと言うのだろうと予想した亮だったが——

「うむ。お前に、うちの——剣道部の合宿に参加してもらえないかと頼みに来た」

そんなぶっ飛んだ話をされたのだった。

The Record by an Old Guy in the world of Virtual Reality Massively Multiplayer Online
とあるおっさんのVRMMO活動記
1〜27
椎名ほわほわ
Shiina Howahowa
アルファポリス 第6回 ファンタジー小説大賞 読者賞受賞作!!
累計150万部突破の大人気作
(電子含む)
TVアニメ
2023年10月放送開始!
CV
アース：石川界人
田中大地：浪川大輔
フェアリークィーン：上田麗奈
ツヴァイ：畠中祐 ／ ミリー：岡咲美保
監督:中澤勇一 アニメーション制作:MAHO FILM
超自由度を誇る新型VRMMO「ワンモア・フリーライフ・オンライン」の世界にログインした、フツーのゲーム好き会社員・田中大地。モンスター退治に全力で挑むもよし、気ままに冒険するもよしのその世界で彼が選んだのは、使えないと評判のスキルを究める地味プレイだった！——冴えないおっさん、VRMMOファンタジーで今日も我が道を行く！
現実じゃ冴えない会社員 でもVRMMOの中では 名うてのスキル職人!?
ネットで人気爆発!
●各定価：1320円（10%税込）
●illustration：ヤマーダ
1〜27巻好評発売中!!
現実じゃ冴えないおっさんが 料理生産から冒険まで VRMMOで大活躍!!
大人気ファンタジー待望のコミカライズ!!
シリーズ累計18万部!!
漫画：六堂秀哉
●各定価：748円（10%税込）●B6判
コミックス1〜10巻好評発売中!!

月が導く異世界道中
Tsukiga Michibiku Isekai Dochu
あずみ圭
Azumi Kei
1~18
8.5
シリーズ累計
350万部
(電子含む)
の超人気作!
TVアニメ 第2期
2024年1月から
2クール
放送決定!
異世界へと召喚された平凡な高校生、深澄真。彼は女神に「顔が不細工」と罵られ、問答無用で最果ての荒野に飛ばされてしまう。人の温もりを求めて彷徨う真だが、仲間になった美女達は、元竜と元蜘蛛!? とことん不運、されどチートな真の異世界珍道中が始まった!
2期までに
原作シリーズもチェック!
●各定価：1320円(10%税込)
●illustration：マツモトミツアキ
1~18巻好評発売中!!
漫画：木野コトラ
●各定価：748円(10%税込) ●B6判
コミックス1~12巻好評発売中!

辺境伯家次男は
辺境伯家次男のやりすぎ異世界ファンタジー！
転生チートライフを
楽しみたい
著 ベルピー
【創生神の加護】でもりもり成長して、
のびのび
異世界暮らし！
友達はもふもふ
家族から溺愛
ひょんなことから異世界に転生した光也。辺境伯家の次男、クリフ・ボールドとして生を受けると、あこがれの異世界生活を思いっきり楽しむため、神様にもらったチートスキルを駆使してテンプレ的展開を喜々としてこなしていく。ついに「神童」と呼ばれるほどのステータスを手に入れ、規格外の成績で入学を果たした高校では、個性豊かなクラスメイトと学校生活満喫の予感……!?　はたしてクリフは、理想の異世界生活を手に入れられるのか――!?
●定価：1320円（10%税込）　●ISBN 978-4-434-32482-6　●illustration：Akaike
辺境伯家次男は
転生チートライフを楽しみたい
ベルピー
【創生神の加護】でもりもり成長して、
のびのび異世界暮らし！
友達はもふもふ
家族から溺愛
アルファポリス

ネットで話題沸騰！
アルファポリスWeb漫画
面白い漫画が毎日読める!!
ALPHAPOLIS
アルファポリス COMICS
原作 柳内たくみ 漫画 竿尾悟
ゲート GATE 自衛隊 彼の地にて、斯く戦えり
原作 あずみ圭 漫画 木野コトラ
月が導く異世界道中
原作：秋川滝美
漫画：しわすだ
居酒屋ぼったくり
原作 アノマロカリス 漫画 吉祥寺笑
魔境育ちの全能冒険者《オールラウンダー》は異世界で好き勝手生きる!!
追い出したクセに戻ってこいだと？そんなの知るか!!
原作 akechi 漫画 悠城酉
幼子は最強のテイマーだと気付いていません！
原作 穂高稲穂 漫画 青木千尋
異世界で水の大精霊やってます。
新連載開始！
人気連載陣
● THE NEW GATE
● 素材採取家の異世界旅行記
● 異世界ゆるり紀行 〜子育てしながら冒険者します〜
● いずれ最強の錬金術師？
● 追い出された万能職に新しい人生が始まりました
● 勘違いの工房主
● 装備製作系チートで異世界を自由に生きていきます
and more...
原作 椎名ほわほわ
漫画 六堂秀哉
とあるおっさんのVRMMO活動記
原作：金斬児狐
漫画：小早川ハルヨシ
Re:MONSTER リ・モンスター
選りすぐりのWeb漫画が無料で読み放題！
今すぐアクセス！ アルファポリス 漫画 検索
アルファポリスアプリ
スマホでも漫画が読める！
App Store/Google play でダウンロード！

この作品に対する皆様のご意見・ご感想をお待ちしております。

おハガキ・お手紙は以下の宛先にお送りください。

【宛先】

〒150-6008東京都渋谷区恵比寿4-20-3恵比寿ガーデンプレイスタワー8F
（株）アルファポリス　書籍感想係

メールフォームでのご意見・ご感想は右のQRコードから、
あるいは以下のワードで検索をかけてください。

アルファポリス　書籍の感想　検索

ご感想はこちらから

本書はWebサイト「アルファポリス」（https://www.alphapolis.co.jp/）に投稿されたものを、改稿、加筆のうえ書籍化したものです。

Bグループの少年8

櫻《さくら》井《い》春《はる》輝《き》　著

2023年8月31日初版発行

編集ー高橋涼・村上達哉・芦田尚
編集長ー太田鉄平
発行者ー梶本雄介
発行所ー株式会社アルファポリス
〒150-6008東京都渋谷区恵比寿4-20-3恵比寿ガーデンプレイスタワー8F
TEL 03-6277-1601（営業）03-6277-1602（編集）
URL https://www.alphapolis.co.jp/
発売元ー株式会社星雲社（共同出版社・流通責任出版社）
〒112-0005東京都文京区水道1-3-30
TEL 03-3868-3275
イラストー黒獅子
デザインーansyyqdesign(annex)
印刷ー中央精版印刷株式会社

価格はカバーに表示されてあります。

落丁乱丁の場合はアルファポリスまでご連絡ください。

送料は小社負担でお取り替えします。


ISBN978-4-434-32486-4 C0093